あめりか
いきものがたり

動物表象を読み解く

辻本庸子・福岡和子 編

臨川書店

目次

第二部

第三部

まえがき

辻本庸子

人間と動物

動物表象を考察するという営みは、「動物とは何か」、さらにはそもそもその表象をする「人間とは何か」という根源的な問いへと回帰していく。人間と動物をめぐる論争の歴史は古い。アリストレスを筆頭に、どれだけ多くの先人がこの問いに取り組んできたことだろう。その中には動物を礼讃する者も、蔑視する者もいたが、近代哲学の祖と言われるデカルトは、誰よりも人間を頂点とする序列化を明確にした。人間の思惟の卓越性、独自性を讃え、動物を魂のない機械とみなす「動物機械論」を唱えたのである。十九世紀になるとダーウィンが自然淘汰による進化論を唱えた。この新たな科学的知見によって人間と動物の連続性が明らかにされ、人々の抱く人間観、宗教観が根底から揺り動かされることになる。

改めて指摘するまでもなく、ここで何気なく用いている「人間と動物」という表現の中に、すでに私たちの中に潜む偏見が現れていると言えるだろう。人間を動物というカテゴリーに含めず、「人間以外の動物」を総称して「動物」と呼んでいるからである。そのような姿勢にもはや無神経ではいられない時代、それが二十一世紀である。ただしそれは私たちの認識が進化したということではなく、むしろ人間や動物を取り囲む状況がこれまでになく深刻となり、問題が複雑化してきたからに他ならない。

人間と動物や自然との関わり方が大きく変化するのは、二十世紀になり資本主義経済体制が確立して以来のことだと言われている。はじめは交通手段や労働力として人間に直接使われていた動物が、次第に人間から遠ざかり、原材料として商品化の対象となって、かつては考えられなかったようなシステムの中に封じ込められることになる。ペットとして、獲物として、道具として、食べ物として、といった役割に応じ、人間と動物が取り結ぶ関係も多様化する。さらに環境問題が深刻化した二十世紀後半から新たな傾向として、動物の権利が唱えられるようになる。人種、ジェンダー、階級といった観点から社会で抑圧されてきた人々が自分たちの権利を唱えたように、動物にも「種」としての権利があるという主張である。「伴侶種宣言」を出したダナ・ハラウェイは、人間以外の動物を「機知に富んだ媒介行為主体《エイジェント》そして行為主体《アクター》」（Haraway 201）と呼び、彼らが決して受け身の存在ではなく、人間の思惑を超えた独自の意志や意義を持つとみる。動物を介して主体そのもののあり方を問う哲学論議も盛んになり、またアニマル・スタディーズ、アニマリティ・スタディーズ、ヒューマン・アニマル・リレーション・スタディーズといった新たな領域も生まれた。そのような中から、動物を人間の興味や意味づけを投影するスクリーンと見るのではなく、それ自体が持つ価値をみよう、人間と人間以外の動物が「種」対「種」という関係の中でコミュニケーションをとろうといった主張が唱えられるようになる。

ヒックスの動物群像

アメリカ文学、文化には多くの動物が登場する。もちろん、それはアメリカに限った現象とは言えないだろう。しかし「丘の上の町」を夢見、大西洋を渡って植民地を建設し、西部の荒野を開拓して国家を拡大したという、まさに自然と対峙した形で、社会を、国家を形成してきたアメリカに、より強くその傾向がみられたとしても不思議ではない。そのような歴史の中で、多くの動物を描いた十九世紀アメリカを代表するフォーク・アート画家、エドワード・ヒックス（一七八〇―一八四九）に目をとめてみたい。

ヒックスはペンシルベニア州でイギリス忠誠派の家庭に生まれた。独立戦争後の混乱に巻き込まれ、幼くして母の死、父の失踪という悲劇にみまわれる。そのため知人宅で養育され、後に馬車製造業者に奉公して、馬車の装飾画や看板画を手がける。彼はやがてクエーカー教の巡回説教師となるが、家計を支えるために絵を描き続けた。彼の代表作は、「平和な王国」と題され、同タイトルで六十余枚の作品を残している。これはイザヤ書第十一章六節「オオカミは子羊と共に住み、ヒョウは子やぎのそばに横たわり、子牛、子獅子は、共にはみ、子供が彼らを導く」をモチーフとしている。ヒックスはそれを次のように言い換え、図序-1の絵の縁に書きつけている。

オオカミと子羊は共に住み／残忍な肉食性に終わりをつげ

図序-1　「平和な王国」(1826-27)
クーパーズタウンのニューヨーク州立歴史協会所有

ヒョウは子やぎのそばに横たわり／眉をしかめる野獣もおらず
ライオンは子牛と共に歩みを進め／子供が慈しみつつ先導する
ペンはあの偉大な取引をし／インディアンの酋長は楡の木陰に　(Mather 34)

この言葉通り、「平和な王国」では、画面右側に、動物たちが子供と共に仲睦まじく憩い合い、画面左側ではウィリアム・ペンが先住民と交渉をする。平和な王国をもたらした理想的な指導者として描かれたペン。従順な動物たちを統率する子供。どちらも完全な人間支配の平和な王国である。ヒックスはこのモチーフを二十年以上に渡ってひたすら描き続けた。

それらの絵は基本的な構図においてあまり変化がない。しかし動物の数や種類は次第に増え、また動物の表情や仕草にもいろいろのヴァージョン

図序-2　「平和な王国」(1844)
ウィリアムズバークのロックフェラー。フォークアートセンター所有

が生まれた。例えば図序-2は「平和な王国」後期に属する一枚だが、画面中央のライオンとヒョウ、そして雄牛が圧倒的な存在感で描かれている。ライオンはどちらかというと物憂い表情を浮かべているが、雄牛の方はその角の造型、体の大きさから、重厚感、壮麗さが強烈に感じられる。戯れるヒョウたちは、野生動物が持つ躍動感、生命力を示し、それらが画面中央で大きな三角形を力強く構成している。その一方で動物たちを統べるはずの子供たちやペンなどの人間は、周縁化され縮小され、その存在感がきわめて薄く図序-1と対照的である。ここに「平和な王国」が表されているとすれば、それは人間に飼いならされたおとなしい動物たちが構成するというよりは、動物たちの本然の様態、人間の手の及ばない状況下で動物たち自身が「平和な王国」を造り出していると読み解くことも

可能だろう。

「平和な王国」には西洋の宗教画や古典、フォークロア、紋章を含めた看板画といったような伝統から踏襲した要素が含まれている。もちろん、ヒックス自身のオリジナリティ（そこにはクエーカー内の抗争や、画家としての葛藤、家庭内のできごとなどといった彼自身の経験も反映されているだろう）もあるに違いない。しかしそういうものとは別に、人間の長い歴史の中で描かれてきた動物が表象しうる意味の多様さ、奥の深さがここには出現している。そこは何かが立ち現れて来る潜勢力を秘めた空間、パラドクシカルな場、アガンベンが「閾」と呼ぶ空間と言えるかもしれない。人間によって造り出されていながら人間の意図を超えた意味も持ちうる、媒介行為主体《エイジェント》としての動物たちが形成する不思議な力を持つ場である。

本書は、意識的であれ無意識的であれ、アメリカ文学、文化の中枢に入り込んでいる動物表象の数々を読み解こうという試みである。これまでアメリカの小説、詩、演劇、文化表象などにおける動物表象に、正面切って照準を合わせ網羅的に考察する試みは、あまりなされてこなかったと思う。今まさに文学、文化の中にたち現れる動物たちの持つ不思議な力に迫る機が熟したと考えている。

あめりか・いきものがたりの動物群像

本書では多くの動物が取り上げられる。読者の方々には、それを読み進めながら、それぞれの「いきものがたり」像を頭の中で描いていただけたらと思う。簡単にその概略を説明しつつ、道案内をしてみたい。まず第一部から。ここではエドガー・アラン・ポーが筆頭である。ポーの作品には多くの動物が登場するが、井上は「モルグ街の殺人」におけるオランウータンに焦点をあてる。探偵デュパンが紹介するフランスの動物学者キュヴィエによるオランウータンの説明が、テクスト内の説明と異なっているのはなぜか。その謎を解明する中で、ポーの探偵小説の根本的動因が明らかにされていく。次に福岡がとりあげるのは、ニューファンドランド犬、馬、鶏といった陸の動物たちである。メルヴィルといえばクジラがすぐ念頭に浮かぶが、福岡は海ではなく陸の動物に照準をあて、これらが動物愛護ではなく、中産階級の人々が直視しようとしなかった苛酷な現実を訴える手だてとして機能していることを明らかにする。辻は、トウェインの後期作品『赤道を辿って』における動物たち、すなわち猿、カラス、虎、ハイエナ、犬、ネズミなど、さらに絶滅種の巨鳥セア、ドードー、さらには人魚や蜘蛛イカといった架空の動物も紹介する。これらの動物群から、人間に絶望しても動物に絶望することのなかったトウェイン像が浮き彫りになる。このゾーンの最後に登場するのは、辻本が論じるケイト・ショパン『めざめ』における馬である。ショパンは人間の持つ動物性を強く認識しており、それを踏まえれば、物語結末の入水を、自殺ではなく動物への同化、二元論の脱構築とみなすことができるとする。

第二部は、「食える犬」「食えない犬」から始まる。折島は自然主義作家、フランク・ノリスとジャック・ロンドンの動物表象を比較し、ロンドンが「食えない犬」と人間を対等とみなし、動物を介して新しい自己獲得の物語を語ったとする。次に現れるのはウォレス・スティーヴンズの詩における多様な動物群である。ヒヒ、虎、象、ライオン、熊から、アヒル、タカ、ハヤブサ、オウムといった鳥類、さらにはネズミ、ウサギ、蛇などなど。長畑は、認識の外部にある真の実在の象徴としての生き物表象を通して、スティーヴンズの求める「最高の虚構」との格闘ぶりを明らかにする。高野はヘミングウェイの動物を扱うが、それはカジキマグロでも狩猟の標的となる猛獣でもなく、「父と子」における一匹のリスである。ここから自殺をした父親に投影される動物性がはらむ矛盾の意味が解き明かされる。第二部最後は波戸岡が、ピンチョンの作品の要となる多くの動物を紹介する。これらイカ、ワニ、犬、ドラゴン、蛇たちは、失われた野生へのノスタルジアとして召喚されるが、その動物表象の引き裂かれた状況が、理性の支配するシステムのあり様を示していると論じられる。

第三部のはじめに登場するのは、反復強迫のように死体となって舞台に現れるウミガメ、ウサギ、ヤギである。アブジェクトとしての女性身体、贖罪の悲劇性を損なう動物たちを通し、岡本は演劇がいかに動物そのものを見ることを避けてきたかという「不都合な事実」を露わにする。続いて登場するのはアメリカ文化の代表格、動物に市民権を与えたディズニーの動物たちである。舌津は初期のミッキーマウス映画に着目し、その動物世界がカーニバル空間となって、動物化、人類相対化のベクトルを見据える感性を内包していたと喝破する。次に現れるのは、藤岡が「不敵な動物」と呼ぶウサギ、アビ、シギやウミスズメ、カモ、ヘビたちである。これら動物たちの持つ内なるウィルダネスに目覚めるとき、はじめて人間は外なるウィルダネスで、動物と同じ地平に立つことができるとする。本書を締めくくるのは、アフリカの大地を生きるおびただしい数の動物たちである。ベルベットモンキー、マントヒヒ、ライオン、さらにホオアカヨタカ、シッポウバト、ハシジロアカハラヤブモズなどなど。菅原は現地調査におけるこれらの動物考察をもとに、種間の境界という根本的な問いを投げかける。

本書の各論は、この概略からも明らかなように、取る立場も手法もさまざまである。各人の動物に対する姿勢も一様ではない。それをあえて統一することなく各人各様のやり方でその時代、その作品に応じた形の動物像をあぶりだす。近年、とみに動物への関心が高まりつつあり、しかもその関心が、文学、文化研究のみならず、哲学、歴史、宗教学、芸術史、社会学、文化人類学、メディア・スタディーズ、環境学など多種多様な領域を横断した広がりを見せている。それは言い換えれば、本書のような動物表象の考察が、今後、いろいろな方向に発展しうる可能性を持つということでもあろう。そのような開かれた場となることを念じつつ、「いきもの」たちの「ものがたり」を響き合わせ断片をつなぎ合わせ、人間と動物の織りなす「あめりか・いきものがたり」という一枚の全体像をここに紡ぐことが出来たとしたら、私たちの当初の目的は達したと言える。

引用文献

Haraway, Dana. *Simians, Cyborgs and Women: The Reinvention of Nature.* London and New York: Routledge, 1991.
Mather, Eleanore Price & Dorothy Canning Miller eds. *Edward Hicks: His Peaceable Kingdoms and Other Paintings.* Newark: U of Delaware P, 1983.

第一部

第1章　パリのオランウータンとキュヴィエ
――ポーの動物表象と「探偵小説」の成立――

井上　健

1　怪異談としての「モルグ街の殺人」

「モルグ街の殺人」と同時代フランス

自作がフランスで紹介された経緯について、エドガー・アラン・ポー（一八〇九―四九）自身はエヴァート・ダイキンク宛て書簡（一八四六年十二月三十日）で、「クレム婦人が今朝、パリの新聞が何紙か、私の「モルグ街の殺人」について報じていたと教えてくれました。（中略）「モルグ街の殺人」は、『グレアムズ・マガジン』に一八四一年四月、最初に掲載されてすぐ、パリの『シャリヴァリ（大騒ぎ）』紙で言及されています」（Ostrom 336）と語っていた。『グレアムズ・マガジン』一八四六年十一号掲載の「マージナリア」においてもポーは、「数年前、『パリ・シャリヴァリ』が私の物語を賛辞とともに転載した」（Thompson 1407）とまことしやかに述べているが、『モルグ街の殺人』が『シャリヴァリ』紙で言及された事実はない。

「モルグ街の殺人」は「裁判記録にも例を見ない殺人」という表題、G. B なる署名で、『ラ・クォ

図1－1　Daniel Vierge の挿絵（*Histoires extraordinaires*, 1884）

ティディエンヌ（日刊）』紙に一八四六年六月、三回に分けて掲載された。[1] 原作の序論に当たる部分をカットして、内容をより扇情的に書き換えた翻案であった。同年十月、『ル・コメルス（商売）』が、今度はフォルグ訳による「モルグ街の殺人」を「血みどろの謎」なる表題で掲載する。これを『ル・コメルス』のライバル紙『ラ・プレス（新聞）』が『ラ・クォティディエンヌ』紙掲載分の剽窃だと書き立てたことから、事はただちに裁判沙汰に発展する。その過程でフォルグが原作者ポーの存在を明らかにしたために、この一件によってポーはフランスでその名を知られることになった。こうした事情もあって名を知られていたからこそ、ボードレールの最初のポー短編集『異常な物語』（一八五六）は、「モルグ街の殺人」を巻頭に置くことにしたのであろう。

さらに一八四六年の段階では副題や小見出しに「オランウータン」と記されていた可能性もある（Cambiaire 14-17）。その真偽のほどはともかく、『ル・コメルス』所収の仏語題目「血みどろの謎」も、オランウータンとは謳っていないものの相当にセンセーショナルな題名であり、「モルグ街の殺人」を、オランウータンにまつわる猟奇的な怪異談として読ませようとしたことを示唆する。これは、のちにボードレール訳ポー短編集に添えられることになる、ダニエル・ヴィエルジュの有名な挿絵を見ても十分納得できるところである［図1-1］。

大都会パリの真っ只中に、野生の大猿が突如出現して残忍な殺人事件を起こすというモチーフは、もちろんポー作品の一面を誇張することによってのみ受け入れられていったわけではない。「モルグ街の殺人」刊行の一年後に連載が開始されたウジューヌ・シューの『パリの秘密』（一八四二―三）は、パリの暗部と犯罪とをセンセーショナルに描き出し、苛烈な社会批判を展開した新聞小説として、大きな反響を呼んだ。当時、フランスでよく知られていたアメリカ作家ジェイムズ・フェニモア・クーパーを、シューは「パリのウォルター・スコット」と呼び、デュマ・ペールはクーパーにちなんで、王政復古期のパリを舞台とする犯罪小説を『パリのモヒカン族』（一八四五）と題していた。フランスの連載小説の世界では、こうしてアメリカの荒野とヨーロッパの都市空間とが繰り返し重ね合わされ、「パリは当時、ますます野蛮な地と受けとめられるようになっていた」（Ascari 95-96）のである。

ポーは「マージナリア」の先の引用箇所の前で、英訳『パリの秘密』の読後感を記し、『パリの秘密』に、巨大で獰猛な類人猿（ape）の人真似をする習性を利用して、床屋の真似事をさせ、剃刀で人を殺すように仕向ける挿話のあることに触れている。ポーは続けて、シューが自分の「モルグ街の殺人」を「敬意の表れ」（Thompson 1407）として翻案したのか、それとも、まったくの偶然の一致の所産であるのかと述べているが、仏訳の出版年から推し量れば後者ということになる。であれば、パリの闇を野蛮なオランウータンが闊歩する準備は、『パリの秘密』連載時にはすでに万端整っていたということになる。

パリの怪談

オランウータンにことさらに光をあてた読み方がされたのは、フランスにおいてのみではない。ポー「モルグ街の殺人」の日本語訳は、「竹の舎主人（饗庭篁村の筆名）意訳」と銘打った「ルーモルグの人殺し」（『読売新聞』付録、一八八八）をもって嚆矢とする。大猿による怪奇な人殺しの顛末を語った、講談調の探偵譚に仕立て上げられた大幅な抄訳である。以下は、「ヂユピン氏」が戸棚より「仏国有名の動物学者」である「キユビエー氏」の書を取り出し、語り手にこの章を読めと言う場面である。

> 其の章には東印度産のオラングウタンといふ大猿の事を記し脊の高きこと身の軽きこと獰悪なること物の真似を為す事あり。余は是を読みて始めて暗き隧道《とんねる》を出て太陽の光りに向ひし如し。指の跡毛の色此の動物の説明とよく似たり。併しながら如何して此の事柄が巴里《ぱりい》府の都に起りしか。仏蘭西人と此の獣といかなる関係ありしか。印度にての出来事ならば問はずしても合点《うなづく》べし。巴里にて此事あるは解すべからず。（川戸・榊原31、強調引用者）[2]

フランスの動物学者・古生物学者ジョルジュ・キュヴィエ（一七六九―一八三二）の書に依拠する設定で、オランウータンの性状が、ここではほぼポーの原文通りに再現されている。英語の読めない饗庭篁村は、下訳を時に自在に書き直してこの「意訳」を成立させた。傍点部は篁村によって書き加えられた箇所である。注目すべきは、「此の獣」とパリとのつながりが想像を絶したものであり、そこにこそこの怪奇な惨劇が衝撃的である所以があることが、あらためて強調されている点である。

「モルグ街の殺人」の次なる邦訳、長田秋濤「猩々怪」（『文藝倶楽部』、一八九九）も、序にあたる部分を大幅にカットした「意訳」であるが、そもそも翻訳と銘打ってはおらず、従って、原作者の名も記されていない。「猩々怪」は、「此怪談は予が嘗て巴里に居つた時分、人から聞いた話で真乎偽乎《しんかぎか》、其点は分らないが何しろ実に奇々怪々の話であるから須らく記憶に存して居る点だけを綴つて書いて見たのみである。事実が余り牽強付会に陥つて居るから、読者諸君は文明開化の根元たる欧羅巴に恁《こ》様《ん》な馬鹿げた話があるかと謂はれるかも知れない。怪談の如きは泉鏡花君の専売である。鏡花君の健筆を以て書き下したならば一層面白いかも知れない」（川戸・榊原111）と書き出され、「是が即ち巴里に於ける二人殺しの怪談である」(129) と結ばれる。

劇作家・仏文学者の秋濤は、一八九〇年代前半に足かけ四年の滞仏経験を持つ。「猩々怪」が原典からの翻訳か、ボードレール訳からの重訳なのかは不明であるが、この引用で目を引くのは、篁村訳と同じく、物語の衝撃的な所以は「文明開化の根元」たるパリに野獣が突如出現したという「牽強付会」に置かれていて、それが泉鏡花まで引き合いに出して、「怪談」という伝統的語り物の枠組みで受けとめられている点であろう。黒岩涙香に代表される明治二十年代、三十年代翻案探偵小説ブームたけなわの頃の翻訳であるにもかかわらず、力点はもっぱら怪異に置かれているのである。

秋濤訳では、キュヴィエの書の場面は、「予は其本を手に捉つて読んで見ると、キユビエー氏の東印度に於ける猩々の解剖論である。予は其書を読み、恁《か》くの如き動物が、天地の間に存在して、居るかを見て、驚くと同時に、此事件は倍々《ますます》予が考をして紊乱《びんらん》せしめた」(125)と訳される。この物語を怪談の枠内に収めるためにも必須のはずの、オランウータンの形状・性状に関する記述は、ここでは見事に抜け落ちている。その代わりに持ち出されているのが、作品名にも掲げられている「猩々」で、それはすなわち、「猩々」と言えばただちに、赤く長い髪を有し、顔や手足の造作は人間に似ていて、大酒飲みであることでつとに名高い、想像上の動物の姿形が浮かんできたことを意味している。

酔って舞を舞い、酌めど尽きせぬ酒壺を与えてくれる、むしろ目出度い存在である猩々の原型的イメージは、謡曲や長唄によって演じられ、近世から明治にほぼそのまま引き継がれていった[3]。近世後期になると、西洋種オランウータンの図像はすでに知られるところとなり、それがこの伝説上の獣である猩々と徐々に重ね合わせられていく。「猩々怪」は「モルグ街の殺人」が、伝承・想像上の幻獣が、言わば西洋種と混交し、手に負えぬ怪物に変貌して、花の都パリに出現する怪談として読まれたことを物語ってくれる。

2　動物表象としてのオランウータンとキュヴィエ

ポーの動物表象

エドガー・アラン・ポーが作品中で描き出した動物の像は、まことに多種多様である。ただちに思い浮かぶのは、大鴉、黒猫、黄金虫など、神話・伝承と結びつき、あるいはゴシック的に変容された動物たちであるが、ポーは一方で、それとは対照的な、「ウィサヒコンの朝」（一八四四）の大鹿（elk）のような、文明と自然の二項対立にうまく回収できそうな動物像を描き出してもいたのである。さらにこれに、『ナンタケット島のアーサー・ゴードン・ピムの物語』（一八三七―三八）や『ジューリアス・ロドマンの日記』（一八四〇）などに含まれる自然史・博物誌的な動物の描写や、「壜の中の手記」（一八三三）、「ペスト王」（一八三五）、「四獣一体」（一八三六）などに出てくる幻獣の系譜が加わる。

事が一筋縄ではいかないのは、ポーの場合、こうした動物表象の様態が、決して固定的なものではないからである。『ピム』のニューファンドランド種の大型犬タイガーが、忠実な愛犬から、突如、凶暴な、恐怖の対象に変容するように、動物表象のレベルは、作品の時空間の中で、自在に変容を繰り返し、互いに入り交じり、たやすく異種や雑種を創り出す。変容し、混交する、こうした動物表象の宝庫としては、やはり『ピム』を第一にあげるべきだろう。こうした動物群が作品テクストの中で担う機能も様々で、悪意と魔力とで主人公を絞首台に引き渡す黒猫から、結果として主人公を縛めから解き放つ役割を果たす、「陥穽と振り子」（一八四二）に描かれる窖の鼠まで、これまた多岐の限りを尽くす。

伊藤詔子が指摘するように、人間と動物との二元論的前提を様々に脱構築していったところにアメリカ文学の特質の一つが求められるとすれば、自然や生き物のゴシック的変形を通じて脱構築した結果を、人間と神との間を逍遥する天使の所産である、人工的に再構成された「中間的な、あるいは第二の自然」（「アルンハイムの地所」（一八四七）Mabbott Ⅲ 1276）、あるいは「第二の生き物」として造形していったのがポーであった（伊藤 78-80）。ポーが二元論的前提の見直しに十分に意識的であったことは、伊藤がエピグラフに引く、「黒猫」という副題を持つ「直感対理性」（一八四〇）というポーの小論の書き出し、「獣類の本能と人間の誇るべき理性とを分かつ一線は、たしかに、この上なく曖昧で、疑わしいものである」（Mabbott Ⅱ 477）からも十分に看取できる。ポーの自然や生き物のゴシック的変容と再創造の背景には、たしかに「従来の二元論への懐疑や、自然が人間に与える大きなインパクトへの恐れや憧憬、（中略）自然の社会的構築性への洞察と、キメラの創造」（伊藤 79）という多層的な問題域がしかと横たわっているのである。

テクストの中のオランウータン

こうした動物表象をめぐるポーの重層的問題域のなかで、「第二の生き物」としての在り方がひときわ異彩を放っているのが、「モルグ街の殺人」のオランウータンである。ゴシシズムあるいはゴシック化がポーの創作全体を貫く主要な原理の一つである以上、よりリアリステックな筆致で綴られ、プロットにおいては、理性や科学的合理主義が優越するかに見えるデュパンものも、けっしてその例外ではない。「モルグ街の殺人」もまた、「鍵がかかっていたと思しき部屋での残虐な殺人、奇妙な「言語」、一般的、人間的動機の不在、超自然的作用のなせる技であることを指し示す手がかり」(Fisher 87) などによって構成された、扇情的ゴシック文学としての特性をたしかに有している。それはまた、つとに指摘されるように、デュパンと語り手が住む荒涼とした古い館のようなゴシック的トポスや、デュパンが、そして新聞に代表される世間が、この事件を形容する「異常な (extraordinary)」「特異な (peculiar)」「並々ならぬ (unusual)」「異様な (singular)」「度を超した (outré)」のようなゴシック的修辞法によっても裏付けられる。

ゴシック的に変容され、恐怖を掻き立てるポーの動物表象の中で、「モルグ街の殺人」のオランウータンがいささか特殊であるのは、後に推理小説ジャンルを定礎したと評価されるこの物語で、「犯人」という極めて重要な役割を担いながら、オランウータンが物語の舞台上に登場することは、最後までないからである。事件現場に多くの痕跡を残し、それぞれに食い違う目撃者の証言の内にその声の航跡をとどめ、デュパンの分析の叙述と、デュパンが新聞に出した広告と船乗りの告白の中に出現するのみで、デュパンも語り手もそして読者も、ついにその相貌を目のあたりにすることはない。その過剰な身体性と残忍な振る舞いが、ギュスタフ・ドレ、ダニエル・ヴィエルジュ、アーサー・ラッカム、オーブリー・ビアズリー、ハリー・クラーク［図1-2］など、画家・挿絵画家たちの想像

図１－２　Harry Clarke の挿絵（*Tales of Mystery and Imagination*, 1919）

力をおおいに刺激して、多くの印象的な、しばしばおどろおどろしいオランウータン図像を生み出してきたにもかかわらず、「モルグ街の殺人」のオランウータンは、徹頭徹尾、作品テクスト内では、間接的言語によって表現され、ついに言語表現の外部に出ることのない動物表象であると言えよう。実像を結ばないからこそ、十九世紀中期フランスにおいて、それは自在に過度に粉飾され、明治日本においては、想像上の獣と混交し、人知の及ばぬ怪談の主役を演じることにもなったわけである。

一方、テクストの中のオランウータンに対峙し、それを解読せんとするデュパンは、終始、「読む人」、言語表現に関わる人として造形されている。ビブリオマニアで驚異的な読書範囲の広さを誇り、モンマルトルの薄暗い図書館に籠もり、同じ稀覯書を探していた語り手と知り合う。知り合った二人は、古い「グロテスク（grotesque）」な館を借りて閉じこもり、昼夜を問わず、読書、執筆、議論に没頭する。『ガゼット』紙夕刊の報道で事件を知り、『ガゼット』の翌日の詳報で、食い違う証言の数々を読む。事件現場に赴いては、死体というテクストを読み込む。デュパンが、船乗りをおびき出す手立ても、『ル・モンド』紙に載せた、オランウータンが捕獲されたとする広告のテクストである。さらにデュパンは、ほとんど居ながらにして、人の胸の内を自在に読み取り、密室を、パリという大都市の秘密を読み解く才を持つ。そうして読み取った結果を、デュパンは一篇の謎解き物語に仕立てて上げて語って聞かせる。まさに「モルグ街の殺人」が端緒を開いた探偵小説ジャンルとは、基本的に「読むことと書くことの物語」(Thoms 134) なのである。そう考えれば、「モルグ街の殺人」の物語本体部分が、分析や推論の——読解の——方法を説いた序論への、「注釈 (commentary)」の機能を果たすものとして設定されていることも納得がいこうというものである。もちろんこうしたデュパンの読解法が、暗号学的、暗号解読法的なものでもあったことは忘れてはならないだろう。ポーの作家としてのキャリアは、サミュエル・モースが、電信符号を考案し、認可を取り付け、実用に供するまでの時期と、見事に重なり合うのである。

オランウータンについてのテクスト

ポーの描く動物群が、その変形・変容の度合いは別として、神話・伝承的存在である大鴉を除けば、新大陸アメリカに棲息するか、『ピム』や『ジューリアス・ロドマンの日記』(一八四〇) のごとく、現地=極地に棲息するとされる動物であったのに対して、「モルグ街の殺人」のオランウータンは、東南アジア、ボルネオの産で、フランス人船乗りによって、十九世紀中葉において、もっとも近代的であったヨーロッパの大都市パリに持ち込まれる。そうした来歴を権威づけるために作中に導入されているのが、前にも引いたジョルジュ・キュヴィエの書であった。

「これを読めよ」デュパンは応じた。「キュヴィエの本のこのあたりを」

それは東インド諸島に棲む、大きな、黄褐色のオランウータンについて、解剖学的に詳しい、もっぱら説明的な記述であった。この哺乳動物の、巨大な体躯、異常な力と行動力、はなはだしい残忍さ、そして模倣癖は、すでに大方のよく知るところである。私は瞬時に、この殺人事件の本当の恐ろしさを了解した。(Mabbott II 559)

キュヴィエの書を読んで、語り手は、遺体を検分した医師の所見にある、指の圧迫した跡がキュヴィエのオランウータンの図(drawing)と対応することを、犯行現場に残された、人間のものとは思えない黄褐色の毛が、キュヴィエの叙述と符合することをはじめて得心する。語り手を戦慄させるオランウータンの具体像が、書物を介して、図版と説明文によってのみ結ばれるものであったことは、あらためて注目に値しよう。オランウータンがボルネオ産であったことは、デュパンが『ル・モンド』に出した広告文と、船乗りの告白によって、語り手の知るところとなる。

オランウータンは持ち主本人によって捕らえられ、持ち主はそれを植物園(*Jardin des Plantes*)

に売って、かなりの金額を稼いだ。(568)

Jardin des Plantes はキュヴィエの学術拠点であり、動物学コレクションで有名な施設であった。キュヴィエの書によってかろうじて実体的像を獲得したオランウータンは、かくして再びキュヴィエのコレクションの域内に閉じ込められることになるわけである。

キュヴィエを読むポー

リンネ派の動物学者として出発したジョルジュ・キュヴィエは、自然誌の理論的基礎構造を確立し、動物学に比較解剖学を適用し、構造的類縁性よりも機能的相関の原則を重視して、古生物学と比較解剖学を統合した。ポーは『バートン・ジェントルマンズ・マガジン』一八三九年七月号に、キュヴィエの書の翻訳である『自然史概要』(4)の書評を載せている。ポーは、キュヴィエを典拠とする『貝類学入門』(一八三九)の表紙見開きに、著者として"By Edgar Poe"と名を掲げ(ただしポーは名義を貸しただけとも言われている)、"E. A. P."と署名した序文には、その「美麗で、見事に彩色された図版」は、「二次的教材として学生たちの利用に供するに、これ以上のものはない」(Poe 4)と記している。ポーが『比較解剖学講義』(一八〇〇—〇五)、『化石骨研究』(一八一二)と並ぶキュヴィエの主著『動物界』(一八一七)を目にしていたことはほぼ確実であろう。ではその『動物界』は、オランウータンをいかように描き出しているのか。

図1－3　Baron Cuvier, *The Animal Kingdom*

キュヴィエは、オランウータンは、頭や額の形、脳の容量などから人間に最も近い動物とされるが、それは主に若い個体から導き出された特質で、長じると鼻面が突き出してくるなどと指摘して、人間との類似関係にまずは否定的な判断を示す（Cuvier 47-48）。続いて、身体はぼさぼさした赤毛で覆われ、極東ことにボルネオに棲息し、ジャワ経由でヨーロッパにもたらされると述べて、その性状を次のように記述する。

若い、しかも檻の中にいるオランウータンは、たやすく手なずけ、仲良くなれる、温和で優しい動物である。順応して人間の行動の多くを模倣する特性が、それを可能にする。だがその知能は、報告されているほど高いものではなくて、犬の知能を大きく超えることがない。（Cuvier 48）

ローゼンハイムも指摘するように（Rosenheim 161）、これはデュパンが語り手に示した本に記された性状と、ことに本来「温和で優しい」とされる点において大きく食い違う。そのことは、キュヴィエが付したオランウータンの図［図1-3］を、「モルグ街の殺人」の多くの挿絵画家たちの描いたそれと比べてみれば一目瞭然である。

キュヴィエの書から得た動物についての知見を、ポーは「黄金虫」(一八四三)、「告げ口心臓」(一八四三)、「スフィンクス」(一八四六) などで、適宜、「第二の生き物」化させつつ利用しているが、「タール博士とフェザー教授の療法」(一八四五)、「跳び蛙」(一八四九) には、再度、オランウータンが登場する。「跳び蛙」の主人公である、「未開の地」出身の道化は、復讐のため、王たちに、八匹のオランウータンに扮する、道化の故郷の仮装遊びを提案する。八匹を繋ぐ鎖の形は「ボルネオでチンパンジーなど大きな猿を捕まえる」(Mabbott Ⅲ 1351) ためのものとされ、その「未開の地」がボルネオであることがわかる。さらに「跳び蛙」の語り手はオランウータンについて、「くだんの動物は、私が語るこの物語の当時は、文明世界で目にすることはほとんどなかった」と語る。では「くだんの動物」を文明世界の中心に導入するに際して、何故ポーは、キュヴィエの記述を大きく転倒させた「第二の生き物」を創出せねばならなかったのか。

3　デュパンとポーの方法

キュヴィエとデュパンの推論の方法

先にあげた『自然史概要』の書評で、ポーはキュヴィエの方法について、『「方法」(*method*) というものに存在意義を持つ研究においては、これまで、部分を集めて、一目でそれとわかるような「全体」（*whole*）に転じるような試みはなされてこなかったことは、多くの人にいまだ奇異に映じているに相違ない」（Harrison 26）と述べていた。ポーの指摘通り、キュヴィエは、掘り出された化石や骨の断片という「部分」から動物「全体」を創り出す点において、ほとんど造物主のような存在と見なされたりもしていたのである。(5)

キュヴィエをはじめとする当時の動物学の著作は、十九世紀前半のアメリカで、広く復刊され流布していた（Lemire 178）。ロナルド・トマスは、「モルグ街の殺人」出版前後には、骨相学や解剖学の知見の流れを引く、人間の生物学的位相についての科学的言説が、人間の政治的地位をめぐる議論と結びつけられる状況が生まれていたと指摘する。たとえば、証言より状況証拠を重んじる方向での刑法改正が検討される際には、部分から全体に到るキュヴィエの方法が法学者たちによって、しばしば引き合いに出されたりもしたのである（Thomas 54–55）。

「モルグ街の殺人」では、「骨相学者たち」への言及が一度だけなされるが、ただちにそれに対する否定的見解が、「誤っていると私は思うが」（Mabbott II 531）と、括弧内の注記で示される。だが、「モルグ街の殺人」草稿（一八四一）と『グレアムズ・マガジン』掲載版（一八四一年四月）には、骨相学を比較的ポジティヴに評価した冒頭部分が添えられていたのである。ポーが骨相学に一定の関心を払っていたことは、「アッシャー家の崩壊」（一八三九）におけるロデリック・アッシャーの容貌の描写に、それが応用されていることからも容易に推察されるだろう。「モルグ街の殺人」における、骨相学からキュヴィエへの方法論的移行は、このように作品の構想・執筆された時代思潮の推移を反映したものでもあった。

では、部分から全体に到るキュヴィエの方法に目を向けていたポーの造形した探偵デュパンの方法はいかなるものであったか。まずは、自らの方法を語るデュパンの言に耳を傾けてみよう。オランウータンが間接的言語表現の枠内に終始とどまるものであったがゆえに、そうした「犯人」の痕跡をたどる探偵の言語表現も、必然的に、比喩と実態との二重性を孕むものとなる。たとえば、デュパンは密室の謎解きについて、語り手に次のように語りかける。

「ぼくが困り果てているとでも言いたいのかもしれないが、そう考えているとすれば、それは帰納推理（inductions）というものを誤解しているからに違いない。狩猟言葉でいえば、ぼくは一度たりとも『途方に暮れた（at fault）』ことなどない。臭跡を見失ったことなどまったくないのだ。（後略）」（Mabbott II 553）

“at fault”なる慣用句には、「途方に暮れて」「当惑して」のほかに「猟犬が臭跡を失って」の意があり、追い求める対象が動物であることを、その両義性において仄めかす。デュパンの推理の方法はまず、こうした臭跡を追う帰納的方法によって特徴付けられる。事実、デュパンは、「犯人」が二つの窓のうちの一つから逃げた以外にはありえないことを、「帰納的に（*à posteriori*）」（552）推測していくのである。カルロ・ギンズブルクは、このような狩人の世界に起源を持つ推論的パラダイムに探偵小説の方法的基礎をおき、その萌芽をヴォルテールのコント『ザディーグまたは運命』(一七四七)の、砂の上の足跡や蹄鉄の跡、木の枝の痕跡から、そこを通った犬や馬の形状全体を洞察する手法に見て取った(Ginsburg 102)。ポーが『ザディーグ』を読んでいたことは、オランウータンに扮した「類猿人」が描かれる「跳び蛙」冒頭で、冗談好きの国王の好みが、「ヴォルテールの『ザディーグ』よりはラブレーの『ガルガンチュア』」(Mabbott Ⅲ 1345)であったとされる一節からも窺われる。

レジス・メサックの引くところによれば、キュヴィエは、比較解剖学、動物学の導く結論は、物理学などと同じく確実なもので、それゆえ「観察者は足跡のみを目にしただけで、通り過ぎていった動物が、いかなる歯、顎、後駆、肩、骨盤を有していたかがわかってしまう。これはザディーグの手がかりすべてを合わせたよりもはるかに確実な証左なのである」(Messac 35)と言明していた。ポーが「探偵小説」を構想する際の源の一つに『ザディーグ』があったことは間違いないが、猟犬が臭跡を追い、部分から全体を構成していく方法は、内田隆三の指摘するように、因果律を持ち込み、「歴史的な時間制を導入し、観察すべき世界に「生命」という深さの次元を見出す」(内田 79)点において、むしろキュヴィエのそれに接近する。『ザディーグ』の「博物学」的思考と、キュヴィエの「生物学」的思考との間には断絶があって、「キュヴィエの同時代人はむしろポーの探偵デュパン」(内田 75)と言えるのである。

もちろんデュパンの方法は、そうした広義の帰納法に尽きるものではない。デュパンは一方で、犯人の声が何語であるかをめぐる、ことごとく食い違う証言の「特異性(peculiarity)」にふれて、「これだけは言っておくが、証言のこの箇所――荒々しい声、鋭い声についての箇所――だけからでも、正しい推論（legitimate deductions）さえ行えば、そこから生じる疑問は、謎の探索をさらに前進させる方向性をしっかりと指し示してくれるだろう」（Mabbott II 550）と語ってもいた。演繹法と言い換えることも可能なこの「正しい推論」と、痕跡を追う帰納法とを組み合わせた仮説演繹的方法こそが、探偵デュパンの論理の基本的枠組みである。

オランウータンはなぜ書き換えられたか

キュヴィエのオランウータン像が書き換えられたのは、必ずしも「殺人のメロドラマ的、ゴシック的側面を強調する」（Rosenheim 161）ためだけではない。すでに半世紀前に、ウィリアム・カーロス・ウィリアムズ（一八八三―一九六三）が確言していたように、ポーは同時代に対して鋭敏なアンテナを張り巡らし、同時代から吸収したものに先見的な表現を与えていた作家であった。リンドン・バレットやエリス・レマイアが詳しく説くように、モルグ街に出現するオランウータンの原像として、アメリカン・ゴシック固有の悪夢・無意識の源泉たる黒人の存在が、一八三八年以降のフィラデルフィアの、黒人と猿とのアナロジーを殊更に言い立てる、同時代動物学的言説が、さらに、アガシーに連なる多元論的思潮などがあったことは間違いない。モルグ街のオランウータンが、なぜ人間の髭剃りの真似をして剃刀を振り回すことになったかについても、理髪業に携わる黒人が多かったという史的事実は、たしかに有効な説明の一つにはなってくれる（Lemire 185-87）。その意味でポーは、アメリカ・

ルネサンス作家の中で、アフリカニズムとの関わりにおいて、きわめて重要な位置を占める存在であった（Morrison 32）。

ただし、こうした同時代言説・思潮と「モルグ街の殺人」のテクストとの関係は、無論、決定論的にではなく、あくまでも、言説のネットワークが編成されていく際の結節点のごときものとして考えるべきだろう。その限りにおいては、犯人の言語と国籍をめぐる証言がことごとく食い違い、真相にたどり着く前段階として、それがアジア人かアフリカ人のものである可能性に言及される件はやはり重要である。再びロナルド・トマスを引けば、デュパンは、遺体の物質的、科学的、解剖学的証拠の読解と、犯人の声を巡る政治的読解とを有機的に結合することによって犯人像にたどり着く（Thomas 46）。かくして、犯人の非人間性、残虐性と、人間もどきの言語能力とを止揚したところに、アジア産オランウータンの形姿が浮かび上がってくるのである。

こう考えてくると、パリという都市空間が、単なる人目を引くための舞台装置ではないことも自ずから明らかとなる。「モルグ街の殺人」の物語構造の原型として、オイディプスやテセウスの神話を置き（Irwin 197-99, 229-30）、謎を仕掛けてはテーベを悩ますスフィンクスと、迷宮に潜むミノタウロスという半人半獣の怪物の位置に、東アジアから連れてこられた、ゴシック化された、人間もどきのオランウータンを据えてみれば、その居住空間としては、たとえば「群衆の人」（一八四〇年十二月）で描き出された、非人間的な、解読困難な書物のように謎めいた、クレタ島の迷宮のような都市空間こそが似付かわしい。パリという地理的設定をただの韜晦の手立てにすぎないとしてしまうと、発表時期も主題や構成の上でも「モルグ街の殺人」に先行する「群衆の人」の舞台が、やはり大都市ロンドンに設定されていた理由が見えにくくなってしまうのではないだろうか。

ポーと探偵の方法

ポーは一八四六年、八月九日の、フィリップ・クック宛書簡において、自作「モルグ街の殺人」を次のように評している。

> 私はあれら推論の物語（tales of ratiocination）が独創的（ingenious）でないと言うつもりはない。だが、読者が実際以上に独創的だと考えてしまうのは、その方法というか、方法的な雰囲気ゆえである。（中略）自分自身で、つまり著者自らが、解きほぐすために織り上げた織物を解きほぐすことの、どこが独創的だと言うのだろう？　読者は想像上の存在であるデュパンの独創性（ingenuity）を、物語の書き手のそれと混同するように仕向けられているのである。（Ostrom 328）

ここでポーは自作を「推論の物語」と名付けた上で、作者が解けるように創った謎を探偵が解くことができるのは当たり前で、読者はそこを誤解しているのだと語っている。この言は、ポーの想像した探偵デュパンの無謬性、完全性が、物語構造的に保証されていると同時に、ポーの詩論や短編小説を貫く、演繹的原理によって構成されたものであることを、いみじくも明かしている点で重要である。

デュパンは、完璧な知性とロマン的気質の持ち主として造形されていて、そうした二重性の構造は、ホームズを筆頭とするデュパンの末裔たちに引き継がれていくのだが、そうした天才探偵の凱歌は、実は、近代科学合理主義の知性の勝利や、ロマン的気質の天才の閃きにのみよるのではない。デュパンの掲げる「方法」あるいは「方法的な雰囲気」の中で、物語構造や探偵像造形に深く結びついた演繹的原理と並んで注視すべきは、以下のような知の表層性をめぐる認識である。

真理はかならずしも、井戸の底にあるのではない。実際、真理よりもさらに重要な知識ということになれば、それは常に表面的なものなのだとぼくは信じる。深さはぼくたちが真理や知識を探す谷間にあるので、それが見つかる山頂には深さなどない。(Mabbott II 545)

デュパンは、探偵デュパンの原型の一人であるヴィードックや、パリ警察の捜査法を、対象を近くから見つめるせいで「事の全体を見失う」、「深く考えすぎて」失敗すると批判してから、このように語る。ポーは「Bへの手紙」(一八三六)にも、「人はしばしば頂上よりも深みに真実を求めて過つ」(Thompson 8)と記していた。「Bへの手紙」がそもそも、自らの一八三一年版詩集の序文であったことを思えば、このある種の表層的形式主義の立場は、ポーにとって、演繹原理に則った「効果の統一」と並ぶ、本質的な創作の公理であったと考えてよかろう。知はそして真理は表層にあり、という形式主義的論理に立脚し、観察すべき世界に、時間的因果性と「生命」の深さとを見出すキュヴィエの方法を相対化して、深さという次元に仕掛けられた詐術を見破るデュパンを造形したところにはじめて、探偵小説の祖「モルグ街の殺人」が成立した。探偵はまさに「殺人者をその詐術において捕まえる」（Žižek 57）のである。ちなみに、この種の形式主義的論理はただちに、ポーを一九二〇年代「黄金期」探偵小説作家の位置に据えることになる。

行動形態が人間に近く、人語と見紛いかねない音声を発し、結果的に「深さ」という「詐術」を仕掛けてくる存在として、人間もどき的部分と残虐な非人間性との、半人半獣的混交性において、テクスト内テクスト中のオランウータンは、まさしく探偵デュパンが相手どる対象に似つかわしく、演繹的に「織り上げられた」存在であった。同時代のアメリカ人読者にとっては、非西欧という「深さ」も、黒人とのアナロジーという「深さ」も、その深層のレベルにおいては、もちろん一定の効力を持つものであったろう。こうした「深さ」の「詐術」を有効にするには、フランス動物学の泰斗キュヴィエのオランウータンを、残虐、凶暴化させることは、これまた演繹的に導かれた必要条件であった。

ボワロ＝ナルスジャックは探偵小説の根本的動因として、未知と謎のもたらす恐怖と畏怖、それが解決されることによってもたらされる喜びを、探偵小説の成立要件として、都市大衆文化の成立、警察機構の整備、新聞・ジャーナリズムの発展、実証科学の進歩の四点をあげる(6)。非人間的な、ほとんどサイバースペースのごとき都市空間において、「パリの怪談」の「深さ」という「詐術」の謎解きが、新聞記事を有力な情報源として、動物学的知識を援用しつつ、警察の方法を超克する形で展開される「モルグ街の殺人」によって、探偵小説という新ジャンルは、かく定礎されたのである。

註

（1）以下、W. T. Bandy, "Introduction." *Charles Baudelaire. Edgar Allan Poe: sa vie et ses ouvrages*. Ed. W. T. Bandy. Toronto and Buffalo: U of Toronto P, 1973., *Poe Abroad: Influence, Reputation, Affinities*. Ed. Lois Davis Vines. Iowa City: U of Iowa P, 1999., *Edgar Allan Poe: The Critical Heritage*. Ed. I. M. Walker. London and New York: Routledge & Kegan Paul, 1986. および Mabbott (1978) の注記を参照した。

（2）次の「猩々怪」ともども、引用は新字旧仮名とし、読みやすくするため、適宜、原典にはない句点を付加し、読みにくい箇所のみ、原典のルビを残した。

（3）たとえば、神宮司庁蔵版『古事類苑　動物部』（古事類苑刊行会、一九一〇年）の「猩猩」の項には、『倭名類聚抄』、『本草綱目釈義』から、江戸後期の『松屋筆記』に至る、人面もどきで、赤い髪をもち、よく酒を食らう猩々の用例があげられている。

（4）書名は以下のごとくである。*A Synopsis of Natural History; Embracing the Natural History of Animals, with Human and General Animal Physiology, Botany, Vegetable Physiology, and Geology. Translated from the latest French Edition of C. Lemmonier, Professor of Natural History in the Royal College of Charlemagne; with Additions from the Works of Cuvier, Dumaril, Lacepede, etc. Arranged as a Text Book for Schools. By Thomas Wyatt.*

（5）キュヴィエの評価と位置づけについては、William Coleman, *Georges Cuvier Zoologist: A Study in the History of Evolution Theory*. Cambridge: Harvard UP, 1964. および Martin J. S. Rudwick, *Georges Cuvier, Fossil Bones, and Geological Catastrophes: New Translations & Interpretations of the Primary Texts*. Chicago and London: U of Chicago P, 1997. を参照した。

（6）Boileau-Narcejac, *Le Roman policier*. Paris: Payot, 1964. ボワロ＝ナルスジャック『推理小説論――恐怖と理性の弁証法』（寺門泰彦訳、紀伊國屋書店、一九六七年）。Boileau-Narcejac, *Le roman policier*. 《Collection QUE SAIS-JE ?》 Paris: Presses Universitaires de France, 1975. ボワロ＝ナルスジャック『探偵小説』〈文庫クセジュ〉（篠田勝英訳、白水社、一九七七年）。

引用文献

Ascari, Maurizio. *A Counter-History of Crime Fiction: Supernatural, Gothic, Sensational*. Basingstoke: Palgrave Macmillan, 2007.

Barrett, Lindon. "Presence of Mind: Detection and Racialization in 'The Murders in the Rue Morgue.'" *Romancing the Shadow: Poe and Race*. Ed. J. Gerald Kennedy and Liliane Weissberg. Oxford and New York: Oxford UP, 2001.

Cambiaire, Celestine Pierre. *The Influence of Edgar Allan Poe in France*. New York; G. E. Strechert& Co., 1927.

Cuvier, Baron. *The Animal Kingdom, Arranged according to Its Organization, Serving as a Foundation for the Natural History of Animals, and an Introduction to Comparative Anatomy*. With Figures Designed after Nature: Crustacea, Arachnides, & Insecta, by M. Latreille, Translated from Latest French Edition. With Additional Notes, and Illustrated by Nearly 500 Additional Plates. London: G. Henderson, 1834.

Fisher, Benjamin Franklin. "Poe and the Gothic Tradition." *The Cambridge Companion to Edgar Allan Poe*. Ed. Kevin J. Hayes. Cambridge: Cambridge UP, 2002.

Ginzburg, Carlo. "Morelli, Freud, and Sherlock Holmes." *The Sign of Three : Dupin, Holmes, Peirce*. Ed. Umberto Eco and Thomas A. Sebeok. Bloomington and Indianapolis: Indiana UP, 1983.（ウンベルト・エーコ、トマス・A・シービオク編『三人の記号——デュパン、ホームズ、パース』小池滋監訳、東京図書、一九九〇年）。

Irwin, John T. *The Mystery to a Solution: Poe, Borges, and the Analytic Detective Story*. Baltimore and London: Johns Hopkins UP, 1994.

Lemire, Elise. "'The Murders in the Rue Morgue': Amalgamation Discourses and the Race Riots of 1838 in Poe's Philadelphia." *Romancing the Shadow: Poe and Race*. Ed. J. Gerald Kennedy and Liliane Weissberg. Oxford and New York: Oxford UP, 2001.

Mabbott, Thomas Ollive. ed. *Collected Works of Edgar Allan Poe, Volume II & III Tales and Sketches*. Cambridge: Belknap of Harvard UP, 1978.

Messac, Régis. *Le "Détective Novel" et l'influence de la pensée scientifique*. Paris: Librairie Ancienne Honoré Champion,

1929.
Morrison, Toni. *Playing in the Dark: Whiteness and the Literary Imagination*. New York: Vintage Books, 1993.（トニ・モリスン『白さと想像力――アメリカ文学の黒人像』大社淑子訳、朝日新聞社、一九九四年）。
Ostrom, John Ward, ed. *The Letters of Edgar Allan Poe II*. New York: Gordian Press, 1966.
Poe, Edgar Allan. ed. *The Conchologist's First Book: A System of Testaceous Malacology, Arranged Expressly for the Use of Schools, in Which the Animals, According to Cuvier, Are Given with the Shells*. Philadelphia: Haswell, Barrington, and Haswell, 1840.
Rosenheim, Shawn. "Detective Fiction, Psychoanalysis, and the Analytic Sublime." *The American Face of Edgar Allan Poe*. Ed. Shawn Rosenheim and Stephen Rachman. Baltimore and London: Johns Hopkins UP, 1995.
Thomas, Ronald R. *Detective Fiction and the Rise of Forensic Science*. Cambridge: Cambridge UP, 1999.
Thompson, G. R. ed. *Poe: Essays and Reviews*. New York: The Library of America, 1984.
Thoms, Peter. "Poe's Dupin and the Power of Detection." *The Cambridge Companion to Edgar Allan Poe*. Ed. Kevin J. Hayes, Cambridge: Cambridge UP, 2002.
Žižek, Slavoj. *Looking Awry: An Introduction to Jacques Lacan through Popular Culture*. Cambridge and London: MIT P, 1991.（スラヴォイ・ジジェク『斜めから見る――大衆文化を通してラカン理論へ』鈴木晶訳、青土社、一九九五年）。
伊藤詔子「ポーのキメラ（幻獣）とゴシック・ネイチャー――いきもの表象の多層構造をめぐって」、（伊藤詔子監修、新田玲子編『カウンターナラティヴから語るアメリカ文学』音羽書房鶴見書店、二〇一二年）。
内田隆三『探偵小説の社会学』（岩波書店、二〇〇一年）。
川戸道昭・榊原貴教編『明治翻訳文学全集《新聞雑誌編》19　ポー集』（大空社、一九九六年）。

第2章　反転する動物物語
——メルヴィルと陸の動物たち——

福岡和子

周知のとおりハーマン・メルヴィル（一八一九—九一）と言えば、鯨を代表格として海に生息する生き物と結び付けて論じられることが多い。しかし、それ以外にも彼の作品において興味深い表象として用いられているのが、陸の動物である。それらが同時代の多様な媒体を通じて盛んに喧伝された動物イデオロギーと対照されるとき、改めてメルヴィルらしいユニークな特質が浮かび上がってくるように思われる。

1　ペット飼育の始まり

ペット飼育とドメスティック・イデオロギー

メルヴィルが生きた時代、つまり十九世紀中葉は、人間と動物との関わりにおいて大きな変化が生じた時代であった。アメリカにおけるペット飼育の歴史を跡付けたキャサリン・C・グリアによると、農耕社会から資本主義的市場経済へとアメリカ社会の形態が大きく移行していくにつれて、仕事の場は家庭と切り離され、動物が農耕や運搬用の役畜、肉や卵を提供する家畜としてではなく、家庭の中でペットとして飼われるようになったのである。そのように家で愛玩動物を飼うことのできる階級は、当時アメリカ社会に形成されつつあったミドル・クラスであった。そこでは男女の役割分担は明確であり、夫・父親は家の外で仕事に従事するのに対して、家あるいは家族を世話・管理するのは妻・母親の役割となった。とりわけ母親の役割は重要であり、エリザベス・アモンズの言葉を借りるなら、「子供たちに愛を注ぎ、勤勉、高潔、悪の回避という価値観を内面化するよう躾けることが、母親の神聖な義務であり、この上もなく社会的に有用な職務であった。」(Ammons 160) このドメスティック・イデオロギーが福音主義キリスト教と密接な関係を持っていたことは、ジェイン・トムキンズなどの著作によってよく知られたことであるが、それがまた当時広まったペット飼育とも密接な関わりがあったということは、あまり知られていないのではないだろうか。

当時、家庭での動物飼育の重要性を認識し様々な媒体を通して母親や子供たちに訴えかけたのが、リディア・H・シガーニー(一七九一―一八六五)、リディア・マリア・チャイルド(一八〇二―八〇)、ハリエット・ビーチャー・ストウ(一八一一―九六)などの女性流行作家たちであった。彼女たちは、動物が登場する詩や物語を創作し、日曜学校の教材、母親向けの子育て教本などの様々な媒体を通して、動物愛護の精神を広めたのである。それらは動物それ自体を中心に置くというよりは、先に言ったように、家庭の子供たちに道徳律を植えつけることを主眼としたものであった。思いやりを持ってペットを飼育するように教え、また虐待は非道で恥ずべきことだと教えることが、感情の自己抑制・

自己管理ができる大人を育てる上で非常に効果的な方法であることが示された。勿論そこには動物自体に対する考え方の変化があり、動物は肉体的苦痛を感じるだけではなく、様々な感情—喜びや悲しみや愛情—をもつ、「心をもった」（Grier 198）存在と捉えられていた。グリアは上述の女性作家たちが動物に対して用いたメタファーを、忠実な召使、家族をもつ親、愛すべき子供、友達、の四つにまとめている（Grier 198-9）。これらのメタファーはいずれも動物と人間の親密な関係を指し示すものであり、ミドル・クラスの子供たちは、そのような動物との親しい関係を通じて他者を愛することを学び成長したのである。

動物愛護とキリスト教信仰

当時の動物愛護の精神を説いた具体的一例として、ストウが子供向けに書いた文章「我が家の犬たち」（一八六七）の一節を次にあげておこう。

隣人にニューファンドランド犬の子犬が沢山生まれた。そのうちの一匹を分けてもらい、我が家族史の一章が始まることになった。元気、活発で滑稽な子犬は、我が家に歓呼の声で迎えられ、「ロウバー」と名づけられた。皆が、それは可愛がられる名前だと考えたのだ。というのも彼の遊び友達となった四、五人の少年たちも皆「ロウバー（放浪者）」であり、——森を駆け巡るロウバー、近くの沼地の土手から水しぶきを上げて飛び込み、筏を作るロウバーだった（中略）。彼らはまさにロウバーそのものであり、二、三日ごとに海岸まで出かけて行って魚を釣りボートを漕ぎ蛤を掘り出したりしたのである。(71)

ストウは、このニューファンドランド犬のみならず、彼女の家で飼われ子供たちのペットとなった様々な動物を紹介した後、次のようなモラルを説いている。

わたしが伝えたいモラルはこの物語を読めばわかるはずだ。それは動物を注意深く見守り、思いやりをもって慈しめば、動物の中に思ってもみないような性質を育むことができるだろうということ。愛は愛を産み、いつもきちんと世話をすれば、きちんとした習慣を身につけ、その結果ペットは可愛くて興味深いものになる。(中略)また動物を扱う時には、彼らが天なる父からわれわれに託された聖なる存在だということを忘れてはいけない。(中略)主は、小さな雀ですら天なる神の思し召しがなければ地面に落ちないと言われる。したがって、庇護に値すると神がお考えになるあの無防備な動物たちに対して、われわれがどんな扱いをするか神の目は見守っておられるのだと信じることができるだろう。(108-9)

ストウにとってまさに動物は家族の一員であり、子供と同じく注意深く愛情をもって育むべき生き物なのである。そうした動物愛護の精神は子供にキリスト教信仰を育むという大きな意味づけを与えられていることがわかる。動物は神からの預かり物であり、子供に動物に対する愛の重要性を説くことが、天上から常に注がれている神のまなざしを子供たちに知らしめる格好の手段であると考えていたのである。

2　黒いニューファンドランド犬

図2-1　ニューファンドランド犬（*The Encyclopedia Americana*, International Edition, Vol.9, Grolier Incorporated, 1993）

それでは本題であるメルヴィルの動物表象、とりわけ陸の動物を扱っている作品に移りたい。当時普及していた動物イデオロギーとの比較という意味でも、まずは右で取り上げたストウ家の愛犬と同じニューファンドランド犬が言及される作品として、「ベニト・セレノ」（一八五五）、および『信用詐欺師』（一八五七）を取り扱うことにする。

黒い犬を回想する――「ベニト・セレノ」

「ベニト・セレノ」では、ニューファンド

ランド犬そのものは直接現れないが、以下に見るようにマサチューセッツ出身のアメリカ人船長の追憶において重要な働きをしている。船長はチリの海岸沖で立ち往生している船に救助の手を差し伸べようとしたにもかかわらず、スペイン人船長や船員などの不可解な行動ゆえに、しばしば疑惑と不安に襲われる。

> それほど遠くない沖合いに小型船の馴染みの姿がみえた。（中略）名前はロウバー号、今は異国の海に浮かんでいるものの、かつてはデラノ船長の家がある海岸にしばしば横付けにされ、修理のために家の玄関口にまで運ばれて、まるでニューファンドランド犬のごとく親しい存在だった。今、家の番犬だった船の姿を見た船長には、信頼に満ちていた当時の想い出が次々と浮かんできた。そのおかげで、先に襲った疑念とは対照的に、船長は全幅の明るい信頼を取り戻しただけではなく、不信を抱いた自分をいささかおどけて責める気にもなったのである。「このアマサ・デラノ、（中略）手にズックの鞄を持って、海岸沿いに櫂をこいで老朽船から作られた学校へ通ったこの自分、従兄弟のナットや他の子供たちと一緒にイチゴ取りに行ったこの自分、小さな海辺のジャックが、世界の果てで、しかも海賊の幽霊船の上で怖ろしいスペイン人に殺される？　そんなことを考えるなんてあまりにばかげている！（中略）あそこにロウバー号がいる、可愛い犬だ、口に白い骨をくわえて。」（77 強調引用者）

この一節で特に注目すべきは、アメリカ人船長アマサ・デラノの心に浮かんだ連想である。不可解な外国船の上からやっと見えた自分の船、故郷の海岸に近い家の戸口にいつも修理のために横付けされていたその船を、同じく家の戸口にいつも鎮座していたニューファンドランド犬と結びつけ、そこからさらに船長は、海辺で遊びイチゴ狩りを楽しんだ子供時代にまで想いを馳せ、一点の曇りもない良心を持っている自分が、こんな世界の果てで殺されるはずなどありえないと、自信を回復するのである。この世に対する楽天的信頼を船長に取り戻させたものは、ペットであるロウバーや友達と過ごした楽しい子供時代の思い出だったのである。ペットは忠実な召使であり、無邪気な子供であり、裏切らない友達だった。

メルヴィルがストウの例の文章を読んだのではないかと思わせるほどに、ここにはストウの文章との共通点が際立つ。しかし、出版年からすれば、その可能性は少なく、むしろロウバーという名のニューファンドランド犬と遊び回った少年時代は、恐らく当時ニュー・イングランドの山々や海辺で子供時代を過ごした人々によくある忘れがたい楽しい思い出であったと考えるべきであろう。しかし、それにしても今、異国の海上にある船長の意識のなかに、なぜ陸の動物である「犬」が浮上してくるのか。それはロウバーと命名された船が誘い出した懐かしい思い出であることはまちがいないが、どうもそれだけではないことが、次の引用からわかる。

彼の傍らに背の低い黒人が立っていた。牧羊犬のように黙ってスペイン人船長の顔を時折見上げ

た野蛮な顔には、悲しみと愛情とが同じ程度に混ざり合っていた。（51 強調引用者）

故郷では、デラノ船長はしばしば家の戸口にすわり、自由黒人の男が仕事に精を出したり遊んだりしているのをじっと見ることにとても満足を覚えたものである。航海においても、たまたま黒人の船乗りが乗っていた時には、いつも船長はその船乗りとおしゃべりをしてふざける間柄となった。実際、大抵の快活で善良な人間がそうであるように、デラノ船長も黒人が好きであり、それも慈善家とは違い、ニューファンドランド犬を好きになるような親しみをこめた気持からだったのである。（84 強調引用者）

言うまでもなく、これら二例の視点人物はデラノ船長であり、これらから、船長は黒人を見るときには殆ど自動的に犬を連想し、さらには黒人と自分との関係を犬と飼い主との関係とに重ね合わせて見る傾向があることがわかる。言うまでもなくニューファンドランド犬は通常黒い毛並みであり、[1] 黒人を前にした船長が、犬の種類のなかでもとりわけ黒い毛並みのニューファンドランド犬をすぐさま連想することはありうる。しかしそれだけではなく、船長には黒人は犬に近い存在でしかないという拭いがたい偏見があることも否定できないのである。それはまぎれもない人種偏見だと批判しても、恐らくは船長は理解しなかったのではないかと思われる。というのも、船長においては、主人を裏切るはずのない忠実な飼い犬をかわいがる気持と、黒人に対して抱く「優しい」気持ちは同じものであるからだ。

以上のことを考慮するなら、船上でデラノ船長が呼び起こしたニューファンドランド犬の記憶は、不気味な存在である黒人バボウを、追憶のなかの懐かしい犬と置き換えて、バボウに対する不安や疑惑を封じ込め抑圧してしまおうとする無意識の心理的防衛だったのではないかと思われる。しかし、その結果、デラノ船長には、主人の「友人」「子供」「召使」である「犬」からは想像もつかない恐ろしい事件、つまり主人を惨殺した黒人奴隷の反乱が起こっていることが全く見抜けないという事態が生じてしまう。「犬」は忠実な仮面をかぶりながら、実は「黒い口から赤い舌をだらりとたらす狼」(102)となって、恐ろしい牙を剥き出しにしていたのである。事件後、「すべてを忘れた」「明るい太陽」、「青い海」、「青い空」の存在へとスペイン人船長の注意を向けようとしたデラノ船長には、彼が経験したこの恐ろしい事件は何も痕跡を残さず、ただ「過ぎ去る」(116)ものでしかなかったようである。

黒い犬を仮装する――『信用詐欺師』

黒いニューファンドランド犬は『信用詐欺師』に再び「登場」する。舞台はミシシッピー川をニューオリンズに向かう蒸気船、波止場で乗客が降り、また新しく別の乗客が乗り込んでくるとき、詐欺師は服装から話しぶりに至るまですっかり変えて別の人物になりすまし、巧妙な罠を仕掛けて乗客の「信用」を引き出していく。次のシーンもその一つである。

> 船首部分において、しばらくの間乗客の関心を少し引いていたのが、グロテスクな足の悪い黒人だった。（中略）足にどこか悪いところがあるせいで、事実上ニューファンドランド犬の背丈にまで切り詰められた黒人は、黒い縮れた頭髪と人の良い正直そうな黒い顔を乗客たちの腿の上部にこすりつけ、何とか足を引きずって動き回り、お粗末な音を出して、くそ真面目な顔をした男からですら、笑いを誘っていたのである。（10 強調引用者）

果たしてギニーは、動き回ると丁度人の腿に触れるニューファンドランド犬の背丈しかない障害を持った黒人なのか、または装っているだけなのか。人々が見守るうちに、乗客から投げられたコインを口で受け取るという犬まがいの行為まで始める。さらには、貧困、ホームレスなどの不幸にも陽気に堪えてみせ、白人社会に対する恨み辛みは少しも面に現さない。このように白人乗客にとって不快な危険因子を拭い去り、人間より知性の劣ったもの、人間に忠実なもの、人間から庇護されるべきものとなったとき、黒人は、より安全な存在として、乗客の憐憫・慈愛に訴えかけることができる。乗客たちと黒人との関係は、まさしく飼い主とペットとの関係に似た「仲むつまじいもの」となるはずであった。既に見た「ベニト・セレノ」ではアメリカ人船長の無意識の防衛メカニズムの一つとして機能した動物表象が、ここではそうした心理機能を知り尽くした信用詐欺師によって、巧妙に戦略的に利用されたということができるだろう。白人にとって好もしい黒人像を詐欺師は演じてみせたのである。

しかし実は、ことはそれほど簡単ではない。ニューファンドランド犬をまねる詐欺師の戦略は必ずしも成功したとは言い難いからである。この場面にもう一人足の悪い男が現れて、施しをした乗客たちの好意をあざ笑い、黒人は偽者だと言ってのける。結局乗客の殆どが、その男によって撒かれた不信の種を拭いきれず、ギニーは黒人のふりをして騙す詐欺師だとの疑いをむしろ深めてしまうのである。乗客にじゃれ付く黒いニューファンドランド犬は、彼らに深く巣食う人種偏見を一層際立たせこそすれ、動物に対する愛護の精神とはかけ離れた不信と疑惑を一層掻き立ててしまう結果となったのである。乗客の一人は「実際の所、私自身あの黒んぼについて少し変な気がしてきた。確かにこの黒んぼにはどこか妙なところがある」(16)と言い出す始末。ニューファンドランド犬と乗客たちの関係は、当初とは全く異なる疑惑に満ちたものとなってしまったのである。「ベニト・セレノ」と同じく、ここでも恐らく当時一般的であったペット犬の登場は、先に述べた女性作家たちの意に反して、人間と動物との暖かい関係を描き出すどころか、皮肉で辛らつでさえある筆致で白人と黒人との関係、あるいは関係の不在を巧妙に描き出すのである。(2)

3　「馬」が表象するもの

次いでメルヴィルの作品に登場する「馬」に移ることにする。「馬」は、単一の意味を付与されることはなく、作品それぞれによってユニークな表象として立ち現れてくる。

馬にも後光が――『レッドバーン』

執筆順序は逆になるが、先ずは『レッドバーン』（一八四九）の次の記述に注目したい。語り手はリバプールの波止場で目撃した荷馬車用の馬について、かなり長い感慨にふける。次はその一部である。

このすばらしい引き馬たちはとても厳粛で威厳があり、紳士的で礼儀正しくみえただけでなく、冷静な知恵と英知に満ちているようであったので、僕はしばしば馬と会話を始めようと努力した。（中略）それに結局のところ、馬というものは、たまたまカラスムギを餌にし、半分報われようと苛められようと、「二足の木を伐るものと水を引くもの」のように、ご主人のために働く皮の仕事着を着た四足の物言わぬ人間種でなくてなんだろう。しかし獣にすら神性らしきものがあるのであって、馬にも永久に屈辱から守る特別な後光が射している。これら波止場の堂々とした立派な引き馬に関しては、僕はその神聖なる身体に暴力を加えるぐらいであれば、法廷の裁判官を殴りつけるほうがましであったろう。（272）

ここにある「木を伐るものと水を汲むもの」については、旧約聖書にある表現であって「従順で卑屈な」プロレタリアートの表象であるという指摘もあるが（福士 84）、この作品の語り手は、そうした連想をすぐさま打ち消し、畜生にすら神性を、馬に後光を、さらには、この波止場で見た馬について鞭を打つことをはばからせるような威厳をすら見て取るのである。ここには後のイシュメルの語りを思わせるようなユーモラスな誇張があるとしても、貧しさゆえに尊厳を失った数多くの人々を目の当たりにしたリバプールにおいて、語り手が他ならぬ「馬」の威厳に心を打たれていることは見逃すべきではないだろう。

足の引き馬――『タイピー』

次いで処女作『タイピー』（一八四六）における「馬」の記述に移りたい。語り手が幽閉される身となった南海のヌクヒヴァ島には元来馬はいない。外国の艦隊が連れてきた馬が島民の見た初めての馬であるという(17)。そもそも労働という概念がないこの島に、人間の足として働く馬の存在がなかったのは頷けることである。しかし語り手は、航海の途中立ち寄ったホノルルで目にした驚くべき「馬」に言及している。それはレッドバーンの見たのと同様、引き馬である。しかしレッドバーンの心を捉えた威厳を備えた引き馬とはあまりに似て非なる姿であり、次の記述は語り手の胸中に去来した憤りが如何に強いものであったかを示すものである。

> 私がホノルルを訪れて初めて気がついたのは、僅かに残った原住民たちが文明化されて荷馬車を引く引き馬となり、またキリスト教に改宗させられて荷物運搬の役畜となったという事実だった。まさに実体はそうなのだ。彼らは文字通り、馬車を引く引き綱に馴らされてしまい、今や物言わぬ畜生同然に、彼らの宗教上の指導者の乗り物につながれていた。（中略）あの光景を私は決し

て忘れることがないだろう。頑健で赤ら顔の、そしていかにもレディらしい御仁、つまり宣教師の奥様が、何ヶ月も続けて毎日決まってドライブに出かける姿を。奥様は島の住民二人が引く小さな荷馬車に乗ってお出かけになる。一人は年老いた白髪の男、もう一人は悪戯好きな若者で、どちらもイチジクの葉を除いては生まれたときと同様の裸。この一対の二足動物が平地をよたよたと不恰好な小走りで進む、若者の方は心得た馬のごとく常に後ろからのろのろと付いていき、老いぼれ馬の方は苦労して一人で引っ張っていた。（196 強調引用者）

語り手が目撃したのは、宣教師の太った妻が自分の乗る馬車を引かせている一組の原住民の姿であった。ここに言葉を変えて次々に繰り出される動物表象（draught horses, beasts of burden, dumb brutes, draught bipeds）は、未開の地の文明化・キリスト教化を成し遂げたとする宣教師たちの報告が、如何に不誠実で虚偽であるかを暴こうとするものに他ならない。宣教の成果を語る報告とは裏腹に、実際現地で推し進められていたのは、未開の地の植民地化であり、その結果、原住民が日常的に虐待を受けている過酷な現実を、これらの動物表象は如実に語っているのである。植民地化とは、言うなれば、未開の民を「教化して文明化」する、つまり飼いならす“domestication”（domesticate と言う言葉には civilize という意味もある。）に他ならない。しかしその実体は、原住民の土地を奪い、彼らを動物という人間以下の存在に貶める「虐待」でしかなかったとすれば、ここに見る「動物」の姿は、まさに本国のドメスティック・イデオロギーに基づく動物愛護を無効化する陰画とも見えてこないだろうか。どちらの“domestication”（教化／飼育）も福音主義的キリスト教の実践として声高に懲憑されたものであったことを考えると、四足ならぬ二足の動物を通して、キリスト教福音主義に向けられた、そしてその旗印の下で強力に推し進められる帝国主義的な国家戦略に向けられたメルヴィルの痛烈な批判のまなざしを感じ取ることができるように思われる。彼が目にしたのは「畜生にすらある」とされた「神性」はおろか、威厳を奪われた「人間」の姿であった。

冥界の馬と緑駆ける馬――『イズラエル・ポッター』

次いで『イズラエル・ポッター』（一八五五）の二つの対照的な「馬」の描写に着目したい。バンカー・ヒルで闘ったアメリカ独立の勇士であるイズラエル・ポッターが、様々な有為転変を経て敵国であるイギリスのロンドンに姿を現すことになる。以下は「唯一の古きものといえば永遠に変らぬ若き空と大地である処女地に生まれた」主人公が、その先「四十年間死ぬまでその衝撃から立ち直れなかった」（159）という、当時のロンドンの地獄絵である。

テムズ川は（中略）絶えず人間との接触によって汚染され、腐食した波止場と波止場の間は凝固し、どろどろの下水道そのもの。（中略）その流れがあらゆる船を運んでいくように、同じ流れが陸上のすべての人間、すべての馬、すべての乗り物を急がせているように見えた。（中略）後ろの馬の鼻先は前の乗り物の背後に触れ、すべてが真っ黒な泥、瀝青のようにくっ付いて取れない真っ黒な泥にまみれていた。（中略）まるで冥界の火の川の向こう岸でケンタウロスの大隊が次々と攻撃を仕掛け、苦痛に苛まれた人間たちを、馬や荷物もろとも川を渡らせようとしているかのようだ。

目をどっちに向けようと樹木は一切なく、緑のものは何一つなかった。そこは鍛冶屋そのもの。仕事は何であれ、あらゆる人夫は鋳物工場に働く男たちのような顔色をしていた。（中略）舗道の石は、まるで苔によって清められてはいない平たい墓石、そして悲しい足で踏みつけられて磨り減ってしまい、囚人であるゾウガメがのろのろと這う呪われたガラパゴス諸島のガラス質の岩のようであった。（159）

イズラエルに衝撃を与えたこのロンドンの光景は、まさに死者の町、冥界（the City of Dis）であるとされ、人間も馬もなべて真っ黒な泥にまみれ、苦痛に苛まれる「冥府の幽霊」（160）のようにみえたという。産業の工業化に伴う環境汚染、国家の相次ぐ戦争に振り回される人々の貧困、この「死者の町」ロンドンから出ることもできないまま、イズラエルはその後長年にわたって孤独な赤貧の暮らしを余儀なくされることになる。

その彼をある時突然思いがけない幻覚が襲う。

われらの流浪者は心の中でニュー・イングランドに呼び戻されていた。というのも、常に働き、故郷を思い、故郷を慕い、（中略）終いに彼の心は強烈に、それでいてふざけ半分に母のお気に入りの馬オウルド・ハックルベリを思い出したのだ。程なくして突然擦るような音を耳にした彼は、気が狂ったように、それは馬小屋にいるオウルド・ハックルベリが蹄鉄をつけた前足を板に打ちつけて自分を呼んでいる音だと思い込んだ。いつもお腹をすかすと、そうするのだ。イズラエルは鎌で白いクローヴァーを一房掴み取り、急いでその幻想の呼びかけに応じて数歩前に進む。（中略）イズラエルは故郷フザトニック連峰の霧のなかに戻り、再び高地の牧草地を駆ける日に焼けた少年であった自分を夢想していた。（164-5）

この一節は、メルヴィルが利用した原本[3]にはない哀切を極めた叙情的シーンである。ウィリアム・B・ディリンハムが指摘したように、メルヴィルは作品の中でイズラエルが生まれた場所を、ナラガンセット湾岸の低地にあるロード・アイランド州クランストンからマサチューセッツ州のバークシャ山脈へと勝手に変更したのである。（Dillingham 245）そこにはクランストンではロンドンとの鮮やかな対比を構成することが難しいとの判断があったと思われる。年老いたイズラエルに突如現れた幻覚及び幻聴は、今彼がいる大都会ロンドンではなく故郷バークシャにおいて、子供時代に彼が世話した馬、オウルド・ハックルベリがお腹をすかして早く来てくれるようにとせがんでいる姿と声であった。イズラエルが少年時代に駆けめぐった美しい山並みや平原、動物のように山肌を敏捷に動いていく霧などのニュー・イングランドの美しい自然、なかでも彼を呼ぶ懐かしい愛馬——それらはイズラエルの心の中で今まで強く抑圧され封印されてきた郷愁の思いが表出したものであり、今や老人となったイズラエルに残された生命の悲痛なあがきが呼び起こしたものでもあろう。貧困、不潔、不幸、闇、悲しみなどに打ちひしがれて人々が過酷な毎日を送らざるをえない泥にまみれた冥界ロンドンと、生命の躍動する清潔で明るい広々とした若いアメリカ「約束の地」との明快な対比が、それぞれを鮮やかに象徴する「馬」の姿によって表現されているのである。

しかし、一旦確認されたかにみえる新旧世界の対照も、すぐにそれが実体を欠いたものであることが示されていく。目覚めた望郷の思いは、老いたイズラエルに許された唯一の楽しみとして、子供たちの中でただ一人生き残っていた息子のベンジャミンに「海の向こうのカナン」「自由な人々の幸運な島々」「約束の地」(166) における子供時代の幸せな冒険の数々を語って聞かせることを促す。しかし、このように相次いで披瀝される常套的愛国的表現は、イズラエルがバンカー・ヒルへと駆り立てられた往時の愛国心を蘇らせていたことを示しつつも、その一方で、既に語り手が主人公からは距離を置いていることをも示唆している。つまり、それらがありふれた決まり文句でしかないこと、つまりは実質を欠いた単なるレトリックの羅列にすぎないと見ているのである。イズラエルが今なお熱い心を向ける本国が、彼の四十年以上の筆舌につくしがたい労苦に値するものであるのか、言い換えれば、懐かしい愛馬は今や文字通りの幻覚でしかなかったのか、彼は帰国後思い知らされることになる。

父子が故郷アメリカに漸く帰ることができた日は、人々が国家の独立を寿ぐ七月四日、しかし、愛国の士イズラエルがバンカー・ヒルの英雄を称える旗を棚引かせる行列の車にもう少しのところで引かれそうになる。これだけでもメルヴィルの筆は十分皮肉に満ちているのだが、さらにはイズラエル父子が辿りついた彼の家は跡形もなく、彼が申請した年金も認められなかったという結末がつく。ここには一八二五年のバンカー・ヒル記念碑建立以降、毎年七月四日に行われることになる国家顕彰の愛国的演説とは裏腹に、かつての無名の戦士の存在など切り捨てて「進歩」を目指すアメリカの「愛国」の実体を批判的に見ている作家のまなざしが見て取れる。(4) 独立と自由、生命と若さを理想として掲げた国家アメリカの姿を象徴するかにみえたニュー・イングランドの美しい自然と愛馬は、今や若さを失い貧困に喘ぐイズラエルが呼び寄せた「幻覚」でしかなく、それはまた独立期からは変貌を余儀なくされた国家自体が今なお声高に国民に追い求めるように迫る「幻影」でもあったと読むことができるだろう。

4　反転する動物物語

雄鶏を慈しむ家族――「コケコッコー」

最後に短編「コケコッコー」（一八五三）を取り上げたい。物語はペットの鶏を慈しむ子供たちと両親から成る家族の物語であるが、そのような枠組みは当時のよくある動物物語を想起させながら、これほど異質な作品はないのではないかと思われる。まさに通常の動物愛護の物語を反転させたものと

図2－2　ドイツの版画家オットー・ローゼの挿絵（Gutenberg-Museum, Mainz）

見なすことができる。冒頭で述べたことをもう一度反復するなら、当時の動物物語は、1．ミドル・クラスの家庭を舞台とし、2．登場人物は母親が主体となり、そこに子供とペットが加わる。3．動物愛護を教えることによって子供たちを将来の立派な大人に成長させようとする道徳的目的をもつ、といった骨格を持ったものが多かったが、それと一見似たような話に思えるメルヴィルの「コケコッコー」は、実は非常に異質な世界を展開する。

この物語の第一の特質は、ミドル・クラスではなく、本来ならペットを飼う余裕などあろうはずがない最下層と言ってよい貧しい労働者階級の話であることである。雄鶏の飼い主であるメリマスクは、薪一束いくらという賃仕事に雇われ、降りしきる雪のなかを脇目も振らず鋸を挽き続けて、かろうじて家族を支えている。一家の住む小屋は村人が住むところからは遠く離れ、木が鬱蒼と茂った山と沼地に挟まった陰気な地域にある。小屋の中では垂木から塩漬け肉が垂れ下がり、床はむき出しの土間であり、妻と三人の子供たちは病気で寝ているという惨憺たるありさま。しかし、そんな悲惨な生活なら当然喜んで手放すはずと考えた語り手の期待に反して、メリマスクは雄鶏を売ってほしいという語り手の申し出を直ちに断わり、決して手放そうとはしないのである。

以上の特質だけでも当時の動物物語とは相当に異質な物語であることは当然予想されるが、さらにこの物語には一層重要な第二の特質がある。それは、物語の中心にあるのが、母親ではなく父親の存在であることである。母親は病に臥せっていて何もできず、父親が一家の経済的支柱であるだけではなく、精神的な支柱としても家族を支えている。この家族が非常に大事にしているのが雌鳥ではなく雄鶏であるのは、そうした父親を中心として成り立っている一家にはふさわしい。ここに母親を中心とした当時の動物物語との明確な違いがある。（ちなみにストウが書いたのは「アヒルの卵を孵した雌鳥」（一八六七）である。）雌鳥の場合であれば、病人が必要とする卵を提供することができ、生命を維持するというポジティヴな方向へ話が向かうことも可能であろう。一方この雄鶏のできることとは、「絶望に対する勇気」を奮い立たせるような高らかな鳴き声を挙げて、貧困と病に苦しむ家族を精神的に支えることなのである。その意味では、次の引用にみるように、雄鶏は父親メリマスクの極貧に喘ぎながらも決して折れることのない、傲岸ともいえる不屈の精神の象徴となっていると言うことができる。

「どうして君の病気の家族はこんな鳴き声が好きなのだろう」と私は聞いた、「この雄鶏はすばらしい声をしたすばらしい鶏ではあるけれど、必ずしも病室にはふさわしくない。奥さんたちは本当に好きなのか?」「あなたはお好きではないのですか。あの声を聞くと、爽快になってやる気が起こってきませんか?　勇気を与えてくれませんか?　絶望と戦う気持をもらうでしょう。」「すべて君の言うとおりだ」と私は言って帽子を脱いだ。卑しい服装に隠れた勇敢な精神を前にして深く恥じ入る気持だった。(285 強調原文)

繰り返すなら、この雄鶏は、酷薄な現実を前にして必死に立ち向かう人間の魂を象徴するものと見なすことができる。さらには雄鶏ということを考慮するなら、当時ますます激しくなる競争社会のなかで押しつぶされそうになりながらも生き残りをかけて闘う男性性の自己主張を、そこに読み取ることも可能だろう。ミドル・クラスの家庭の子供たちとは全く異なり、この家の子供たちに未来はない、それどころか、家族の全員が物語の最後には亡くなってしまう。それと同時に、高貴な鳴き声で彼らを鼓舞し続けてきた雄鶏もまた、自分の役目の終わりを悟ったかのように死んでしまう。進歩・発展を目指す十九世紀中葉のアメリカ社会から取り残されて、全員が死を迎えることになる家族の陰惨な物語を、これほどまでに印象深いものに仕立てているのは、言うまでもなく見事な鳴き声を挙げ続けた雄鶏の存在であった。

以上、当時アメリカの家庭で慈しみをもって飼われていた犬、馬、鶏などを中心に、メルヴィルの諸作品を検討してきた。いずれの動物も、家庭のペットとは凡そかけ離れた表象として、それぞれに独白の用い方がなされているのは確認したとおりである。チリ沖での犬、ミシシッピー川を流れる蒸気船上の犬、リバプールの馬、南海の島の馬、ロンドンの馬、アメリカ本国での雄鶏など、そのいずれもが、ペットの枠組みを遥かに越えて読者に強いインパクトをもって働きかける。言い換えるなら、それらは、いわゆる「動物愛護」を掲げてペットを慈しんだ同時代のアメリカ社会の人々が知らない、あるいは彼らが直視しようとはしていない植民地支配、白人優越主義、貧富の格差、愛国主義などの諸問題に、明確で具体的な輪郭を与え、読者の関心をそれらに向ける極めて効果的なツールであったと言うことができるだろう。メルヴィルが意図的に当時のペットを中心とした動物愛護の精神そのものに皮肉なまなざしを向けていたとは必ずしも言えないかもしれないが、世界の半分に闇を見ていたメルヴィルにとって、人間と動物が関わる現実の世界は、決して慈しみ、愛、信頼などの要素で語られるばかりではないと見えていたことは確かである。

註

（1）ストウ家の犬は「白黒の混ざった灰色」（73）と書かれているので、純血種のニューファンドランド犬ではなかったようである。

（2）犬は「魔法の島々」（一八五四）八章においても注目すべき存在である。孤島に一人残され絶望的な生を余儀なくされた主人公の女性に何らかの生きる力を与えたにもかかわらず、彼女が救われたときには孤島に棄てられてしまう犬たちである。ただしそれらはニューファンドランド犬ではない。

（3）Trumbull, Henry. *Life and Remarkable Adventures of Israel R. Potter*. Provicence: Henry Trumbull, 1824.

（4）国民の愛国心に訴える当時の演説とメルヴィルやホーソーンの文学との関連については、以下を参照のこと。福岡和子「「継承」と「革命」のはざまで——メルヴィル作『ピエール』を読む」入子文子　林以知郎編『独立の時代』、世界思想社、二〇〇九年。

引用文献

Ammons, Elizabeth. "Stowe's Dream of the Mother-Savior: *Uncle Tom's Cabin* and American Women Writers Before the 1920." *New Essays on Uncle Tom's Cabin*. Ed. Eric J. Sundquist. Cambridge: Cambridge UP, 1986.

Dillingham, William B. *Melville's Later Novels*. Athens: U of Georgia P, 1986.

Grier, Katherine C. *Pets in America A History*. Orland: Harcourt. Inc., 2006.

Melville, Herman. *Typee: A Peep at Polynesian Life*. Ed. Harrison Hayford, Hershel Parker and G. Thomas Tanselle. Evanston and Chicago: Northwestern UP and the Newberry Library, 1968.

———. *Redburn: His First Voyage*. Ed. Harold Beaver. New York: Penguin Classics, 1986.

———. *Israel Potter: His Fifty Years of Exile*. Ed. Harrison Hayford, Hershel Parker and G. Thomas Tanselle. Evanston and Chicago: Northwestern UP and the Newberry Library, 1982.

———. *The Confidence-Man: His Masquerade*. Ed. Harrison Hayford, Hershel Parker and G. Thomas Tanselle. Evanston and Chicago: Northwestern UP and the Newberry Library, 1984.

———. *The Piazza Tales and Other Prose Pieces 1839-1860*. Ed. Harrison Hayford, Alma A. Macdougall, and G. Thomas Tanselle and others. Evanston and Chicago: Northwestern UP and the Newberry Library, 1987.

Stowe, Harriet Beecher. *Stories and Sketches for the Young*. New York: AMS Press, Inc., 1967.

Tompkins, Jane. *Sensational Designs: The Cultural Work of American Fiction 1790-1860*. New York and Oxford: Oxford UP, 1985.

福士久夫「メルヴィルの労働大衆」（アメ労編集委員会編『文学・労働・アメリカ』、南雲堂フェニックス、二〇一〇年）。

第3章　南半球からの帰還
――マーク・トウェインと動物表象――

辻　和彦

1　梳る猿と泣く猿

マーク・トウェイン（一八三五―一九一〇）は生涯に五編の長編旅行記を出版したが、その最後の旅行記『赤道を辿って』（一八九七）第六十章において、道中でいたずら好きの猿に悩まされた体験を描いている。

これらの二匹の生き物が早朝に私の部屋にやって来た。よろい戸を開け放っておいた窓から侵入したのである。私が目覚めた時、それらの一匹は鏡の前で己の髪をといており、もう一匹は私のノートを持ち、ユーモラスなはずのノートのページを読んで泣き叫んでいた。私はヘアブラシを持っている奴のことは気にかけなかったが、もう一匹の行いには傷付いた。今なお傷付いているのである。私は奴に何かを投げつけたが、それは誤りだったようである。というのは、館の主人は猿は放っておくのが一番だと言っていたからだ。彼らは持ち上げられるものすべてを私に投げつけ、バスルームに入ってさらに何かを取り出そうとしたので、私は奴等の前でドアを閉めてやった。(583-84)(図3-1参照)

AN HONEST CRITIC.

図3-1　『赤道を辿って』の初版本より

人間に親しまれている動物を擬人化した上で、彼らの行動をユーモラスに描写し、読者の顔に笑みを浮かべさせる。コミカルなプロット展開を最も得意とするトウェインならではの、喜劇的演出はここでも健在だ。だがこの場面の舞台が一八九六年、イギリス統治下のインドのデリーであり、「オリエント趣味になってしまったイギリス人」(583)によって建てられた屋敷の中で起こった事件であった、と説明されていることを読者が見落とさなければ、どうだろうか。「オリエント」が西洋人によって模倣され、演出された豪邸の一室で(しかも複雑怪奇にも、その豪邸はデリーという、まさに本物の「オリエント」の只中に存在している)、鏡の前で「人間」の仕草を真似て、ブラシで髪(毛?)を梳く猿。そして白人による「笑うべき」ノートのメモを読んで、どんなミスコミュニケーションが起こったのか、「泣いている」猿。語り手であるトウェインは明らかに猿達を別のコンテクストと重ねて、当時の「インド」の状況について語っているのではないか。エドワード・サイードの名著『オリエンタリズム』（一九七八）やホミ・K・バーバの『文化の場所──ポストコロニアリズムの位相』（一九九四）による指摘を待たずとも、「植民地におけるアイデンティティの不確かさ」や「植民地におけるモノマネの困難さ」をこの猿達は体現しているのではないか。またこのエピソードの後に現地人を召使いとして雇用する際の問題が述べられていることからも、おそらくは意図的に、支配するモノと支配されるモノの背反関係がここでは語られているのであり、その舞台となる「オリエント流儀の立派な庭園」（583）を備えた大邸宅とは、植民地的矛盾に満たされた悪夢の空間であり、これを単なるお笑いの小話と捉えるのは困難なのではないか。

こうした見方は、少なくともこの箇所に関する限り、作者のトウェインがそれ以上語っていないので、唯一の正しい解釈であるとは主張できないだろう。だがフィジー、オーストラリア、ニュージーランド、インド、モーリシャス島、そして南アフリカという、主に南半球を巡る長いこの旅は、作家トウェインが最後に大きな変貌を遂げた過程でもあった。投資の失敗などにより多大な負債を背負い、世界講演旅行と旅行記執筆でそれらを返そうと画策したトウェインは、半ば義務感に追われてこの旅を始めた。そのために付きまとう精神的不安と肉体的不調に悩まされながら、彼はそれまでの人生で知ることのなかった植民地の現実の多くを自らの眼で目撃することになる。ジェンダー、人種、階級といった社会的境界は彼の中で脆いものとなり、そのうちの幾つかは大きな変動を遂げることになる。

そしてこの旅の最終目的地は、先ほどの小話の舞台インドの宗主国であるイギリスだったのであり、赤道を辿るトウェインの旅は、まさに植民地主義の地政学的構造を辿ったものとなったのである。

このような旅行記『赤道を辿って』の前後で、トウェインの生物観、動物観はいかなる変貌を遂げたのか。以下において具体的に彼の作品に触れながら、検証してみたいと思う。

2　擬人化の風景

マーク・トウェインの名を一躍全米で有名にした短篇「ジム・スマイリーと彼の飛び蛙」（一八六五）は表題通り、蛙を始め、馬や犬など動物の喜劇的で、どこかもの哀しいエピソードから成り立っている物語である。その独特な動物のユーモラスな擬人化の手法により、トウェインはその後のプロフェッショナル・ライターとしての道を切り開いた。従って、それからも様々な作品で積極的に動物達を描き、そして多くの場合、擬人化の手法を使用した。例えば「みんなのためのいくらか勉強になるお伽話」（一八七五）では、小動物や昆虫達がかつて栄華を極めた人類を「発掘」する物語が展開するが、科学者や荷物運搬人など様々な職種に就いた動物達の「人間らしい」生き生きとした描写が魅力となっている。

こうした手法による動物の描き方は、トウェインのその後の作家人生においても得意の手札としてずっと機能し続けた。ただ彼の動物に対する考え方そのものは、実はこの「みんなのためのいくらか勉強になるお伽話」を一八七四年に執筆した前後ぐらいから、徐々に変化していた。彼は一八七一年に出版されたばかりのチャールズ・ダーウィンの『人の由来』を読み、それ以来いわゆる「ダーウィニズム」に取り憑かれるようになるからである。一八七九年八月十九日にはイギリス湖水地方で本人と会談し、さらにその想いは強くなる。しかしながらトウェインはダーウィニズムを礼賛するだけではなく、同時にそれに対して肯定とも否定ともつかない複雑な感情を抱いていた。彼のダーウィニズムへの執着と、それへの二重拘束状態の屈折した心理は、後に『人間とは何か？』（一九〇六）で繰り広げられる老人と青年のダイアローグなどに反映されることとなる。

とはいえ、「みんなのためのいくらか勉強になるお伽話」発表以後も、彼がダーウィニズムや科学的動物観を自作に取り入れていく過程は、あくまで実験的なものであり、「ジム・スマイリーと彼の飛び蛙」の頃から、動物の描き方が激変したわけではなかった。あいかわらずトウェインは、愛くるしく「擬人化」された動物達を、喜劇的な演出で自作に登場させたり、あるいは少年時代の体験に裏打ちされた、動物達の生き生きとした有様を描き出すことを好んでいたのだ。代表作である『トム・ソーヤーの冒険』（一八七六）や『ハックルベリー・フィンの冒険』（一八八五）でも、そうした方向性はおおよそ変わらずに続いていた。

そうした流れが大きく変わることになるのが、冒頭で述べたとおり、『赤道を辿って』の基になる南半球の旅である。例えば『赤道を辿って』第三十八章で、ボンベイに滞在するトウェインはインドのカラスについて次のように語る。

この鳥（インドカラス）には敵はいないようだ。（中略）私がバルコニーの端に座れば、カラス達は反対側の手すりの上で集まって、私について話をする。少しづつ近づいて来て、もう少しで触れられる距離まで来る。そこで彼らは腰を据え、最も当惑させるような話ぶりで、語り合うのである。私の衣服、私の髪型、私の肌色、おそらく性格、職業、信条。そしてどうやって私がインドまでやって来たのか、私が何をしてきたのか、私がどれくらい滞在するのか、どうしてこんなにも長い間処刑されずにすんでいるのか、いつ頃にはおそらく処刑されるのか、私がやって来たところにはどれくらいの数の同類がいるのか、そいつらはいつ処刑されるのか、そういったことを語り合っていて、ついには私はもはやそのような当惑に耐えられなくなる。それで私は彼らを追い払い、彼らはしばらく辺りを旋回しながら、笑い、嘲り、小馬鹿にし、手すりに戻ってきて、もう一度同じことを繰り返すのである。

（中略）インドでは彼らの数は数えられないほどだ。彼らがたてる音もそれに比例している。私が思うに、彼らは政府以上に、この国にとって金がかかる存在だ。それは軽い問題ではない。しかし彼らは償っている。一団で償っているのだ。もし彼らの快活な声が聞こえなくなったら、この大地は哀しみに包まれるだろう。（353-56）

この箇所は一読した限りでは、例によってトウェインがカラスを擬人化し、その喜劇的な様態を賑やかに演出しているユーモアあふれるエピソードのように思える。しかしながら最後のパラグラフを注意深く読むと、この植民地下のカラス達と利害の関係を持つものを、トウェインが注意深く二つに使い分けていることが分かる。即ちカラスが経済的損失をもたらすのは「国」（the country）であり、快活な声を響かせているのは「大地」（the land）なのである。となれば、そのカラスが暗喩しているものとは何なのか。

この問いかけに答えるためには、この場合も引用部の前後をよく読むことが重要だろう。引用部の直前には、トウェインはインド人の召使いがドイツ人の主人によって暴力をふるわれているのを目撃し、瞬時にフラッシュバックを起こして、自分が幼少時にその中で育った『奴隷制度』の思い出を語るのである。その上でトウェインは述べる。

ほんの一瞬で、私の中の私は、地球の反対側の、ミズーリ州の村に移動させられ、五十年前の忘れていたはずの場面を鮮明に見ていた。そして他のことは意識にのぼらない。だが次の瞬間、私はボンベイに戻り、跪いた現地人の殴られた頬がまだひりひりしているのを見ているのである！五十年前の少年時代に戻り、再び五十年を飛び越え元に戻っている。地球の円周と同じぐらいの一飛びだ。それら全部が時計で二秒で起こったことなのだ！（352）

南北戦争前の奴隷制度があった時代のアメリカにおける理不尽な暴力と、一八九六年のイギリス統治下のインドにおける不条理な暴力がトウェインの中で重なり、一つのものとなる。その直後に、賑やかなカラスが描かれるのは、シリアスになりすぎた展開を引き戻そうとする、一般家庭向けの長編旅行記の執筆者として当然であるレトリックの行使であるようにも思えるが、やはりカラスがインドの大衆の隠喩として使用されているという読みが排除される理由にはならないだろう。

3　動物とコロニアリズム

トウェインはこのように、決定的な直喩や比喩、ましてや直接的な描写、論説などは極力避けながら、「オリエント」の動物達の哀愁溢れる「人間くささ」を、他の何かへの婉曲的な風刺のように、何度も『赤道を辿って』の中で繰り返していく。

第三十七章では、アデレードの動物園にいた、母親をまねて観客を威嚇する虎の子と、「みにくい」ハイエナがやはりユーモラスに描かれるが、その直後には、オーストラリア地域の独立を主張する地元の人々が紹介され、トウェインは次のように語る。「もし私達のアメリカ独立のケースが同様(オーストラリアのように自由な立場)のものであれば、その際には独立するはずもなかっただろう」(336)。

既に「アメリカ」に絶望し、必ずしもその独立さえ絶対的に肯定しないトウェインがここにいるのであるが、その直前に描かれている野生動物が、この文脈と無関係であると言い切るのはむしろ困難であろう。イギリスからの独立という政治的主題が、まさに「母子関係」や、そこに潜む「恐怖」のコンテクストの中で言及されているのではないだろうか。

第四十章においては、ゾロアスター教徒の沈黙の塔について触れられているが、そこで葬儀に犬を出席させる風習があることについて紹介した上で、トウェインは「卑屈で、明らかに元気がなく、憂いに沈んで頭を垂れ、その役割を始めた太古の昔に、自分が何を象徴するものであったかを、何とか思い出そうとしているよう」(377)と犬を描写する。死に関する異教徒の風習を、キリスト教徒としての好奇の視点で描きながらも、トウェインは決して否定的に扱ってはいない。そして、その出席の起源が分からなくなってしまい、「場違い」な出席者として当惑しているかのような犬は、やはり植民地へ向けた欧米的視点が存在しなければ成立し得ない、アイデンティティを喪失したものとして描かれており、その意味では、旅人トウェインと同じ眼差しを所有したもの故の憂鬱にとりつかれている、と主張できるのではないか。

もちろん『赤道を辿って』では、このような動物達の擬人化や暗喩的表現ばかりが見られるわけではなく、直接的描写として動物達がいるオリエントの風景を何度か描いている。第四十二章では、トウェインが去ってから疫病に襲われることになるボンベイの街で、馬の足元を走り回るネズミ達について記し、それによって、その街の不潔さを読者に印象付けている。『そしてひっきりなしにネズミの群れが、薄暗がりの中で馬の足元を走り回っていた。今思い出せば、現在戸口から戸口へと疫病を運んでいるネズミ達のご先祖様達だったのだろう」(386)。

また第五十七章においては、野生動物による人的被害がどれほどひどいものなのかということを、

図３－２　(2011年ヒースロー空港にて著者撮影)

具体的に数字を交えて語り、虎、狼、豹、熊、象、ハイエナ、蛇などによってインドでどれほど多くの人間が亡くなり、またどれほど多くのこれらの野生動物達が狩られているのかということを列挙している。

さらに第六十章では、ジャイプルに滞在した時に見かけた、猿、カラス、犬、牝牛、象、駱駝などの人里における共存風景を描き、インドの人間と動物達の理想的とも言える共生関係（現代の皮肉な「共生関係」については図３−２参照）を記している。

私達は小さな二階建ての宿屋に快適に滞在した。それは人の背丈ほどの泥壁に囲まれた、広い敷地の中にぽつんとあった。（中略）ベランダのそばにヤシの木があり、猿が住んでいた。そいつは孤独な生活を過ごし、いつも哀しげで疲れきっており、カラス達がそいつを大変悩ませていた。

宿屋の牛が敷地をぶらぶらしており、この場所の遠く鄙びた雰囲気を際立たせていた。雑種の犬もいて、いつも敷地の中におり、いつも眠っていて、いつも寝そべって日に晒されていて、カラス達がやかましくしていない時には、この場所に深い静けさと平穏を与えていた。白い服を纏った召使い達が常時行き交いしていたが、裸足で音を立てなかったので亡霊のようだった。小道を少し行ったところの、立派な大木の木陰に家が住んでおり、ゆるやかに動きながら、鼻を伸ばし、彼の褐色の女主人に何かをねだったり、足元で遊ぶ子供達を撫でていた。ラクダ達もいたが、ビロードのような足裏で静かに移動するので、その環境の静けさとのどかさに相応しかった。（584-87）

アメリカの読者を意識してか、旅行中のトウェインの視点は、これまでの『地中海遊覧記』（一八六九）や『トランプ・アブロード』（一八八〇）などと同様、エスニシティへの注視や、それを用いた演出に特徴付けられる。しかしながら少なくともこの『赤道を辿って』においては、それらが他文化に対する批判や侮蔑に安易に結びつくことなく、むしろ全体的には好意すら感じられる柔らかい目線によって彩られている。そしてそうした「オリエント」への肯定的視点は、やがて転じて自らが属するはずの「文明」への批判へと向かっていくのである。第六十二章において、インド洋上での体験を描いた際に、トウェインは次のように憂鬱に語る。「人間が受け継いだところで価値ある場所は、地球全体のわずか五分の一しかない。そこを人間はがむしゃらに掘り返し、自分自身を生き長らえさせ、文明の祝福を拡大するために、王や兵士や火薬を養うのである。しかし単純で、自己満足していて、謎を解く能力もない人間は、自然の神は自分を重要な存在と見なしていると考える。実際お気に入りであるはずだと」（611-12）。

4　滅び去った動物達

『赤道を辿って』の中でもう一つ特徴的なのは、滅び去った生物についてトウェインが何度か言及していることである。第八章では、オーストラリア地域にかつて生息していたが絶滅してしまった巨鳥モアについて触れており、ジョークの種にしている（102）。またこの章ではドードーについても言及されており、現在はいなくなってしまった生物に対するトウェインの注視ぶりが顕著になっている部分と言えよう。

トウェインはニュージーランドのクライストチャーチでの滞在を描いた第三十二章でも、博物館でモアの化石を見た体験を語っており、『赤道を辿って』を通して見ると、絶滅したモアへのトウェインの思い入れがよく理解できる。

トウェインの恐竜や化石などの言及に見られる、絶滅生物への関心ぶりは、先に触れた「みんなのためのいくらか勉強になるお伽話」の例に見られるとおり、若い頃から続いていたものではあったが、『赤道を辿って』の旅で、実際にモアが生きていたニュージーランド、並びにドードーが生きていたモーリシャス島を巡ることによって、ますます強いものとなったようである。

航海を終え、『赤道を辿って』を無事執筆し終わったトウェインの筆は、さらにこうした方向へ舵を向けていく。一八九二年に執筆され、その後複雑な出版過程を経ることになる「アダムの日記からの抜粋」（一八九三年から何度か改訂と出版が繰り返された）では、物語の冒頭で「ドードー」（Baetzhold 8）や「マストドン」（9）について触れられるなど、既に絶滅動物への関心が見られるが、その続編として執筆された「イヴの日記」（一九〇五）では、再び「ドードー」（23）が登場し、またその後「ブロントサウルス」（28）をペットとして飼うことをイヴが思いつき、この恐竜と彼女が親しい友人になるというエピソードが展開する。

『赤道を辿って』の旅を終えて無事イギリスに到着した後も、帰国することなくヨーロッパを転々としながら執筆活動を続けたトウェインが、一八九七年にウィーンで書き始めた物語が『不思議な余所者』原稿群であり、その中でも一九〇八年に至るまで執筆された「不思議な余所者四十四号」は、後期トウェイン文学の集大成ともいうべき内容となっている。その終章の一つ前の第三十三章では、過去に死んだ人間達の骨の一群が闇の中を行進するという不気味なシーンが描かれているが、その中に「ミッシング・リンク」（発見されていない中間形の化石）の骨もおり、恐竜と思しき巨大生物の骨にまたがっている様子が語られる（Gibson 403）。

このように既にいなくなってしまった絶滅生物は、一九〇〇年代のトウェイン文学において重要なアイテムに成長しており、物語に欠かせないアクセントを添えている。だが南半球の旅を続けていた頃のトウェインにとって、モアやドードーはヨーロッパ列強による征服の結果と切り離せないイメージであったことは、先に挙げたモアに関する引用の中で、彼が「鉄道敷設」とモアの絶滅を関連付けた皮肉を繰り広げているところからも理解できる。従って「ミッシング・リンク」や「恐竜」ですら、トウェインにとってはその背後に植民地的風景を持つ、政治的暗喩であった可能性すら否定できないのではないだろうか。

5　最下等動物ニンゲン

こうした見解は、『赤道を辿って』以後のトウェインが、身近な動物をどのように描いたのか、また自身が属する「人間」を生物世界の中でどのように位置付けたのか、ということを思考してみると、さらに補強できるように思える。

南半球の旅の後、トウェインが始めた執筆プロジェクトの一つが、海洋冒険譚であった。一八九六年にイギリスにおいて『赤道を辿って』を執筆し始めた時期に、ほぼ同時に書き進められた「乗客の物語」(未完成、生前未発表)では、船の乗組員からペットとして可愛がられていた立派なセント・バーナード犬が、火事が起こった際に見張り番を起こして危機を防ぐものの、結局は人間のエゴで放棄されるという悲劇が描かれる。類似のプロットは、この直後に執筆された「魅惑の大海原」(未完成、生前未発表)で、インド洋を舞台に語られている。この中でも人間に尽くしたはずの犬が人間によって見捨てられるシーンが再び書かれており、南半球から欧米社会に戻ってきたトウェインが、「見捨てられる犬」の幻想に憑依されていたことは確かである。人間と動物の「境界」が西洋社会よりずっと緩やかなオリエント世界を体験したトウェインにとって、このインド洋らしき海で人間の身勝手により捨てられる犬のイメージは、やはり別の政治的文脈とも重ねられるものなのではないだろうか。

また同時期である一八九六年の八月から十月に執筆された「動物世界における人間の位置付け」（生前未発表）というエッセイでは、「リス達（中略）も蓄えはするが、冬の必要分を満たせば、止めてしまうのだ」（Fishkin 118）と貪欲な人間を断罪し、「人間は非道の上の非道である戦争を行う唯一の動物」、「人間は無力な仲間から奪う唯一の動物」、「人間は唯一の奴隷であり、他者を奴隷にする唯一の動物」、「本当のところ、人間は救いがたく愚かである」（120-21）と、ひたすら厳しい批判を人類に寄せている。

図３－３　（2010年ワシントンDCにて著者撮影）

こうした傾向はさらに加速を続け、一九〇二年頃に執筆された「ジャングルが人間について討論する」（生前未発表）という短篇小説では、どんな動物でも理解しているはずの、神の前では万人が裸であるということすら理解せず、仲間の前で裸になることを拒む人間の愚かさに対して、ジャングルの動物達が「心の汚れた動物に違いない」(Fishkin 158)と失笑する様子が描かれる。相変わらずここでも、動物のユーモラスな擬人化の手法が用いられてはいるのだが、『赤道を辿って』第三十七章のセイロンや、第三十八章のボンベイの描写などで、現地の人々の裸に近い装いをトウェインが大きく賞賛していたことを思い起こすならば、ここでの「人間」が非常に限定的な意味で用いられているのは間違いなく、やはり幅広い政治的文脈でこの短篇を読み解けば、それが「欧米人」を指すことは自明であるといえるだろう。

さらに一九〇三年四月頃に執筆された「世界は人間のために作られたのか?」(生前未出版)においては、はたして本当にこの世界が人間のために作られたものなのかという疑問に頭を悩ませ、「人間のために作られたということは、主に天文学的見地から証明がなされていると考える人もいるが、私は証明はされておらず、証拠のみだと思う」(Fishkin 161)と述べている。そして当時の科学観から簡単に、人類登場前の生物の進化の歴史を振り返ってみて、次のように結論付けている。

人間のために世界が何億年もかけて準備されたことが、人間のために作られたという証明らしい。そうなのだろうか。私には分からない。もしエッフェル塔が世界の年齢を表現しているならば、塔の頂きにある尖塔のでっぱりの塗装の皮が、人間の分け前の時間を表現していることになる。塗装の薄皮が塔が建てられた目的だと認める人もいるのだろう。そうなのかもしれないが、私には分からない。(Fishkin 165)

ここでは生物史がエッフェル塔型階層に例えられているのであるが、一九〇〇年に帰米してから反帝国主義連盟副会長に就任するなど、「反帝国主義運動」に邁進していたトウェインが、底辺に植民地の民衆を置き、最頂点の「薄皮」に列強の特権階級が位置するピラミッド型階層を念頭において語っている可能性を考慮すると、この前述した二つは彼の心中では限りなく重なり合うものであったとも主張できるだろう。

また一九〇七年に自伝の一貫として口述筆記された「人間と他の動物」（生前未出版）でも、「時に人間は生まれつきの殺し屋だったり、生まれながらの悪党だったりするのだ」（Fishkin 231）と人間の生来持つ特徴を否定せずに紹介している。そしてその上で、神の律法にただ従っているだけの動物達は「イノセント」であると褒められるのに、それらの生き物から相続した不愉快な特徴のこととなると、神の律法を無視し、廃止し、打ち破ることが我らの義務となる話は「根拠がないように思え、単にただユーモラスというだけではなく、ひどくグロテスクにすら思える」（231）と手厳しい「人間批判」を行っている。ただここでも、本能に従って生きることを是としない、この「人間」が意味するのは、全般的な人類一般ではなく、西洋の文明社会に帰属する「人間」に限定されるのは、確かなのではないだろうか。

6　存在しないはずの動物の悪夢

このように南半球から帰還したトウェインは年毎に「人間」批判を強め、「自然」に生きる「動物」を全面肯定し、絶滅してしまった生物や、虐待される生き物への共感を増していく。また、もはや必ずしも出版を意図しない原稿の上で繰り広げられる執筆活動は、一種の思考実験と化していき、その中では、絶滅した生物どころか、この世に存在しない生き物が描かれるに至る。

こうした方向性を生み出す契機ともなった『赤道を辿って』の第二十七章では、オーストラリア原住民アボリジニへのヨーロッパ系移住者による圧政が語られ、その後に「人魚」を捉えた白人の例を用いて、トウェインは次のようにこの問題を風刺していた。

白人にはいつも悪気はないのだ。人魚を海から引き上げ、乾かして温めてやり、鳥小屋で幸福で快適にしてやろうとしている時ですらである。しかしながら善意のかたまりの白人は、野蛮人達を扱う際にも、自分が未熟であることを証明して見せるほど、あてにならないのだ。白人はそうした状況を好転させることもできない。もし善意の野蛮人が、白人をその家、教会、衣服、本、自らが選んだ食べ物から、砂、岩、雪、氷、みぞれ、嵐、そして水ぶくれができるような強い日差ししかない凄まじい野蛮の地へ、遮るものもなく、寝床もなく、自分や家族の身を被う衣服もなく、蛇と地虫と腐肉しか食べるものもない状態で追いやったら、白分がどう思うのか想像することもできない。白人にとっては地獄のはずだ。もし多少なりとも知恵があるならば、自分達自身の文明とやらが野蛮人達にとって地獄であることが分かるはずなのだ。しかし白人には知恵はないし、今まで知恵があったためしもなかった。知恵がないために、白人はこれらの気の毒な原住民を、自分達の文明という想像を絶する地獄へと閉じ込め、最上の善意でもって罪を犯し、これらの気の毒な生き物が拷問のうちに滅び去るのを見るだけだ。そしてそれを眺め、ぼんやりと悩み、悲しくなり、彼らに何が起こったのかと訝しがる。(267)

アボリジニを「人魚」に例えるトウェインの脳裏では、ボンベイで目撃した白人主人による原住民召使いへの暴力と、奴隷制度下のアメリカで見た奴隷への惨たらしい暴力がぴたりと重なった際のように、人魚が生息する空想のファンタジー世界の海と、アボリジニへの無残な行いが跋扈する植民化が進行する世界が重なり合っている。これまで指摘してきたように、二つのまったく異なる文脈をあえて重ね合わせ、それらを透かし見せることによって第三の意義を呈示するレトリックは、トウェインが得意とすることではあったが、明らかにこの旅を経ることにより、トウェインはさらにそれに磨きをかけていくことになるのである。

先に触れた「乗客の物語」や「魅惑の大海原」のような海洋冒険譚にトウェインが再び挑戦し、執筆されたのが「偉大な闇」(未完成、生前未発表)なのであるが、この物語の中では、まさにそうした

「人魚」のような存在しないはずの生き物が登場する。

「偉大な闇」は元々、一八九八年八月十日に、オーストリア滞在中のトウェインがノートに書いた、昨夜の夢についての走り書きから着想を得たものである。「昨夜、水滴の一滴に浮かぶ捕鯨船を夢見た」(Paine 365)。その後彼は秋頃にこのアイデアを拡大し執筆を続けたが、途中で筆を止めてしまった。

この物語の冒頭において、主人公ヘンリーは顕微鏡で水滴の中の微生物を観察し、その後眠ってしまう。その後は彼は、謎の登場人物である「夢の管理人」に導かれ、水滴の海を家族と共に船で航海することになるのである。

航海が進むにつれ、物語はどんどん悲劇的な要素を帯び始める。元の世界と、水滴の世界の記憶が入り混じり、生きているというリアリティは希薄になっていく。二等航海士は自分達乗組員がどこにいるか本当は分かっていないという秘密を打ち明け、「世界が終わりとなってしまっているんですよ……動物ときたら、どんな見世物小屋でもパニックを引き起こすようなやつらなんですよ」(Tuckey 120)とこぼす。

ヘンリーは、既に巨大な「毛むくじゃら蜘蛛の脚がついた鯨」(109)のようなものや、「象ぐらいの大きさの、芋虫のようにひだがついた太った動物」(110)を追いかけている「ワラジムシの形態で、旋回砲塔付きのモニトル艦くらい大きい怪物」(110)、また「大きな長い不格好な運河船のようで、特急列車のよう」(111)な生物について報告を受けていた。だが妻アリスが語る、船長の息子が「蜘蜘蛛イカ」（131）に食べられてしまったという記憶を、なかなか思い出すことができない。

やがて彼は十二年ぶりに、記憶から消えていた蜘蛛イカを目撃することになる。それは突然船を襲い、乗船している者達は慌てふためく。「明らかに二つの満月が船尾近くに昇り、デッキと索具を嫌な黄色い光で照らしている。巨大イカの両目だ。奴の巨大なくちばしと顎がはっきりと見える。我々の船尾のところで丘のように膨れ上がっているのだ」（142）。その後、蜘蛛イカの襲撃を辛うじて逃れたヘンリー達一行は、やがてさらに無残な運命へと導かれていく。

トウェインはこの「偉大な闇」を完成させなかったが、一八九八年九月二十一日と二十二日に、結末の執筆プランを記している（Tuckey 100-01）。ヘンリーを除く登場人物がほぼ全員死亡するというこの悲劇の結末は、どうやら冒頭の顕微鏡のエピソードの場面におけるヘンリーの夢のようなのだが、トウェインのこの物語における最終的な意図は、作品そのものが完成されなかったことにより、不明であるとしか言えないだろう。

だが一つ明らかなのは、トウェインが絶滅動物を描いた際とまったく異なり、この彼の空想上の怪物達を、完全なる異邦のものであり、完全なる悪として描いているところだ。イヴが友達とした恐竜のように、あるいはアボリジニの隠喩として用いられた人魚のように、感情表現を人間と共有する生き物と異なり、蜘蛛イカは、まったくの未知の「暗黒」そのものとしてやって来て人を襲い、そして「記憶」の枠すら抜け出て消えてしまう。

何度も動物を擬人化し、人と動物の「近さ」を演出してきたトウェインが、作家生活の終り頃に行き着いた生物表象の果てが、この「異世界」の権化のような蜘蛛イカであるとするならば、晩年のトウェインがペシミズムに沈んでいた一つの証拠として、この表象を取り上げることも可能なのだろう。だが上述したように、『赤道を辿って』以後の彼の動物表象を順を追って見ていけば、必ずしもそのようには判断できないのではないだろうか。むしろそれまでの創作活動で、完全なる未知の動物をあまり描いてこなかったトウェインが描く、この「モンスター」達が、どちらの方向に向けて創作されているか、という問題こそ考えてみるに値する。南半球の植民地の現状を知り、反帝国主義運動に突き進むトウェインにとって、真の「怪物」とは、もはや動物の定義すら外れてしまった「人間」そのものであり、また厳密にはその「人間」とは、人類一般ではなく、植民地を支配し、搾取し、根こそぎにする列強の一部の「人間」だったのではないだろうか。完全なる「悪」である蜘蛛イカが登場する「偉大な闇」が、創作ルーツを辿ると、トウェイン自身が旅をしたインド洋をイメージして執筆された「乗客の物語」や「魅惑の大海原」と深い関わりがあることを思い起こすと、なおそのように考えられるはずなのである。

7　トウェインにとって動物とは？

フィジー、オーストラリア、ニュージーランド、インド、モーリシャス島、そして南アフリカという長い旅を終え、イギリスでその体験を基に旅行記『赤道を辿って』を書き終えたトウェインは、愛娘スージーの訃報を乗り越え、異国であるヨーロッパ各地を転々と移動しつつ、活発な執筆活動を続けていった。その旅の中で彼は一九〇四年に妻も失うことになる。だが一九〇〇年に帰米後も、概ね積極的な創作意欲は変わらず、その年齢を考えると驚くほどの多くの仕事をこなした。ただそうした事実が近年になってようやく注目されるようになった理由は、この旅以降のトウェインの執筆活動の多くが、出版を目的としないものに変化してしまったからである。

作家マーク・トウェインにとって、動物とは総体的に何であったのか。また彼の生命観は最終的にどのようなものに行き着いたのか。こうした謎に関わる資料が「出版を目的としない」原稿群から多く発掘され、それに基づいて数多くの議論がさらに多くなされ、その中から一定のコンセンサスが結果的に導き出されるのには、まだ多くの時間が必要とされるかもしれない。だが「偉大な闇」のような一部の例外を除くと、彼が動物や生物、時にはこの世界には存在しない生き物に対しても、擬人化の手法などで、人間との間を埋め、その感情や思考を理解しようという方向性の下で、執筆を続けていたのは間違いない。後期の幾つかの作品で垣間見せたように、「人間」に対して大きく絶望していた時ですら、相対的にではあるかもしれないが、彼は「動物」や「生物」に絶望することはなかった。それも間違いないと言えるのではないだろうか。

引用文献

Baetzhold, Howard G. and Joseph B. McCullough, eds. *The Bible According to Mark Twain: Writings on Heaven, Eden, and the Flood*. Athens: U of Georgia P, 1995.

Fishkin, Shelley Fisher, ed. *Mark Twain's Book of Animals*. Berkeley: U of California P, 2010.

Gibson, William M., ed. *The Mysterious Stranger*. Berkeley: U of California P, 1967.

Paine, Albert Bigelow, ed. *Mark Twain's Notebooks*. New York: Harper and Brothers, 1935.

Tuckey, John S., ed. *Mark Twain's Which Was the Dream?: and Other Symbolic Writings of the Later Years*. Berkeley: U of California P, 1968.

Twain, Mark. *Following the Equator: A Journey Around the World*. New York: Oxford UP, 1996.

第4章　「つややかな馬」のように
――ショパンにおける動物性――

辻本庸子

クレオールの血をひくケイト・ショパン（一八五一―一九〇四）が、フランス語に堪能で、モーパッサン（一八五〇―一九三）に心酔していたことはよく知られている。ショパンは一八九四年から一八九八年の間にモーパッサンの短編を八編翻訳し、そのうち三編だけを生前に出版した。出版されなかった作品の一つに「狂気？」がある。(1)ポーを彷彿とさせるような語り手は、自分が正気だと繰りかえしながら、愛する妻を殺害した顛末を語る。男は妻の肉体に凄まじいまでの愛慾を示す一方で、妻こそ「心を持たない偽りの官能的な動物」であり「獣人間（human beast）」（*KCC* 185）だと嫌悪もする。やがて妻の心が自分から離れたことに気づいた語り手は、日課として彼女が楽しむ乗馬の馬こそが恋敵だと信じ込む。そしてついに森に罠を仕掛け、馬を転倒させる。「彼は私たちを見た。そして私に噛みつこうとした。私はピストルの銃口を彼の耳に当てて殺害する。まるで人間であるかのように」（*KCC* 187）。「彼」と称される馬、そして抵抗する馬も妻をも銃殺する語り手。語り手が殺そうとしているのは、馬なのか、人間なのか。そして狂ったように引き金を引く男は、人間か、はたまた動物か。人間の愛欲、情念、ねたみなどに着目したとき、人間と動物を分けることがはたして可能かどうか。

人間と馬は重なり合い、それによって明らかなはずの人間と動物の境界線が曖昧になってしまう。

ショパンは、モーパッサンが伝統や慣習に組みしない、自分の目で見た世界をそのまま描き出す作家だとその魅力を語っているが（CW 701）、ショパンもまた、モーパッサン同様、独自の目で、人間と馬、人間と動物との境界線というテーマを扱っている。ショパンの代表作『めざめ』（一八九九）を、女性としての自立や、セクシュアリティといった観点からではなく、動物とのかかわりという視点から再読すればどのようになるか、それを試みてみたい。

1　エドナと馬

ニューオリンズ近郊の避暑地、グランドアイル島で優雅に過ごすエドナ・ポンテリエ二十八歳の夏。妻として、二人の子供の母親として、平凡に暮らしていた彼女の生活に変化が起こる。それまでエドナは、夫をはじめとする周りのフランス系クレオールの自由な生活習慣に違和感を覚えるほど、奥手で保守的な女性であった。しかし次第に常識や慣習にとらわれない奔放さを身につけていく。ピアノ演奏を聞いて感動し、泳ぎも覚え、さらには懇意になった若い独身男性ロバートへの思いを募らせていく。次第に彼女の中で形をとりはじめた自意識を、エドナは友人のラティグノール夫人に次のように語る。「本質的でないものはあきらめる。お金もいらない。私の命だって子供たちにあげてもいい。でも私自身をさしだすのは嫌。これだけは譲れない」（CW 929）。実のところ、この言葉の意味するところを彼女自身もまだよく理解できてはいなかった。しかし避暑を終えてニューオリンズの自宅に戻ったエドナは、一つ、一つ余分な衣装を脱ぎ捨てるように、これまであたりまえとしてきた社交的な慣習や家庭での役割を、自分の生活からそぎ落としていく。困惑した夫は友人のマンデル医師に相談し、医師はポンテリエ家の夕食会に出向いて彼女を観察すると約束をする。

医師によれば、その日のエドナは、これまでのような「ものうげな」女性ではなく、躍動感に満ち、「温かくエネルギーにあふれた」言葉を語る女性であった。それもそのはずで、この日、エドナは彼女の家を訪問していた実父と競馬に行き、賭けに勝って興奮さめやらぬ状態にあったからである。そのような彼女を医師は「太陽の光の中で目をさました美しい、つややかな動物（sleek animal）のよう」（*CW* 952）と表現する。医師による客観的なエドナ像を紹介する直前に、ことさら競馬のエピソードを挿入し、彼女と馬の深いつながりを示唆しているのは意味深い。ここで医師が連想した動物が具体的に何であるかは結局明らかにされないが、少なくとも医師が、動物のような彼女を、決して否定的に捉えていないことは確認できる。実はこの作品中でもう一カ所、同じ「つややか」という単語が用いられているところがある。それは彼女が別の機会に、友人のアロビンたちと競馬に行った場面である。

「彼女にとって競馬の馬は、子供時代の友達であり、親しい仲間であった」（*CW* 957）と書かれているように、ケンタッキー育ちの彼女にとって、馬は何よりも身近な存在であった。この日もエドナは、「パドックをゆっくり歩くつややかな騸馬（sleek geldings）」（*CW* 957）を前に興奮し、馬に詳しい父さながらに弁舌をふるい、誰よりも的確な勝ち馬の予想をしたという。これらの状況を斟酌すれば、先のエドナから連想された動物を「つややかな馬」とみても間違いないと思われる。

十九世紀の世紀転換期に女性たちが愛用した移動手段といえば、馬、自転車、自動車をあげることができる。自転車が新しい時代の女性、ニューウーマン登場のシンボルのようにみなされ、また一九〇八年のT型フォードから広く車が普及したことなどはよく知られているだろう。これら三種の移動手段についてセアラ・ウィントルは「これらは文字通りの意味でも、象徴的な意味でも、自由、身体的自立、自己抑制力をもたらすとされたが、それらを女性が用いた場合、伝統的な男性領域への侵略とみなされた」(Wintle 66-7)と述べている。中でも乗馬は、軍隊や儀式、競馬、狩猟といった状況で行われることから、「馬を制御することは、つねにはじめから権力、高い地位、男性性」(Wintle 66)と深く関わり、もっとも男性的領域に属するとみなされた。これらの移動手段のうち、ショパンがもっとも親しんだのは、言うまでもなく馬である。

彼女は生まれた時から、専用のポニーが用意される環境で育ち、また結婚してからも、毎日のように流行のファッションに身を包んで、夜の乗馬を楽しみ隣人からひんしゅくを買ったという (Toth, *Life*, 154)。また馬は単に男性的領域に属するというだけでなく、旺盛な性的エネルギーというイメージが常につきまとうことも忘れてはならない。エドナを観察して「つややかな動物」を連想した医師は、帰り際に「相手がアロビンでなければいいが」とつぶやきながら帰途につく。彼は決してエドナに対して悪い印象を抱いた訳ではなかったが、その溢れるようなエネルギーに性的なものを感じ取り、

図４－１　Woolson Spice 会社のグリーティング・カード（The Side Saddle Lady Online Museum）

それがやがてアロビンに向くであろうことを的確に予測したことになる。後で言及するように、十九世紀末の作品では極端な婉曲語法が用いられる場合があり、妊娠や性欲はその対象の最たるものであった。したがってこのようにエロティックな連想をかき立てる馬とエドナの関連が曖昧にされていたとしても不思議ではない。

単身でニューヨークへ行って、株の仲買業をする夫。メキシコに去った恋人のロバート。この二人の代わりにエドナの相手をしたのは先述したアロビンというプレイボーイである。愛情のかけらも感じない相手だとは言いながら、エドナとこの男との仲は次第に深まって行く。二人の知り合ったきっかけは競馬であり、馬はいつも共通の話題だった。二人の関係が変化するさまは「彼の話し方は、最初、彼女を驚かせ、やがてほおを染めさせるといった具合であった。しかしそれが次第に彼女の中のせわしく波立つ動物性

(animalism)に響き、彼女を喜ばせるようになった」(CW 961)と描かれ、さらに彼とのキスが「欲望に火をつける燃えるたいまつ」(CW 967)となったと説明される。これらの表現から明らかなように、ロマンスとは異なるエドナのパッション、すなわち性欲や本能的、動物的な欲望のめざめが次第に顕在化してくる。

出版後、『めざめ』はさまざまな酷評を受けた。なかでもエドナの見せるこのような動物性は鋭い糾弾の的となった。「単なる動物的本能に動かされ」(Chopin, *Awakening* 149)、「ポスト・ダーウィン時代の女-動物」(Joslin 84)といった具合に。自然科学の分野では、特にダーウィンの『種の起源』以降、人間と動物が歴史的には共通の起源から派生しているという認識が一般的になった。[2] だからこそ「自然界における人間の位置」を定めることが重要な命題となり、不安定さを解消するために数々の学説が輩出され、人間(つまりは男性)の優位が唱えられた。ただし女性は、子供、動物、未開人、精神病者、犯罪者などと同じく、「他者」のカテゴリーに入れられ、対男性の圧倒的な劣等性が示される。女性は子供、動物に近いもの、発生上の異常、あるいは早期の成長停止した存在とみなされ、男性とは異なる役割、すなわち母性が振り当てられる。生殖こそが女性のつとめであり、性的本能など女性にはありえないとみなされた(Rusett 8-19)。このような時代にあって、動物性を示す、母性をないがしろにする、性欲を表す、そのようなエドナが、受け入れられるはずもない。女性が動物と同化することは、それでなくとも劣等とみなされていた女性をさらに卑しめることになるからで、同時代の男性だけでなく、女性にとってもそれは受け入れがたいことであった。

2 人間の動物化／動物の人間化

それでは『めざめ』出版の時期に、ショパンが動物に関してどのような作品を残しているのかを見てみよう。

『めざめ』は一八九七年から九八年の一月にかけて半年ほどで書き上げられ一八九九年四月に出版されたが、あまりの不評を受けて、ショパンは筆を折ったと言われている。しかし実際には『めざめ』以降も、少なからぬ数の作品を書いている。その中で『めざめ』の直後に書かれたのが「馬ものがたり」である。この作品はもともと「ティ・ディモン」と題されたが、一八九九年十一月にもうひとつ別の「ティ・ディモン」が書かれたため、「馬ものがたり」と改題された(3)。ともにティ・ディモンを主人公とする二作品は、一方は動物の人間化、もう一方は人間の動物化が扱われており、対をなす、双子作品と見ることができる。

「馬ものがたり」では、ティ・ディモン(以後TD)と呼ばれる年老いたポニーが主

図4－2 華やかな乗馬服を着たショパン 1876年（Toth 1990, 挿絵より）

人公である。ある時、飼い主の娘がTDに乗って出かけるが、途中で動かなくなったTDに業を煮やし、手綱を木にくくりつけて用を済ませることにする。その間にTDは勝手に手綱を解いて、娘の知り合いの男の家まで戻ってくる。男はTDだけが帰ってきたのを見て、もしや娘の身に何かあったのではないかと心配し、必死で彼女を探した。この事件が契機となって二人の仲は進展し、ついに結婚という運びになる。耄碌して命令をきかないTDは危ないので、撃ち殺してはと男は娘に言うが、もちろん娘は拒絶。しかしその話を聞いていたTDはひどく傷つく。「生きていることの喜びが永遠にティ・ディモンから消え去った。ソリスタン（男）の皮肉なことばは、彼の心に拭うことのできない深い、手痛い傷を残したのである」（*KCM* 19）。二人の結婚後、いつか撃ち殺されるなら今が潮時と、娘のもとから密かに立ち去ったTDは、ふるさとに向かう途上で野垂れ死ぬ。娘がTDを撃ち殺す気など全くなかったことを考えれば、TDの死は無駄死とも言えるが、しかしどんな結果になろうとも、自分の生き方を貫き通すTDのプライドが強い印象を残す。ここには喜びや悲しみ、プライドを持った馬、人間のような感情や意志を持った馬が描かれている。

もう一つの「ティ・ディモン」は、TDという通称で呼ばれる男の話である。彼は農夫然とした人一倍力の強い、不器用だが善良な男であった。小さい頃、よく夜泣きをしたので母がTD、すなわち「小悪魔」というあだ名をつけたが、やがてそれは彼の性格から「牛のような穏やかさ」（*CW* 623）という意味に解されるようになる。もうすぐ結婚という段取りも決まり、情熱的とは言えないものの幸せな日々を送っていたある日、男は友人と遊びに繰り出し、婚約者を尋ねる時間も忘れてギャンブルにのめり込んでしまう。「大きな馬のような笑い」（CW 624）声をたて、これはどゲームに興奮したことはないと思う。ふと気がつくと一緒に来た友人の姿もすでにない。いつになく興奮さめやらず、婚約者のことを思いながら帰りの夜道を歩いていると、向こうから腕を組んだカップルがやってくる。月あかりに照らされて、それが先に帰った友人と彼の婚約者であることがわかった。TD は逆上して、思わず友人を力まかせに殴打してしまう。このたった一度の暴力行為によって、男の婚約は解消されたばかりか、以後 TD は文字通り小悪魔、危険人物として人々から村八分の扱いを受けることになる。逆上した TD の持つ暴力性、動物性が社会から糾弾されたわけだが、ショパンの描き方からは、むしろ彼の怒りの妥当性が示されている。二人の様子からすれば、たとえ衝動的といわれようと TD が憤るのがむしろ自然だったのではないか。それは人間が本能的な動物化した瞬間への共感でもある。しかし社会はそのような彼の過ちを認めなかった。人間が動物的、本能的に振る舞うことを決して受けいれようとしない人々のかたくなさが示され、逆説的ではあるがそのような人々の持つ暴力性が明らかになる。

このように『めざめ』と同じ頃に書かれた作品には、人間と動物の境界線に対してショパンが抱く問題意識が色濃く描き出されている。なぜ人間と動物を分けて考えなければいけないのか。なぜ人間の持つ動物性を否定しなければいけないのか。そこからは動物性に関して他の人と違う考え方を持つことを恐れない、独自の考えを貫こうとするショパンの強い意志が感じられる。

『めざめ』を書いた直後の一八九八年一月一六日、セントルイスの『ポスト・ディスパッチ』に、

「愛は神聖か」("Is Love Divine?")という問に対する、ショパンを含む三人の女性の回答が掲載された。もちろん愛は神聖なものと回答した他の二人の女性とは対照的に、ショパンはその問に対して次のように答えている。「神聖な愛と、自然で動物的な愛を区別することは簡単ではありません。そもそもなぜ我々は愛するのかと説明することさえ容易でないのですから。(中略)私が思うに、愛は動物的な本能から生まれ、それゆえにある程度神聖であると言えます」(*KCPP* 219-220)。動物的であるから神聖というこの回答からもわかるように、ショパンにとって女性としての対面を守るお上品さや慎み深さはどうでもよいことであった。道徳的である必要もなかった。動物的本能は決して卑しむべきでなく、むしろ人間と動物を無理矢理分けることの不自然さを公言してみせる。ここにも人間の持つ動物性を肯定する彼女の明確な姿勢が明らかにされている。

3　崩れる人間と動物の境界線

十九世紀アメリカにおいて、もっとも自然に接近したところから言葉を発したのは、ヘンリー・デイヴィット・ソロー(一八一七―六二)であろう。死後出版の「散歩」(一八六二)冒頭で彼は、自分がこれから語るのは、世俗的な自由や文明のためではなく、自然、絶対的な自由、ウィルダネスのためであり、人間とは、社会の構成員というよりは、自然の住人、自然の一部となっている人間をさすという。そしてラクダのように、ゆっくりと物思いに耽って歩くことをすすめ、また沼こそが「聖なる場所、至聖所」、力が、そして自然の神髄が宿る所だとする（Thoreau, *Walking* 40）。沼に限らず、ソローは地球を一つの生命体のように捉えて、とりわけ水に重きをおき、いくつもの作品で水について語っている。それについてロバート・L・フランスは次のように述べる。

ソローは、この壮大な自然のヴィジョンを一つにまとめるうえで最も重要な力は、「何か目には見えない液体」の流れだと考えた。地球は「死んでいるわけではなく、能なしの巨体でもない。一個の体であり、精神も持っているし、有機化合物でもある。精神に対して働きかければ、流動的に反応する。その精神の分子は、私の体内にも存在する」。

したがってソローは、自然とは巨大なスケールで流動液が循環しているものと捉えていた。彼は川を樹液にたとえたこともあったし（中略）思考を意識の流れと表現した。水は、ソローにとって生きものだった。（Thoreau, *Water* xxv–vi）

外をめぐる流動体と自分の内をめぐる流動体。それが共通の分子を分かち持つと考えれば、おのずと自分という個の領域がくずれていくことになる。伊藤詔子はソローが築いた「自然の新しい感覚」とは、人間、動植物のみならず、岩、水、土、風、光、雲などすべてを構成要素とした「コミュニティの感覚」であり、それゆえに「動物はまさに隣人となり倫理的配慮の対象となり、『霊的交信』の相手となる」（24）と述べている。

拙論冒頭にあげたモーパッサンの作品を再度、振り返ってみよう。夫は、早朝の乗馬から戻った妻の、まるで「愛の営みのエクスタシーでぐったりしたような」(KCC 187) 様子を見て嫉妬にかられる。そのときの描写は以下の通りである。「ついに私はわかった。私はあの神経質にはねる馬に嫉妬した。駈ける妻の顔を愛撫する風に嫉妬した。通り過ぎながらその繊細な耳に口づけをする木々の葉に嫉妬した。梢を通して額に漏れかかる太陽光線の粒子に嫉妬した。そして彼女の股が押しつけられた鞍に、私は嫉妬したのだ」(KCC 187)。ここでは人並みはずれた夫の嫉妬心が示されているだけではない。人間ではなく、馬、光、風、木の葉、空気、スピード、鞍などと触れ合い恍惚とする女、人間という境界が崩れさって、自由に外界と交歓する女の姿がある。夫が嫉妬した対象は、馬というよりも、夫という人間に飽き足らず、自然の中で自然と自由に交わり忘我する、そのような女のあり方だったのかもしれない。

デイヴィッド・C・ミラーは、水に身を浸すことがもたらす変化について、T・W・ヒギンソンの南北戦争体験を通し、次のように述べている。「どっぷりと水につかることで、彼は規範的な世界構造の溶解を経験する。時間の観念は全く失われ、視界がくずれて水平線が低くなると、まわりのものが考えられないような変化をおこし始める。(中略) このように視野の階層制が崩れると知性は無用なばかりか、邪魔にさえなる」(Miller 54)。ここでは水に浸る経験が、感動をもたらすだけではなく、人間の持つ価値観、秩序観すらも崩す力を持つことが明らかにされている。

『めざめ』においても、エドナが鋭い感覚的な反応を示すようになったこと、とりわけ水の流れによって大きな変化がもたらされたことは疑いの余地がない。海の水に体をまかせる。音楽のしらべに身をゆだねる。それらの流れに浸る経験が彼女を大きく変えていく。例えばはじめて泳げるようになった場面では、それまでいくら教えられても泳げなかった彼女が、まるで急に歩き始めた幼子のように、海で自由に体を操ることができるようになる。「歓喜が彼女をとらえた。まるで自分の体と心を制御するかけがえのない力が彼女に与えられたかのように」（CW 908）。これによって触覚が激しく刺激され、強烈な喜びがわき起こり、感極まって喜びの叫びすらあげる。また友人の弾いたピアノ演奏を聴く場面では波の比喩が用いられる。「レイツ嬢がピアノに向かって最初のフレイズを打ち鳴らした瞬間、ポンテリエ夫人の背筋に鋭い震えが走った。（中略）魂の中にパッションがわき起こって魂をゆさぶり、激しく打ちつけた。それはまるで彼女の美しい体に日ごと、打ち寄せる波さながらであった」（CW 906）。人間を抱き、包み込む波がもたらす高揚感を、ピアノのしらべはもたらし、思わずエドナは涙を流す。これらはいずれも単に泳げた、音楽に感動したというのではなく、自然の鼓動に、流動体に身を浸すという経験であった。それによって、内なる流れが外の流れに呼応し、共振し、そこに大きな喜びが生じたといえるだろう。エドナは子供の頃から二重性、すなわち周りに順応する外向きの顔と、疑問を抱える内なる顔を有していた。これまではそのバランスを保ってきたが、この夏に、その外向きの「慎みの殻」が次第に崩れてきたという。これまで自分の周りに張り巡らしていた境界壁が崩れ、周りの人が驚くような変化を来したそのもっとも大きな誘因は、彼女が経験したこの流れに浸るという営みではなかったか。

『めざめ』第六章は短いが不可解な章である。前章でリチャードがエドナを海に誘うが、彼女はいったんそれを断り、二度目の誘いで海に入った。彼女はそれを「矛盾する二つの本能」の一つに従ったという。さらに「彼女の中に一つの灯りがおぼろげにともったが、その灯りは、道を照らしながらもそれを禁じている」(*CW* 893)、そして「ポンテリエ夫人は人間として、この宇宙における自分の位置を理解し始めた。そして自分が個人として周りの世界と結ぶつながりを意識しはじめた」(*CW* 893)という説明が続く。これら言葉の使い方はひどく抽象的で、曖昧で、そのくせ大仰で、「灯り」「自分の位置」「宇宙とのつながり」というのが何を意味するのか、判然としない。

この章の曖昧な表現を補足するとすれば、以下のように考えられるのではないか。彼女の中で海に入りたいという本能と、入っては危ないという本能が共存していたが、これまでになく彼女は積極的に水に入る、浸ることを選択する。それにより感覚的な刺激を受けて感性が研ぎすまされ、自分が宇宙という流れ、広い広がりの中の一個の生き物であるということを感知する。人間社会における存在であると同時に、宇宙における生物であるということは、人間であり動物であるという両義的な存在を認識することに他ならない。それは新たな喜ばしい発見であり、また官能的な経験でもある。章の最後は次のような海の説明で締めくくられている。

海の声は誘惑的である。決して終わりがなく、ささやき、騒ぎ立て、つぶやき、まじないをかけて、魂を一人きりの淵へと誘い込む。そして内省の迷路に我を忘れさせる。

海の声は魂に語りかける。海は官能的に肌に触れ、柔らかく、しっかりと体を抱き、包み込んでくれる。(*CW* 893)

ここでは海が、まるで誘惑しようとする恋人のような、あやしい魅力をたたえていることが述べられる。しかしこの引用からもわかるように、海そして水には、強烈な喜びを与えると同時に、「我を忘れさせる」、孤独の淵へと導く危険性があることも示唆されている。この喜びと危険の両義性は、これからエドナが歩む運命の予兆ともなる。

4 エドナの選択

先にも述べたように『めざめ』の中で最も抑制されているのは、妊娠、分娩に関する表現である。妻や母としてよりも、自分らしい生き方を貫きたいというエドナの個としての主張は大胆に表現され、またセクシュアリティに関する描写も控えめながら、推測可能な程度に表現されているが、こと妊娠に関しては、全く言葉が欠落している、抹殺されているといった印象を受ける。[4] 妊娠すれば公の席には出ない、妊娠に関する言葉を公言しないというのが、この時代の不文律なのだろう。エドナとは違い、理想的な母、妻であるラティグノール夫人は四人目の子供を身ごもるが、その懐妊は公言されない。パーティを欠席する理由も、「体調がすぐれない」から。そのような夫人からの使いが、ちょうどエドナがメキシコから戻って来たロバートと再会し、これから二人の親密な時間を楽しもうというときにやって来る。「お加減が悪いので、ポンテリエ夫人がすぐおいでいただきたいとのことです」（*CW* 992）という伝言である。実はこれがお産の立ち会い依頼でエドナもそれをすぐ察知するのだが、読者にはわかりづらい。ここで興味深いのは、これほどタブー視されている産褥場面を、これまで丁寧に追ってきたロバートとのラブロマンスのピークにぶつけたこと、そして行くなというロバートの懇願を振り切って、夫人のもとへ行くエドナに、いささかの迷いもなかったことである。恋人よりも女友達を優先する。ラブロマンスよりタブーのお産を優先するという、ロマンスに憧れる読者の期待を裏切るような筋の展開には、作者のどのような意図が働いているのだろうか。

分娩にあたったマンデル医師は、赤ん坊が無事に誕生したあとエドナと一緒に帰りながら、こんな残酷なお産の現場に彼女が立ち会うべきではなかったと気遣いをみせ、「問題は若者が幻想に負けてしまうことですな。それこそが自然の方策、種族のために母親を確保する仕掛けなんですよ」（*CW* 996）と言う。幻想を抱いて自然にだまされた結果、女は受胎して苦しいお産を迎え、その結果として人間という種を永続させていくことができる。それが自然の摂理だというわけである。自然による仕掛け、策略としての苛酷な出産が強調される。実のところ、ショパンは実際には五人の子供を授かった。長男を出産し、はじめてその新生児の肌に触れた時、「これこそ真の動物的感動（animal sensation）。どんな精神的なものもこれにまさるものはない。きわめて痛快」（*KCPP* 183）と書き記している。受胎し、胎児が育ち、月が満ちて、産み落とされる。そこに妊婦の自由意志はほとんど介入しない。この本能的な、動物的営みの最たるものが出産である。そしてショパン自身はそれを体験し、その喜びを知っていた。それにもかかわらず、この作品の中では出産をそのようには描写しなかった。むしろここで描かれているのは、喜びではなく苦痛、疲労、策略、後悔としての出産である。さらに出産の手伝いを終えて彼女が家に戻ると、すでにロバートの姿はなかった。彼女はこのお産で、ロマンスも失ったことになる。結局、この筋の展開によって明らかになるのは、女性が憧れ続ける恋人とのロマンスも、女性にとって何より重要とみなされている母性も、彼女にとっては救いとはならなかったということである。ただ苦痛、幻滅、後悔だけが後に残る。

そのようなエドナが選んだのは何か。それは、流れに身を浸すことであった。一人で再びグランドアイル島に向かい、そこで全裸になって泳ぎだす。ジャック・デリダは「人間をのぞいて、どの動物も服を着ることなど考えもしない」(5) と述べ、服を着ることが人間の特性の一つであるとするが、エドナはここで服を脱ぐことによって、人間から動物化したと考えられる。これは自然の方策にだまされるのではなく、自分で選択した行為である。ショパンはそれを「大空の中に裸で立つ。何とも不思議な崇高さ。そして何という快感！　まるで、これまで全く知らないなじみの世界で目を開けた、生まれたての生き物 (new-born creature) のように彼女は感じた」(CW 1000) と記している。

この後、エドナは海に泳ぎ出して、子供や夫、恋人のことなどを思い浮かべ、娘時代の記憶の断章を重ねるうちに物語は終わる。この結末を、エドナの敗北と見るか、勝利と見るかの違いはあるとしても、悲観したうえのエドナの自殺と解釈するのが通説である。しかし彼女が死ぬという確証はどこにあるのだろう。たしかに泳ぎながら「もう既に手遅れだ。岸ははるか遠く、力は尽きてしまった」（*CW* 1000）と述べられ、死をほのめかしてはいる。また泳ぎだす直前に書かれている羽根が傷つき落ちて行く鳥への言及が、いかにもエドナの死を予告する役割を果たしてもいる。しかし一方で、エドナは島についた直後に、泳いだ後の食事をわざわざ注文している。つまりこの物語の最後は、きわめて曖昧な形で終わりを迎えていて、はっきりとエドナの最期を確定させている訳ではない。これは例えば短編「一時間の物語」（一八九四）のように、主人公が心臓マヒで死んでしまったという終わり方とは全く異なる。物語の最後は次のように締めくくられている。

エドナは父の声を、そして妹のマーガレットの声を聞いた。それからセンダンの木に鎖でつながれた犬の鳴き声を彼女は聞いた。そしてポーチを歩いて横切る騎兵将校の拍車がたてる音。蜂の羽音に、あたり一杯に広がるナデシコの麝香のような香り。（*CW* 1000）

エドナは官能的な海に身をゆだねて泳ぎだしたが、いつのまにか主語は「エドナ」から「彼女」となり、そしてついにはそれも消滅して、拍車の音、蜂の羽音、花の香りのみ。触覚、聴覚、嗅覚の世界となる。このように個人、人間の属性が落ちて、感覚だけが働く世界。しかもそれが昔懐かしいケンタッキー時代となれば、彼女が想念の中で、大好きな動物である馬と一体化し、大海原のようなブルーグラスの草原を走っている、そう想像するのも不可能でないように思われる。一方で、社会の閉塞した枠組みの中で息詰り絶望的になったエドナがいて、他方で動物的な喜びに浸り、感覚を研ぎすます別のエドナがいる。ショパンはここでそのどちらかに収束することを避け、決着を付けずに開けたまま物語を終えたと見ることが出来るのではないか。これは西洋文化の伝統的な基盤をなす二元論を避ける、あるいは二元論に抵抗するという作者の姿勢の現れと見なすことが出来る。生か死か。男か女か。人間か動物か。自然か文明か。過去か現在か。どちらかではなく、どちらもの世界。人間であって、動物であってどうしていけない。そういうショパンの信念をそのまま形にしたもの、それがこの物語の曖昧な終わり方の意味するものだと考える。

現代アメリカにおける人間／動物シーンを代表する一人、ダナ・ハラウェイは、二〇〇三年に『伴侶種宣言』を出した(5)。一九八五年に彼女が出した「我々はキメラ、機械と生体の複合体であるサイボーグ」というサイボーグ宣言は、コンピューターやバイオ・テクノロジーなどの飛躍的な進歩を迎える時代にあって、機械と有機体のハイブリッドという神話的アイコンの誕生を告げた。その彼女が新たに出した「伴侶種宣言」においては、動物とのつながりが中心に据えられた。これは一見すると大きく宗旨替えをしたかのように見えるが、サイボーグ宣言においてハラウェイはすでに「反語的ではあるけれども、もしかすると動物や機械との融合を通し、我々は、いかにして西欧のロゴスが具現化された存在としての人間とならないでいられるかを、学ぶことができるかもしれない」（Haraway 31）と述べている。ここから彼女にとって機械から動物、種への移行が想定内のものであったことが伺える。

ショパンは、生物学を専門としたハラウェイのように、人間と動物が分ち持つ分子の世界のつながりを理解していた訳ではない。しかし人間の持つ動物性を正面からみすえ、動物性をやみくもに否定する社会の欺瞞を糾弾する。動物性を卑下することも、退化として軽蔑することも、運命だと悲観することもなく、ショパンは「つややかな動物」であること、動物的であることも人間として自然だと認め、そこに喜びを見いだそうとする。それは百年以上前の時代にあって、既存の人間と動物の境界線を脱構築する「動物性宣言」とも呼ぶべきもので、その意味でショパンはまぎれもなく、ハラウェイの先達と言えるのではないだろうか。

註

（1）モーパッサンによる短編 "Fou?" の翻訳（一八九四）は、*The Kate Chopin Companion* の185-187ページ。なおショパン作品の引証に際し、以下の略語を用いる。*KCC* : *The Kate Chopin Companion, KCM* : *A Kate Chopin Miscellany, KCPP* : *Kate Chopin's Private Papers, CW* : *The Complete Works of Kate Chopin.*

（2）一八九〇年代のショパンにとって、ダーウィン、ハクスリー、スペンサーを読む事は日課だった。"the works of Darwin, Huxley, and Spencer were her daily companions; the study of the human species, both general and particular, [had] always been her constant delight" (Seyersted, *Critical* 48)。ダーウィンは『人間の進化と性淘汰』（一八七一）で、人間と動物の違いは本質的なものではなく、程度の差に過ぎないと言明。彼女の言葉遣いにもこの当時の科学言説の影響が伺える。ダーウィンとショパンに関する論考としては、Bert Bender " The

Teeth of Desire."

（3）「馬ものがたり」は、一八九八年三月に執筆。まだ作者による修正途中の形跡があるとされている（*KCM* 191）。「ティ・ディモン」は一八九九年十一月に執筆。この作品が最初に出版されたのは *CW*（1028）。一八九九年十一月二十九日に「水曜クラブ」で「ティ・ディモン」を読んだという記録があるが、どちらの作品か定かではない。

（4）エドナはグランドアイル島で夏を過ごすが、最初は周りのクレオールたちの自由な風習にとまどいを覚えていた。例えば、アデルがお産（accouchements）の話を事細かく男性に話すことが信じられないと言う。しかし少なくともこの物語の中で、その箇所以外にお産、妊娠という言葉は一切出てこない。短編「アテネーズ」（一八九六）でも主人公は妊娠するが、そのときにも一切、直接的な表現はされない。

（5）「伴侶種」（Companion Species）は「伴侶動物」より、対象が広く多様性を含む。実際にはハラウェイの犬との体験から発展したものであるが、人間と動物、自己と他者との境界を脱構築していくねらいがある。

引用文献

Bender, Bert. " The Teeth of Desire" *Kate Chopin: Updated Edition*. New York: Infobase Publishing, 2007. 89–101.

Bonner Jr., Thomas ed. *The Kate Chopin Companion: With Chopin's Translations from French Fiction*. New York: Greenwood Press, 1988.

Chopin, Kate. *The Complete Works of Kate Chopin*. Ed. Per Seyersted. 1969. Baton Rouge: Louisiana State UP, 2006.

———. *The Awakening*. New York: Norton, 1976.

Derrida, Jacques. *The Animal That Therefore I Am*. trans. by David Wills, New York: Fordham UP, 2008.

Haraway, Donna J. *The Haraway Reader*. New York & London: Routledge, 2004.

Joslin, Katherine. "Kate Chopin on Fashion in a Darwinian World" *The Cambridge Companion to Kate Chopin*. Ed. Janet Beer. Cambridge: Cambridge UP, 2008. 73–86.

Miller, David. C. *Dark Eden: The Swamp in Nineteenth-Century American Culture*. Cambridge: Cambridge UP, 1989.

（『ダーク・エデン』黒沢眞里子訳、彩流社、二〇〇九年）。
Russett, Cynthia Eagle. *Darwin in America: The Intellectual Response 1865-1912*. San Francisco: W.H. Freeman and Company, 1976.
Seyersted, Per. *Kate Chopin: A Critical Biography*.1969, Baton Rouge and London: Louisiana State UP, 1980.
——— & Emily Toth eds. *A Kate Chopin Miscellany*. Natchitoches: Northwestern State UP, 1979.
Thoreau, Henry David. "Walking," *Pragmatism & Religion: Classical Sources & Original Essays*. Urbana & Chicago: U of Illinois, 2003.
———. *Thoreau on Water: Reflecting Heaven*. Ed. Robert Lawrence France. New York: Mariner Books, 2001.
Toth, Emily. *Kate Chopin: A Life of the author of* The Awakening. New York: William Morrow and Company, INC., 1990.
——— & Per Seyersted eds. *Kate Chopin's Private Papers*. Bloomington and Indianapolis: Indiana UP, 1998.
Wintle, Sarah. "Horses, Bikes and Automobiles: New Woman on the Move," *The New Woman in Fiction and in Fact.: Fin-de-Siécle Feminism*. Eds. Angelique Richardson and Chris Wills. New York: Palgrave Macmillan, 2002. 66-78.
伊藤詔子『よみがえるソロー——ネイチャーライティングとアメリカ社会』（柏書房、一九九八年）。

第二部

第5章　食える犬、食えない犬
――フランク・ノリス、ジャック・ロンドンと動物――

折島正司

1　当たり前？

犬を食う

ジャック・ロンドン（一八七六―一九一六）のお話に出てくる犬には、食える犬と食えない犬がいる。ノースランドで相棒と金鉱を探す「あの〈まだら〉」（一九〇七）の語り手は、強くて賢そうで立派な犬を手に入れ、〈まだら〉と名づける。〈まだら〉は、この上なく強く狡猾で、すぐに橇犬たちの頂点に立つ。だが、自分は橇犬としてはまったく労働しない。こんな犬は全然いらない。ところが、何度売り払っても、追い払っても、なぜか帰ってくる。この〈まだら〉は、泥棒を働くのもめっぽううまい。やがて、語り手たちの食料のムースの肉を、盗んで食いつくしてしまう。語り手と相棒は、飢える。

春がはじまっていたので、川の解氷を待つほかなかった。かなり痩せこけてから、犬たちを食うことにした。最初に〈まだら〉を食うことに決めた。あの犬どうしたと思う？　知らないうちにいなくなった。あいつを食おうと決めたのを、どうして分かったのか、分からない。幾晩も寝ないできゃつを待ちぶせしたが、全然帰ってこなかった。だから、ほかの犬を食った。橇犬を全部食った。（1330）

食える犬を食うのは、個体が生きのこるためである。そこに特に思想的な理由のようなものはない。輪廻転生のためでもなければ、食物連鎖のためでもない。暴力を通じた再生のためでも、他者の肉化のためでもない。

必要があるときに、強い方が弱い方を屠って食い、生きのこる。それだけの話である。個体のレベルのお話にされてはいるが、適者生存の寓話化、帝国主義の寓話化、人種差別思想の寓話化と言うこともできるであろう。

ところが、殺すことのできない犬、食うことの対象ではない犬というのもいる。〈まだら〉は、そうした犬に属している。食われそうな気配を察知して姿を消してしまうので、食えない〈まだら〉だが、そもそも彼を殺すこともむずかしい。人間のための労働を一切拒絶するだけでなく、窃盗などの犯罪行為にだけは熱心な〈まだら〉を、「あの〈まだら〉」の語り手は、処分しようとする。しかし〈まだら〉にコルトを向けてみると、「まるで、《怖くなんかないぞ》と言うように平然と銃身を見つめる意識を持った勇敢な人間を殺そうとしているみたい」で、「ビビッてしまい、身体中に震えが来て」（1326）とても銃を撃つことなどできない。『荒野の呼び声』（一九〇三）のバックも、明らかにこの種類の犬に属している。これらは、なぜ食えないのか？

肉食

チンパンジーにとって狩猟と肉食は余剰であり、子殺しと子の肉の嗜食は、享楽であって必要ではない。そこから類推するに、人間にとって、肉食はカニバリズムの代用品なのではないか。波戸岡景太の『動物とは「誰」か』には、大澤真幸のそのような仮説が紹介されている。肉食を必要でとらえるなら、カニバリズムは最後の手段である。肉食を余剰の享楽ととらえるとすると、カニバリズムは最初の選択肢である。とそういうわけだ（41–49）。

そうかと思えば、肉食を「生命の相互依存の連鎖という生物世界の事実――生命あるものがたがいにその生命を糧とし合って生きているという関係」においてとらえ、了解しようとすることもできる。『宮沢賢治――存在の祭りの中へ』で見田宗介はそう語る（143）。

大澤の仮説と見田の見解は、対照的にみえる。一方が、必要なく余剰として殺すことから考えようとしているとすると、他方は、生かしあうために殺されるという必要から考えようとしている。だが肉食を必要から考えず、余剰の快楽ととらえようとする大澤と、それを「自己の生命の絶対化をはなれうるかぎりは（中略）《生かし合い》ともみることができる」として、究極的な必要から考えようとする見田は、「クリーン」で不可視化された食肉処理によって動物を殺して食べることをすっかり当たり前なことと考え、というかむしろあまり考えないようにしている、私たちの一般的な態度から、大きく逸脱していることにおいて類似している。

当たり前と思われていることが、じつは当たり前などではないということを主張しようとした自然主義文学も、人間と動物の関係について当たり前となっている態度から逸脱しようとする。そうした自然主義的風潮の一端は、たとえば、動物を殺して食べるということについて、アプトン・シンクレア（一八七八―一九六八）の『ジャングル』（一九〇六）のように、食肉処理がクリーンでもなんでもないと暴露する志向などにも現れている。だがそればかりではない。人間と動物の区別のことも、ずいぶんと深刻に気にしている様子なのである。

2　人間と人間の区別――フランク・ノリスとジャック・ロンドン

ノリス

物理学的世界を究極の実在とみる想定を、比喩的にではあれ、自然科学から受けついだ自然主義文学である。そうであるからには、自然主義文学は、物理学的世界の住民であることには違いのない人間と動物の区別が、概して苦手である。アメリカ自然主義を代表する作家のうちに数えられるフランク・ノリス（一八七〇―一九〇二）とジャック・ロンドンも、人間と動物の区別が上手ではない。

彼らは、人間の間での階級の区別についても、不安や困難を抱えている。ノリスは、中産階級の白人男性である。[1]しかしじつは、自分がこの状態にあることも、この状態が優位な状態であることも、彼にとってそれほど自然な、当たり前のことではない。その状態を保持するためには、経済的規律、生活習慣上の規律を守らなければならないと、彼は固く信じている。

規律を守ることができなければ、中産階級の人間である状態を保持できないのではないかと、彼は心底恐れている。自己の人生を規律のなかに収納することに失敗する人物の破滅のファンタジーを、彼がなまなましく紡ぎだすことができたのは、そのためだ。

『ヴァンドーヴァーと野獣』（一九一四）の主人公ヴァンドーヴァーは、父親の遺産を盛大に浪費する。酒と娼婦が浪費のおもな対象だが、その度合いは欲望の充足をはるかに超えて過剰である。そのうちにやがて、彼は芸術家としての能力、頭の中のデザインを手によって実現させ、精神と身体を協調させる能力を失う。神経的な危機を経験するようにもなる。

ヴァンドーヴァーは妙な気分になりはじめた。まず、自分の部屋が見慣れないもののように思えはじめ、それから自分自身の日常生活が、自分のものとは感じられなくなってきて、とうとう最後には、突然それが世界全体に広がった。存在する事物のすべてが、引いていく潮のように遠ざかっていく。そして、自分だけが一人、どこか恐ろしい、よく分からない浜辺に打ちあげられて、取りのこされている。そんな感じだった。（179）

『マクティーグ』(一八九九)のマクティーグは、無免許の歯科診療を許されなくなってから、それまで装っていた勤勉性を喪失し、小市民生活から転落して破滅に向かう。規律に収納することのできない自然や市場の力に立ち向かう『オクトパス』(一九〇一)のマグナス・デリックや『ピット』(一九〇三)のカーティス・ジャドウィンは、あえなく敗れさる。

世紀転換期の都市に出現したスラムやその住人に非常に強い関心を向けた自然主義作家たちではあったが、その多くは貧困階級と自分を区別するところを出発点としている。彼らに同情はしても、同一化はしていない。したがって、自分が彼らと区別できなくなってしまうことを心配し、「書き手が最初は模倣しようとしていただけだった獣に、本当になってしまう恐れ」(Auerbach 138)を抱いている。そこでたとえば、「嵐の中の男たち」(一八九四)や『マギー』(一八九三)で都市をスケッチするスティーヴン・クレイン(一八七一―一九〇〇)は、距離の維持を前提とする視覚を特権化して彼らを突きはなす。幸か不幸かノリスは、サンフランシスコの町の音と臭いと手触りを全身で感受する接触的感覚の持ち主であった。彼は、接近が昂じて区別の向こう側と同一化してしまうことを、心から恐れないわけにはいかない。

ロンドン

ロンドンの階級に対する態度は、これとは違う。事実として中産階級出身ではなく、決意と学習と努力によってそこに移行したロンドンである。(2) 区別のどちら側とも同一化する可能性を持っているが、区別のどちら側とも同一化していない彼が抱える問題は、本来同一化している自己と違うものになってしまうかもしれない恐れではない。どちら側の自己と同一化しているのか、ともすればよく分からなくなってしまう可能性である。労働者階級は、ロンドンにとって、中産階級から見た軽蔑や好奇心や同情の対象ではない。かといってそれは、内側からの同一化の対象でもない。それは、「変装してそれになる」ような、なにかである。

『奈落の人々』（一九〇三）のジャック・ロンドンは、ロンドンのイーストエンドのスラム街に記者として潜入する。「スロットの南側」（一九〇九）のフレディー・ドラモンドは、サンフランシスコの労働者の世界に、社会学の研究のために入りこむ。知識人が、観察と報告のために、「残りの半分」の世界へ行くのだが、ロンドンの場合は、そのさい、わざわざというか、変装して残りの半分の住人の振りをする。たとえばフレディーは、「変身用の目立たない小さな部屋」のなかで、「衣服とともに、苦もなく、立居振舞いを変え」て、その小部屋から「〔労働者街側での人格である〕ビル・トッツの衣服を着て、別の生き物として」出てくるのである（1584-5）。だが、変装によっても変更されない「本性」の方も、じつは努力と学習によって後天的に獲得された性質なので、だんだんと、どちら側がロールプレイングなのかよく分からなくなってしまう。やがてフレディーは、デモを弾圧する警官隊をさんざんぶん殴って、スロットの南側の労働者の町に姿を消す。

ということはつまり、どちら側の階級に行くにしても、ロンドンは階級的な自己を能動的に作る必要があるということだ。ロンドンは中産階級の白人男性に、なる。ジャック・ロンドンになるということはそういうことである。
　こうした違いはあるけれど、ノリスもロンドンも階級、人種、ジェンダーの区別について、それが自然で当たり前で安定したものだとは、考えていない。片方はつねに転落を恐怖し、他方はつねに勝利と上昇に挑戦しているが、区別自体は自然法則的に固定されているどころか、たいへん脆弱で流動的なものととらえられている。

3　人間と動物の区別——ノリスとロンドン

ノリス
人間と動物の区別についても、同じようなことが言える。ノリスとロンドンも、この区別が薄弱にしか行えない。二人とも、人間から動物への移行を想像する。だが、想像のしかたには違いがあるのである。
　ノリスは区別の反対側への移行を恐怖している。その恐怖とともに、動物が想像される。ヴァンドーヴァーは、父の死後一年あまりで無一文になって階級的に転落する。その彼を襲う神経的な発作は、四足で這いまわりながら吠え声をあげる野獣の姿をしている。

　彼には神経の発作が近づいているのがよく分かった。（中略）また大股で歩きはじめ、みじめに崩壊した頭を総動員して、増大していくパニックと戦った。不機嫌な唸り声をあげながらときおり襲ってくるようになっていた四つの足を持つ奇妙なものの幻覚を、頭から締めだそうとした。（中略）彼は大声をあげた。押さえつけられた絶望と悲嘆の叫びだったが、そのあとふと気づいて肝をつぶした。自分の叫び声が人間のもの、自分のものでなく、何か四足のもの、追いつめられた野獣のうなり声だったという思いに捉えられていたのだ。（227）

アルコールに支配され、サディズムを炸裂させて、トリナを襲うマクティーグは、獣か機械のようである。

ふだん、歯医者の動きは緩慢だった。だが今、アルコールが彼の中の猿のような敏捷性を目覚めさせていた。小さな二つの眼でトリナをとらえたまま、彼は突然彼女の顔の真ん中に、拳を叩き込んだ。バネの押さえが外れたように唐突だった。（524）

ロンドン

既知の人間社会の内側で、他人から与えられたルールによって作られたノリスの自己は、ルールからの逸脱をくり返しているなら、動物に成りさがりかねない。それにたいしてロンドンは、既知の人間社会の外側で、新しい自己を形成しようとする。『荒野の呼び声』のバックは、「文明の中心から突

図５－１　『荒野の呼び声』初版本

然（中略）原始世界の中心に放りこまれ」て、そこでは「犬も人間も都会の人間や犬ではなく（中略）棍棒と牙の掟以外に、掟を知らない」（15）ことを知る。経験と学習によってその掟を身に着けたバックは、「古くからの生命」（22）を復活させることによって、「本来の自己を取りもどし」（23）、復古的革新を成しとげる。

　そしてロンドンはこの自己形成を、しばしば野獣への移行として表象するのだ。ノリスが動物に成りさがることを恐れているとするなら、ロンドンは、狼になることを欲している。彼にとって、ノースランドで狼になることは、新しい自己を獲得することである。それは、最後には狼の群れのリーダーとなるバックのように犬にとってもそうであるが、人間にとってもそうである。

　職業作家としてのロンドンは、ユーコン川流域に金鉱を探る人間たちを描く「クロンダイクもの」において、最初の、そしておそらく最大の、鉱脈を掘りあてた。一八九九年の一月から同年十二月にかけて、『オーバーランド・マンスリー』に掲載された八編と、一九〇〇年一月に『アトランティック・マンスリー』に載った一編を合わせて、一九〇〇年四月にホートン・ミフリン社から出版された短編集『狼の息子』が、それを証明した。だがタイトル・ストーリーの「狼の息子」は、「ホワイト・サイレンス」、「極北の地にて」や「北のオデッセイ」など他のいくつかの収録短編と異なり、あまりアンソロジーに収められることがない。金鉱探しの白人が妻を欲し、インディアンの集落に乗りこんで首長の娘に求婚、敵対するインディアンの戦士などを倒し、娘を連れて去るというお話では、今どきそれにも無理はないように思われる。だが、この物語に意味を見いだす方法もある。

主人公の〈スクラッフ（貧相な）〉・マッケンジーは、「フロンティアの生まれとフロンティアの生活のすべての特徴を備え」ており、「彼の顔には、いちばん機嫌が悪いときの自然相手の、二十五年間の絶え間なき戦いが刻まれて」（195）いる。この男が、大鴉をトーテムとする部族を相手に、白人である自分は狼の部族の息子であると名乗り、狐という名の口の達者なインディアンの若者を言い負かし、熊という名の巨大な戦士との対決を制して、大鴉の娘を獲得する。このお話を、ジョナサン・アウアーバッハのように、ビジネスのルール厳しき母国ではまったくうだつの上がらなかった男が、母国とは別の、トーテム・システムという新しいルールのもと、白人の部族すなわち狼として熊や狐を倒し、大鴉部族の娘と婚姻して新しい組織原理内の自己を獲得する話であると読む、つまり、白人であることは与件ではなく、新規にここで確定される到達点であると読む（Auerbach 58）ならば、これがどうして「ホワイト・サイレンス」を差しおいてタイトル・ストーリーの座を占めているのか、分からないでもないのである。

階級変更の寓話の数々によって階級的な新しい自己獲得を語り、極端なアングロサクソン至上主義を唱えて人種的な新しい自己を想像したロンドンは、ノースランドの強い動物に託して、新しい自己獲得の物語を語る。そうしたロンドンにとって大事な区別は、人間であるか犬であるかではない。自己を獲得できるかできないかである。そしてそのために、強いか弱いかである。

新しい自己を獲得できるのは、強い個体だけだからだ。強い個体の方が、弱い個体より強い。知力と筋力をあわせ持ち、そのうえ片時も努力をおしまない個体が、より弱い個体に対して勝利をおさめ、新しい自己を獲得することができる。

4　ロンドンの犬

対等な個体

ロンドンの物語に、食える犬と食えない犬がいる理由はこれである。

バックや〈まだら〉など、ロンドンの食えない犬たちは、アルファ・オスで全然人間の言うことを聞かない。ペットとしての犬などでは、まったくない。人間から見ると対等な友だちか敵かである。知力と筋力と努力で競争する人間と対等な個体である。食糧ではない。バタールは、そうした犬の典型だ。

「バタールは始末のつけようのない犬だった」と短編「バタール」（一九〇二）は、語りはじめられる。バタールと一緒に旅をする「ブラック・ルクレール」も始末のつけようのない人間で、この二個体《トゥエイン》は、とてもお似合いだった」。森林狼の父と、油断も隙もないハスキー犬の母から生まれたバタールは、「不正に長け、憎しみをたぎらせ、よこしまで、悪意に満ち、極悪非道の、剛毛を逆立てた巨大な獣」に成長する。彼は、「制圧不能」であり、「不可思議な知性」（730）を持っている。ブラック・ルクレールは、このバタールに虐待の限りを尽くすが、彼を手放しもしなければ、殺しもしない。バタールも、けっして逃げだそうとしない。二個体とも、勝ち負けの決着をつける日が来るのを待っているからである。ある晩、寝ているブラック・ルクレールをバタールが襲い、二個体は素手で命がけの激闘を演ずることになる。

それは、世界が若く荒々しかったころそうでもあったかと思われるような、原始の舞台であり、原始の場面だった。暗い森のなかの開けた空間に、歯をむき出して笑う狼犬たちが輪を作り、真中で二頭の野獣が組みあって戦っている。自然の獣性もあらわに、歯を鳴らし、うなりを上げ、憤怒に狂い、喘ぎ、息を切らし、罵り、力を振りしぼり、激情に我を忘れ、殺意に狂躁し、引き裂き、ちぎり、爪を立てている。（733）

原始の自然の色付けをロンドンがどれほど本気で信じていたかは別にして、それがここで、たとえば人間のほうが犬より偉いなど、「文明世界」の不平等な諸条件をキャンセルする働きを持っていることは、間違いない。そうした諸条件をかりにキャンセルできるなら、残るのは、平等な条件で純粋に

図5－2　オオカミ（lovefreephto）

強さを競う二個体とそれを見守る観客である。それは、この文明とは異なる条件のもとで自己を獲得するための、そして同様に自己を獲得しようとする他個体を倒すための、戦いである。この戦いでは勝ちを収めるブラック・ルクレールであるが、瀕死に傷ついたバタールを治療して、やがてバタールの狡猾さのために命を落とす。バタールも、直後に人間に射殺される。二個体とも、第二ラウンドの誘惑には抗しきれなかったものとみえる。

個人主義

ロンドンの世界では、新規に自己を獲得しようとする人間と人間、人間と犬、個体と個体は、互いに対等で独立しており、極端に言えば無関係である。独立した自由な個体間の競争の中で、いつでも敵に転化しうる別個体というのが、他者の基本的な姿である。友だちとか相棒は、バリエーションの形にすぎない。そこでは、友だちと敵とに大きな違いはない。大事なのは、互いが独立しており、対等というところなのだ。「生命への執着」（一九〇三）の冒頭では、二人の疲れた男が、氷のように冷たい北の川を、渡渉しようとしている。後ろを歩いていた男が、丸石に足を取られて転倒しそうになる。

男はまる一分間も、何か心に決しかねているように、その場に立ちすくんでいた。それから、大声を上げた。

「おい、ビル、足首をひねった」

ビルは、白く濁った水の中を、おぼつかない足取りで、進みつづけた。彼は振りむかなかった。男は彼が去るのを見つめていた。いつもと同じように、表情はなかったが、男は傷ついた鹿のような眼をしていた。

もう一人の男は、足を引きずりながら向こう岸に上り、振りむかずにまっすぐ歩きつづけた。流れの中の男は、それを見つめていた。(923)


一度も後ろを振りむかずに歩いて行ってしまったさっきまでの相棒は、強い個人主義のイデオロギーを象徴している。その個人主義をまた正当化するイデオロギーとして当時流行し、ロンドンも十二分にその影響下にあった社会ダーウィニズムでこのような考えを説明する必要は、それほど強くないのではなかろうか。ロンドンにとって基底的なのは、文字通りの弱肉強食、食べるために殺すことの当り前さというよりも、互いに無関係な個体同士が能力を競いあうことの神聖さのようなものであろう。

「生命への執着」の主人公は、自分をエサにしようとして付きまとってくる、年老いて病み、痩せ衰えた狼を、素手で絞め殺して食料にし、生きのこる。だがそれよりも、一対一で勝負する「あの

〈まだら〉」や「バタール」の人間と犬の関係のほうに、ロンドンのロンドンらしさが、より鮮やかに露出している。ハイパー個人主義のロンドンの主人公は、白い空想の大地で、他人と関係なく、知力と筋力を最大限に動員し、もっとも合理的な手順と手続きを勤勉に継続して、自己を作ろうとしている。そのさい、人間と犬の違いは、捨象されることがある。白い空想の大地は、そのようなことが捨象されうる、新しい空間である。

5　勤勉

ここで、皮肉なことが二つばかりある。バタールも〈まだら〉も、ただ肉体が強靭で性格が悪いばかりではない。彼らは、人間との「対等さ」(「あの〈まだら〉」332)を感じさせる「不可思議な知性」(「バタール」730)を持っているうえに、他の犬の上に立つこと、怠けること、そして盗みを働くことにかけては、けっして労をいとわず、勤勉で有能である。それはちょうど、不当にも機会から遠ざけられているとして革命を起こす「死の同心円」(一九〇〇)の革命家集団が、恐喝とテロリズムに関しては、仮借なきまでに勤勉で有能なのに似ている。

もっとも合理的な手順と手続きを勤勉に継続するという手法は、白い空想の大地で発展した手法であるとは言えない。それは同時代の母国の文明が是認する手法である。何よりも、「マガジン・セールス・ナンバー・ワン」から「マガジン・セールス・ナンバー・ファイヴ」と名づけたノートに、終生にわたって原稿の送り先と採否状況と原稿料とを、類例のない克明さで記録しつづけたロンドン自身が、深く内在化させていた手法である。(3) そしてそこに発揮された合理性と継続性と勤勉性と方法性が、「ジャック・ロンドン」という商標の確立を通じて出版市場に自己を定着させようと動員されたことは、ジョナサン・アウアーバッハが『男性の呼び声』で、見事に論証するとおりである。遠い白い大地で、まったくの新しい自己を空想することは、ロンドンをもってしても容易なことではなかったのだろう。

むしろ、この自己製造過程が最大限に鮮明に観察できるのは、「たき火」（一九〇八）のごとく、ロンドンの自己が危機にさらされ、最後に消滅する物語である。「たき火」の主人公は、極寒のなか、あやまって薄氷を踏みぬき、足を濡らす。濡れた靴や靴下をたき火で乾かさないと、間違いなく死が訪れる。彼は、もう一度あやまって、雪が積もったトウヒの下でたき火をおこし、たき火の熱で溶け落ちた雪で火を消してしまう。落ち着いてもう一度たき火を起こすことができれば、死なずにすむ。だが二度目の試みは、すでに凍りはじめて自由がきかず、「触覚の代わりに視覚を用い」なければ、自分の手がどこにあるのか分からない状況では、容易ではな

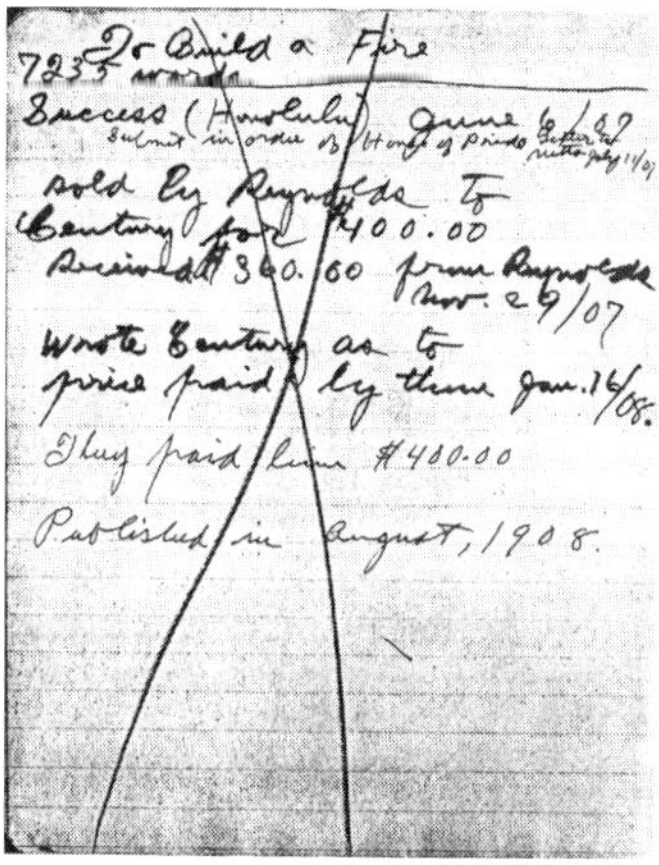
To Build a Fire
7235 words
Success (Honolulu) June 6/07
sold by Reynolds to Century for $400.00
Received $360.00 from Reynolds Nov. 29/07
Wrote Century as to price paid by them Jan. 16/08.
They paid him $400.00
Published in August, 1908.

図5－3　「たき火」原稿料記録　“Magazine Sales No.3”（Huntington）より

い。だいいち、マッチを擦ることができない。

一連の操作のすえ、彼はミトンをはめた両手の掌底になんとかこの束をはさむことができた。そのまま口のところに束を運んだ。猛烈な力を出して口を開いたとき、氷にひびが入り、砕ける音がした。彼は下顎を引き、じゃまな上唇を巻きあげ、上の歯で束をひっかいてマッチを一本引きはがそうとした。一本離すことができた。それも膝の上に落とした。彼はやはり途方にくれた。拾いあげることができなかったのだ。だが方法をあみ出した。それを歯で拾いあげ、足でこすった。二十回こすって、火をつけることができた。炎をあげるそれを歯にくわえて、カバの木の樹皮の方へ差しだした。だが燃える硫黄が鼻孔を通って肺に達し、痙攣的な咳が起こった。マッチは雪のなかに落ち、消えた。(1310–11)

最後は白い極寒に敗れさり、コチコチに凍りついてしまう「たき火」の主人公ではある。しかし彼は、知力と方法と手順と勤勉をまずはこれ以上ないほどにまで動員し、自己の保全のために最善を尽くしている。その振る舞いは、作家「ジャック・ロンドン」の製造に全力を傾注したロンドンのそれに、酷似している。

註

（1）フランク・ノリスの父、ベンジャミン・フランクリン・ノリスは、一八八三年に健康上の理由でカリフォルニア移住を決意。カリフォルニアからの遠隔コントロールでも、シカゴの彼のビジネスは、年二万五〇〇〇ドルを約束したという。一八八三年の二万五〇〇〇ドルは、二〇一一年の五十三万七〇〇〇ドルから、三〇六〇万ドルに当たるという（Measuring Worth.com　http://www.measuringworth.com/calculators/uscompare/）。
　一ドル一〇〇円で換算すると、すくなめに見積もって五三七〇万円、おおめに見積もると三十億六〇〇〇万円ということになる。下の端と上の端があまり離れすぎていて、参考にならないような数字だが、成功した上流中産階級であったと言えるのではないか。

（2）この事情は、*John Barleycorn*（1913）や *Martin Eden*（1909）に詳しい。

（3）この事情は、*The Complete Short Stories of Jack London* の第三巻に付された "Appendix A: Publication History" に詳しい。とりわけ、二四九七―二五四四頁。

引用文献

Auerbach, Jonathan. *Male Call: Becoming Jack London*. Durham: Duke UP, 1996.

London, Jack. *The Call of the Wild*. 1903. *The Call of the Wild, White Fang, and Other Stories*. Ed. Earle Labor and Robert C. Leitz, III. Oxford: Oxford UP, 1990.

———. *The Complete Short Stories of Jack London*. Ed. Earle Labor, Robert C. Leitz, III, and I. Milo Shepard. 3 vols. Stanford: Stanford UP, 1993.

———. "The Son of the Wolf." 1899. *The Complete Short Stories of Jack London*. 1: 195–208.

———. "The Minions of Midas." 1900. *The Complete Short Stories of Jack London*. 1: 433–44.

———. "Bâtard." 1902. *The Complete Short Stories of Jack London*. 1: 729–41.

———. "Love of Life." 1903. *The Complete Short Stories of Jack London*. 2: 922–39.

———. "To Build a Fire." 1907. *The Complete Short Stories of Jack London*. 2: 1301–15.

———. "That Spot." 1907. *The Complete Short Stories of Jack London*. 2: 1324-32.

———. "South of the Slot." 1909. *The Complete Short Stories of Jack London*. 2: 1580-94.

Norris, Frank. *Frank Norris: Novels and Essays*. Ed. Donald Pizer. New York: Library of America, 1986.

———. *McTeague*. 1899. *Frank Norris: Novels and Essays*. 259-572.

———. *Vandover and the Brute*. 1914. *Frank Norris: Novels and Essays*. 1-260.

Walker, Franklin. *Frank Norris: A Biography*. NY: Russell, 1963.

波戸岡景太『動物とは「誰」か』（水声社、二〇一二年）。

見田宗介『宮沢賢治――存在の祭りの中へ』（岩波書店、一九九一年）。

第6章　ウォレス・スティーヴンズと動物の領域
――擬人化された動物と開かれた世界――

長畑明利

1　スティーヴンズの動物表象

動物表象の諸相

ウォレス・スティーヴンズ（一八七九―一九五五）の作品に数多くの生き物が出てくることはよく知られている。一九二三年に出版された最初の詩集『ハーモニアム』だけでも、多くの例が見出される。例えば、「土臭い逸話」では、「牡鹿」がオクラホマを駆け回り、架空の動物「火猫」がそのじゃまをする。「黒の支配」では、迫り来るツガに脅威を感じる語り手がクジャクの声を思い出す。「僕の叔父さんの片めがね」には、赤い鳥、コオロギ、ラバ、カエル、青い鳩が登場する。「C文字としてのコメディアン」では、「マヤのへぼ詩人たち」（CP 30）[1]が鷹とハヤブサと緑のオオハシとカケスを無視して「夜の鳥」に訴えを語り、「ジャックウサギ」ではウサギがアーカンソー川に向かって歌う。「孔雀の王子の逸話」にはバサークという名の孔雀の王子が登場し、「春の前の憂鬱」では雄鳥が鳴き、牛がつばを垂らす。「十時の幻滅」にはヒヒとトラへの言及があり、「日曜日の朝」にはオウムと鹿と鳩が、「松の木林のバンタム鶏」にはバンタム鶏が登場する。「蛙が蝶を食う。蛇が蛙を食う。豚が蛇を食う。人が豚を食う」では、豚が川の比喩として用いられ、「入れ墨」では蜘蛛が光の比喩として用いられる。「銅色の鋭い爪のある鳥」には「インコのなかの一羽のインコ」(CP 82) が登場し、「クロドリの十三の見方」では、十三の断章のいずれにもクロドリが登場する。「洗練されたノマド」にはワニが、「お茶」にはネズミが登場し、「ハンス・クリスチャンへのソナティナ」にはアヒルと鳩への言及がある。

その後の詩集は作風が変わるが、そこでも動物表象は頻出する。「薄気味悪いネズミのダンス」で踊りながら円を描くネズミ、「スウェーデンのライオンたち」で言及されるライオン、「秋のリフレイン」でナイチンゲールと対比されるムクドリ、「亡霊の王としてのウサギ」の赤い太った猫とウサギ、「アルフレッド・ウルグアイ夫人」で密かに鈴がほしいと思うロバ、「神は善である。美しい夜だ」で詩人が語りかける「炎のような翼を持つ」(CP 285) 鳥、「腹のなかの鳩」の鳩、「石棺のフクロウ」のフクロウ、「物のありのままの感覚」で目撃されるネズミ、「ただ存在することについて」の鳥などである。これらは概ね短い詩の例だが、『最高の虚構に向けての覚え書き』(一九四二) をはじめとする長編詩にも、様々な生き物が登場する。

想像力の世界の住人

スティーヴンズの作品にはこのように数多くの動物表象が現れるが、多くの場合、それらは生態の細部に対する関心を示すような写実的表象として現れるわけではない。その多くは類型的なもので、寓意的、象徴的な表象として登場する。動物にせよ、鳥にせよ、彼の詩においてそれらは、詩人の想像世界の中に据えられた多分に人工的な存在である。それらはしばしば、言葉遊びや比喩によって形成される想像力豊かな虚構世界を彩る素材であるように感じられる。例えば、『ハーモニアム』所収の「土臭い逸話」と「ジャックウサギ」の冒頭はそれぞれ次のように始まる。

オクラホマの上を
牡鹿がガタガタと走るたびに
一匹の火猫が毛を逆立てて邪魔をする。[2]（CP 3）

朝
アーカンソー川に向かって
ジャックウサギが歌った。
小ぎれいな砂州で
半旋回しながら楽しげに歌った。（CP 50）

ここで動物は、現実の自然に生きるというよりはむしろ、想像の世界の住人であるように見える。

牡鹿もジャックウサギも、ともに、その行動の描写は人間の主観を強く投影する、擬人化されたものであり、生き物の現実の生態を反映するものとは言い難い。「ジャックウサギ」では、"caracoles"（半旋回）、"feat"（小ぎれいな）といった非日常語や古めかしい言葉の使用、"caroled"（歌った）と"caracoles"の頭韻があり、それらは非日常的な言語世界を形成するのに一躍買っているが、「楽しげに歌う」ウサギという擬人化された生き物は、その世界が現実世界の写実的描写とは異なることを、さらにはっきりと読者に伝えている。マリアン・ムア（一八八七—一九七二）は「詩」という作品の中で、「本物の蛙のいる想像上の庭」（Moore 267）を差し出すことができなければ、詩は存在しないと言ったが、スティーヴンズのこれらの詩に登場する動物は、ムアの言う「本物の蛙」に相当するもののようには見えない[(3)]。

しかし、スティーヴンズの非現実的な動物表象は、現実から離れているというまさにそのことのゆえに、現実を変容させる想像力、もしくはそれが生み出す世界の象徴としての意味を帯びる。例えば、「十時の幻滅」は次のような詩である。

家々は白いナイトガウンに
取り憑かれている。
緑色はひとつもないし
緑の輪模様のある紫色もないし

黄色の輪模様のある緑色もないし
青の輪模様のある黄色もない。
どれひとつとして変なものはない、
レースのソックスで
ビーズのベルト。
人々はヒヒやニチニチソウの
夢を見ることはないだろう。
ただ、酔いつぶれた老水夫がここかしこで
ブーツを履いたまま眠ってしまい
赤い天気のもとで
トラを捕まえるだけ。（*CP* 66）

緑も紫も黄も青も見あたらぬ、白一辺倒の世界への不満を表明するこの詩は、いかにも初期のスティーヴンズらしい人を食ったユーモアを伴う詩だが、白いナイトガウンが想像力の不活発さを表すとすれば、緑、紫、黄、青の原色は想像力豊かな世界の象徴と考えていいだろう。そして、ここに現れる動物表象「ヒヒ」（baboons）と「トラ」もまた、植物の「ニチニチソウ」（periwinkles）と同じく、「変な」ものの例として、想像力が生み出す世界を象徴的に示すものとして了解できる。"baboons"、 "periwinkles" という非日常的な響きとイメージを持つ名の動物と植物が選ばれていることは、それらが現実もしくは日常から離れたものであることを示し、それゆえに想像力の世界の換喩としての価値を担うことになる。

2　人間の領域、動物の領域

「日曜日の朝」の動物表象

先に述べたように、スティーヴンズの詩において、動物が客観的な観察眼に基づいて写実的に描かれることは希である。動物は、その非人間性を了解されつつも、通例、想像力によって人間化された存在として登場する。しかし、スティーヴンズの動物表象が現実の動物ではなく、象徴性を帯びた人工的な記号としての性格を持つことは、彼が人間とは異なる動物の姿への関心を欠いていたことを意味しない。また、そのことは、彼が動物の世界と人の世界の対比についての関心を欠いていたことを意味するわけでもない。実際、彼の初期の詩である「日曜日の朝」(一九一五)には、人間性の領域の外部への考察が、他の詩に見られるような戯画化されたものとは異なる動物表象を用いてなされている。

スティーヴンズの虚構論に照らし合わせれば、この詩はキリスト教の虚構を否定し、それに代わるものとして、自然界の事物に基づく新しい虚構を提示しようとする作品と言える。詩は、キリスト教の虚構を捨てきれない女性と、彼女に説得を試みようとする、スティーヴンズの分身とおぼしき語り手との間で展開されるダイアローグを内包するスタイルで書かれている(4)。日曜日の朝、オウムのいる日当たりの良い部屋で、コーヒーとオレンジを味わう女性は、キリスト教の厳粛な死の世界と、それが約束する「不滅の喜び」(CP 68)を求めるが、語り手はこれに対し、過去の想像力がローマ神話のユピテルやキリスト教のイエスのような宗教的虚構を作り上げたように、現代人もあらたな宗教的虚構を作り出すことができる、そして、それを形成するのは自然のなかの事物がもたらす感情に他ならないと言う。語り手は女性に対して、さらに、「死」が世界に「確実な消滅の枯れ葉」(CP 69)を敷き詰めるがゆえに、世界は美しいのであると諭し、また、夏の朝に陶酔して輪舞する男たちの太陽への崇拝の様を描写して、人間の素朴な願望と欲求が擬人化されるプロセスを描き出す。こうして最終連で、女性は、「パレスチナの墓は、人間としてのイエスの墓に過ぎぬ」ことを告げる声を聞き、一方、語り手は、神なき世界の孤独に思いを巡らせる。

　こうした筋を辿る「日曜日の朝」において、生き物はどのような役割を担うのだろうか。先に述べたように、この詩にはオウム(cockatoo)、種類を特定されない鳥、燕、そして、鹿とウズラと鳩が登場する。オウムは冒頭の一文に姿を現し、厳かなキリスト教の教えに対峙される地上の感覚的愉悦を象徴的に示す。

ペニョワールの満足と

日の当たる椅子でのコーヒーと
オレンジと、絨毯の上のオウムの
自由が混ざり合って、古い犠牲の
神聖な沈黙を追い散らす。（*CP* 66–67）

また、鳥と燕は詩の第四連で、自然界を彩る生き物の例として言及される。しかし、我々の文脈で重要なのは、語り手による女性への説得を経て、詩の最終連に出てくる鹿とウズラと鳩である。

私たちは太陽の古いカオスの中に生きている、
あるいは昼と夜の古い保護領に、
あるいは逃れられぬあの広大な水の
島の孤独に、支援もなく、自由に。
私たちの山々を鹿たちが歩き、私たちのまわりで
自然に生じる高い声でウズラが鳴く。
荒野では甘い果実が熟す。

図６－１　オウムの一種（sulphur-crested cockatoo）
© Ian Montgomery birdway.com.au

そして空の孤独の中を
夕べに、偶然できた鳩の群れが
降下しながら、曖昧なうねりを描く、
翼をひろげ、下の方へ、闇に向かって。（*CP* 70）

鹿とウズラと鳩は単にその生態が描写されているだけではない。この詩が虚構論の性格を持ち、古いキリスト教の虚構を否定する語り手が、自然を素材に新しい宗教的虚構を生み出すことができると主張することを踏まえれば、これらの生き物が新しい虚構の礎となる自然の一部として提示されていることはわかる。しかし、語り手が女性に対して、「死こそが美の母」（*CP* 58, 69）と説き、何ものも死を逃れることはできないが、まさにそれゆえに、世界は美しいのだと述べていることから考えれば、つまり、キリスト教の虚構が教えるような死後世界はないと主張されていることから考えれば、これらの生き物は、他の生き物や人間と同様、いずれは死すべきものとして提示されていると考えることができる。そうであるのなら、ここには、人がそれを信じることが死を受け入れる助けとなるような宗教的虚構が（あるいは、その素材が）提示されているようには見えない。むしろ、この詩には、美と引き替えに死を受け入れることを促す言説、自分が死ぬことで後に美を残すという説得でもって、死を受け入れることを容易にする言説が提示されている。そして、これらの生き物は、死後世界の至福というキリスト教の虚構を除去した後に提示される、死の受容を強いる自然の摂理の換喩であるように見える。

開かれた世界

しかし、そのことと関連して注意を惹くのは、これらの生き物が（植物も含め）理性もしくは意志でもってその行動を制御できぬことが示唆されていることである。ウズラは「自然に生じる」（spontaneous）声で鳴き、果実は自然に熟す。ウズラも果実も自身の意志や理性的判断に則って行動するのではなく、本能もしくは自然の生命力の発露に盲目的に従っているに過ぎない。同じ文脈に置いて見れば、鹿もまた自らの意志ではなく、本能に従って山々を歩いているのだと言えるし、鳩が群れをなし、うねりを描いて下降するのも、本能に従っているだけであると解することができる。

「日曜日の朝」の最終連に見られる生き物の描写は、このように、本能もしくは自然の作用の顕現とそれを制御することのできぬ存在としての動物性を示すものである。それは通例、人と動物を区別するものとして挙げられる特徴であり、そのことに注目すれば、ここに見られる生き物表象は、スティーヴンズの他の詩にしばしば見られる人間化を免れているように思われる。しかし興味深いのは、スティーヴンズがこの詩で、人もまたこの抗いがたい自然の摂理から自由ではない存在であることを示していることである。これまでキリスト教が提示してきた死後世界の虚構を廃する詩の語り手は、代わりに、人の生もまた動物や植物のそれと同様、自然の営みの一部なのであり、そのことが美を生むと説いている。生き物と人は互いに峻別される存在ではなく、共通の存在者なのだとスティーヴンズは言うのである。

伝統的な価値観では意志を持たぬ動物と区別された人間が、ここでは意志の有無にかかわりなく、意志を持たぬ動物と等しい運命を辿るとするヴィジョンがある。このことを人間の動物化の文脈に置くことができるだろうか。ここにはもちろん、アガンベンが『開かれ』で紹介したような、動物の頭を持つ人間が描かれているわけではないが（アガンベン10）、アガンベンもハイデッガーを論じる際に言及する（87）、リルケの『ドゥイノ悲歌』第八歌における動物性についての思索との共鳴を見ることはできるかもしれない。周知のように、リルケはこの第八歌で、生き物の目が向かう「開かれた世界」（リルケ42）について歌っている。「開かれた世界」では、事物が主客の対立・限定なく、一つの全体性の中に統合されており、その全体性の中には生死の境もなく、時間の推移もないとされる。一方、人間はそのような「開かれた世界」に直接関与することができない。[5]「日曜日の朝」において、スティーヴンズは、このような「開かれた世界」に言及するわけではないが、そこに示された、人間の特権を保証する言説（虚構）の一部を否定し、人を動物と同じ地平に立つものとして見る視点には、人間を「開かれた世界」に近づける言説の少なくとも萌芽を見ることができるだろう。

一方、ダーウィン後の世界において、人を動物と識別する視点が揺らぎ、十九世紀末から二十世紀初頭にかけて、作家や思想家は、人間がその本能や無意識に暴力性や見境のない性欲を隠し持つ非理性的な生き物であることに注目してきた。自然主義文学に描かれる登場人物の獣性もしくは非理性的行いはその関心の現れと言える。スティーヴンズの詩においても、「日曜日の朝」の第七連が示すように、しばしば原始性の文脈が顔を覗かせる。[6] しかし、「日曜日の朝」最終連における動物の描写が示すのは、そうした理性的人間を激しく動揺させるイメージというよりは、むしろ動物の眼差しが向かう「開かれた世界」への接近であるように思われる。これまでその世界に背を向けてきた人間が、再び振り向いて、その「開かれた世界」に向かおうとする様を私たちはそこに見て取ることができるのではなかろうか。人と動物（および植物）が運命を共有することの理解、両者がより大きな全体性の中に存在するものであるという見方がそこには窺えるように思われる。

キリスト教の死後世界をめぐる虚構は、人もまた動物と同じく自然の一部であり、動物と同じように、死ねばその後の世界はないという現実から、人が目をそらすことを可能にした。「日曜日の朝」の語り手は、その現実を受け入れることを説き、人が動物と同じ自然の一部であるとするヴィジョンを示した。しかし、この後、スティーヴンズが「開かれた世界」への接近をさらに押し進めたようには見えない。むしろ彼は、認識論の枠組みに依拠して、人間的限界を超え、動物の視点を得て、「開かれた世界」を経験することの不可能を前景化していくように見える。その後の詩の多くにおいて、彼は新しい虚構の内実を示すことなく、代わりに、新しい虚構のあり方をめぐる、詩論としての詩を書いた。そして、それらの詩において、動物表象は具体性を欠き、もっぱら擬人化された人工的な表象として用いられているように見える。

3　動物の領域と表象の困難

スティーヴンズの認識論と虚構論

「日曜日の朝」で見たように、スティーヴンズは、人間とその文化が育んできた世界についての言説を「虚構」と見なし、キリスト教のそれを含む、古い「虚構」は時代遅れのものとなっていること、それゆえ、それを廃して、人々が信じることのできる、新しい、優れた虚構――「最高の虚構」（supreme fiction）（*NA* 31）――を作り出すことが必要であることを、詩や評論の中で繰り返し説いた。また、そのような新しい虚構を生み出す困難と、そのような虚構を持たぬことの不幸を詩のテーマにした。卓抜な比喩や象徴を駆使して、彼は世界についての言説の不備を語り、その世界を正しく伝える理想のテクストを希求する詩を書いたが、そこで、その理想の言説の獲得は困難な課題として扱われ、必然的に、彼の詩は探求譚の性格を帯びた。理想の言説をめぐる彼の物言いは、“may”や“might”（かもしれない）、“maybe”（もしかすると）や“suppose”（仮に～としたら）といった不確実性を示す表現を伴い、ヴェンドラーはそれを「懐疑的音楽」（skeptical music）と呼んでいる（Vendler, *Wings* 14）。

こうした理想の虚構獲得の困難を語る彼の詩は、しばしば哲学的文脈を援用して紡がれた。彼は、人が見ているのはイデアの似姿に過ぎぬとするプラトンのイデア論や、人は「物そのもの」を直接認識することができないというカントの認識論を応用して、世界を表象する言説はその世界を正しく伝えていないという考え、あるいは、我々が把握している世界の像は虚偽のものであり、人が真の実在に到達するためには、その虚飾性を廃する必要があるとする考えを展開した(7)。

例えば、「青いギターを持つ男」(一九三七)の冒頭で、詩人・芸術家の象徴とみなしうる「青いギターを持つ男」は、その演奏を聴く人々から、「あんたは青いギターを持っている、/しかし物ごとをありのままに弾かない」(CP 165)と言われる。彼はその演奏を聴く人たちに、彼らが信じることのできる世界像を提示しようとしているのだが、彼らはその演奏は世界を正しく伝えていないと言うのである。

あるいは、『最高の虚構に向けての覚え書き』の冒頭で、先輩詩人もしくは師とおぼしき語り手は、新しい虚構を作り出すことを期待して、その担い手たる青年(ephebe)に――プラトンのイデア論を援用して――次のように言う。

おまえは再び無知の人間にならねばならぬ、
そして再び無知の目で太陽を見なければならぬ、
太陽をそのイデアのうちに見なければならぬ。(CP 380)

語り手はさらに、その後に展開される理想の虚構をめぐる瞑想の中で、次のようにも言う。

その詩は生をふたたび活気づけ、私たちが
束の間最初のイデアを共有することができるようにするのだ……（*CP* 382）

太陽のイデアを、あるいは最初のイデアを見、それを他者と共有することは、スティーヴンズにとって、世界についての理想の言説もしくは理想の詩を生み出すことを意味した。「詩は一人の人間と世界との関係についての陳述である」（*OP* 197）と考えた彼は、しばしば、そのような世界をめぐる理想の言説と理想の詩を同一視して語った。世界についての新しい理想の言説を作り出す者は、彼の詩においてはしばしば、詩人として登場するのである。

虚構論のなかの動物

こうした「理想の虚構」論の中で、スティーヴンズはしばしば動物表象を用いている。先に見たように、その多くは人工的な擬人化された動物表象であり、「日曜日の朝」にその萌芽が窺われた、「開かれたもの」への接近をもたらすような動物世界についての考察がなされるわけではない。しかし、人工的な動物表象は、人間の想像力の外部にあり、それゆえ、本来表象できぬものを、詩テクスト中に表象することを可能にしている。人間の認識の及ばぬ世界に存在する世界を動物表象によって表象し、認識の内と外の問題について考察しているとも言える。

その一方で彼は、「日曜日の朝」に示された、新たな理想の虚構が自然もしくは現世的な地上の風物に根ざしたものでなければならぬという考えを、その後の詩論においても部分的に繰り返した。「価値としての想像力」と題された一九四八年のエッセイでも、彼は「天国と地獄についての偉大な詩は書かれてきたが、地上についての偉大な詩はまだ書かれていない」(*NA* 142)と述べている。それゆえ、新しい虚構のあり方をめぐる彼の詩には、しばしば、人間の想像の及ばぬ自然を想像力によって言語化し、それに形を与えることが必要であるとするくだりが現れる。動物表象は、そのような詩行の中に、つまり、人間化を拒みながらも人間の言葉の中に取り込まれなければそれについて語ることもできぬ、非人間的な自然の象徴として登場する。

例えば、「少女」(一九四九)という詩では、「風」が「屋根の上の象と象のような咆吼」に喩えられ、それは、「夜の囲いの中、あるいは、震える木々の中、/大きな歯ぎしりの音をたてて/雲から飛び出さんばかりのライオン」と、「大きな喉で弁舌をふるう空っぽの海の/水のうなり」と並べられる。そして詩の後半で語り手は、これらのすべての上に「想像力が君臨する」と主張し、また、これらの荒れ狂う自然(の象徴)に対して、「剛胆なご主人様の話を聞け/彼が人間の話を始めるときに」と言う(*CP* 456)。「想像力」はここで「象」や「ライオン」を調教する調教師(ご主人様)に喩えられ、あくまで「人間の話」(the human tale)を語る。ここに見られる、人間の言葉に従わぬ荒々しい生き物たちは、人間の言葉の届かぬ不条理な自然もしくは生き物の世界の象徴に他ならない。

『最高の虚構に向けての覚え書き』でも、荒々しい自然の象徴として動物表象が用いられている。ここではそれはライオンと熊と象である。

腹立たしい砂漠に向かってライオンが吼える、
赤い吠え声で砂を赤くし
赤い無意味さを挑発する、自分に足る相手を出してみよ、
足と顎とたてがみで名人となる者を、
このうえなくしなやかな挑戦者を出せと言って。象は
その咆吼でセイロンの闇をやぶり、
きらきら輝いて貯水池の水面を歩く、ビロードのような
はるか彼方を破砕しながら。熊、
すなわち重苦しいシナモンは、山の中で
夏の雷に向かって唸り、冬の雪の間は眠る。（CP 384）

ライオンも象も熊もおそらく意図的に戯画化されており、その振る舞いは擬人化されている。彼らがもたらすあり得ない状況は、それだけでも虚構化されたイメージを提示するが、ライオンの例が顕著に示すように、その振る舞いが訴えるのは、自分たちを正しく表象もしくは言語化できる想像力が

図6-2　ラウル・デュフィー「ライオン」木版挿絵。スティーヴンズの詩「スウェーデンのライオンたち」で言及されている（ギヨーム・アポリネール、堀口大學訳『動物詩集又はオルフェさまの供揃い』求龍堂, 1978. 25）

あるのなら、やってみろという挑発である。しかし、この詩において、理想の虚構の書き手として期待される「青年」（ephebe）は、「屋根裏部屋の窓から（外を）眺め」、「枕の角を掴み」、「身もだえして、苦い発話を強い」、「自分の中心にそれらの印をつけ」、「怖じ気づく」（CP 384）。彼は非人間的な荒々しい自然をその虚構の中に取り込まなければならないのだが——「ライオンにむち打ち／象に飾り衣装をつけ／熊に曲芸をさせ」（CP 385）なければならないのだが——その期待に応えることができないのである。

『覚え書き』は象徴としての動物表象の宝庫であるが、それらは通例、右の例のように、表象の対象となる混沌とした自然を体現するものとして現れる。そしてそれらは、理想の虚構の担い手が言語化すべき対象として言及される。次の例も同様である。

夜、ひとりのアラブ人が私の部屋で、
未来が投じる何も書かれていない前檣に
その呪われたフーブラフーブラフーブラハウで

太古の天文学を記し、床に
星々を撒き散らす。昼にはモリバトが
彼のフーブラを歌ったものだが

それでもまだこの上なく大きな虹色のきらめきが
フーと叫んでは盛り上がり、フーと叫んでは沈む。
生の無意味さが不思議な関係でもって私たちを突き刺すのだ。（CP 383）

混沌とした自然はここで、人間の言葉にならぬ言葉を発するものとして描かれている。「フーブラ」(hoobla)、「フー」(hoo) は、その自然の言葉を人間の言葉で表現したものと解釈できる。モリバト (wood-dove) は、理解不能な混沌たる海と（おそらくは、理解できぬ言葉を話す）アラブ人と同様、言語化の困難な存在として姿を見せている。「大きな虹色のきらめき」は、「フーと叫んでは盛り上がり、フーと叫んでは沈む」ばかりである。人間の理解の外にある自然はいまだ虚構の中に捉えられていないのである。

自然と自然を捉える虚構──「秋のオーロラ」

これらの動物表象の例は、本来人間が表象することのできない真の現実もしくは自然を、人間の言語によって表象するという矛盾に満ちた課題を浮き彫りにするものである。しかし、興味深いことに、晩年のスティーヴンズは、ときに、そのような不可能な課題が実現されたかに見える幻想的な場面も書いている。例えば、「秋のオーロラ」(一九五〇)の冒頭において、彼は「ヘビ」の象徴を用いて、自然とそれをもとに生み出される理想の虚構の両方を象徴する詩行を書いている。

彼はまず、ニューイングランドでも見える(Bloom, *Stevens* 255)オーロラをヘビに見立て、その様子に、捉えがたい自然もしくは現実を捉えようとする虚構の姿を見る。

これが蛇の棲むところ、体なきもの。
彼の頭は空気。その先端の下に夜
無数の眼が開き、空一面から私たちを睨む。

あるいはこれもまた、うねうねと卵からうねり出る身振りだろうか、
洞窟の奥にあるいま一つの影絵だろうか、

体の抜け殻求めるいま一つの〈体なきもの〉だろうか。
これは形なきものを呑み込もうとする形、
閃光し、望まれる無数の消滅に向かう体皮、
皮なくして閃光する蛇の体。

これが蛇の棲むところ。これが彼の巣だ、
この野原と丘と色を帯びた広がりと
海を見下ろし、海に沿い、海の傍らにある松。

これが姿を現しつつある高さとその土台……
真夜中の究極の中心で、ついにこれらの光は
極点に辿りつき、そこに蛇を見出すのかもしれない、

別の巣に、体と空気と形と影絵の
迷路の主を、情け容赦なく
幸福を我がものにするその姿を。（CP 411）

ここでヘビは、第一義的には、オーロラを描写する比喩である。語り手は光の帯であるオーロラをヘビに見立て、その先の空にヘビの頭を思い描き、夜、そこに光る星をその（複数の）目と考える。しかし、そのようにして見立てたヘビの図を、語り手は――「洞窟の奥にあるいま一つの影絵」というプラトンへの言及が示唆するように――実際のヘビの（そしてそれが象徴する自然もしくは世界の）表象として意味づけ、また、その表象が真の世界を捉えていないことを暗示する。真の世界はいまだ「形なきもの」であり、それを捉えようとする理想の虚構はそれに何らかのあるべき「形」を与えるはずである。「真夜中の究極の中心で、ついにこれらの光は／極点に辿りつき、そこに蛇を見出すのかもしれない」という語り手の言葉は、今はまだ必ずしもヘビには見えないオーロラの姿が、いつか、ヘビの形を帯びるかもしれないという意味に取れるが、それは同時に、捉えどころのない真の現実の姿を、ついに虚構が捉えるかもしれない、という希望の言葉として読める。

しかし、スティーヴンズは同じ冒頭の詩の後半で、このヘビの比喩をさらに重層化させている。

　　太陽の姿を確認するために、彼が
ほんのわずかだけ体を動かしたとき、羊歯の葉に囲まれた彼の瞑想によって
私たちもまたその姿を確認した。岩のうえで黒く斑になった
彼の頭のなかに、私たちはその斑点のある動物を、

動く草を、空き地のインディアンを見た。（CP 411-412）

ここで「彼」として言及されているのはヘビだが、この五行にはもはやオーロラのイメージはない。オーロラのイメージによって虚構の比喩として提示されたヘビの描写は、より具体的な現実のヘビの描写へと変容している。しかし、ここでも虚構の比喩は維持されている。ヘビに見立てられたオーロラから実際のヘビへとイメージは変わっているものの、その姿はいまだ虚構を指し示すものであり続ける。そしてスティーヴンズは、その虚構の象徴であるヘビが「太陽の姿を確認する」ときに、「私たちもまたその姿を確認した」と言う。この詩行は、先に見たプラトンのイデア論への言及を思い起こさせるものであり、それゆえ、その虚構によって、「私たち」も太陽を、あるいは、太陽のイデアを見たことを仄めかすものと解しうる。そしてさらに、「私たち」が、その虚構のヘビの頭の中に「その斑点のある動物を、／動く草を、空き地のインディアンを見た」とされることは、まさに虚構の中に現実の自然が捉えられたことを示唆するに違いない。ヘビに擬せられた虚構の中に、現実のヘビとそれをも含む自然の姿が映し出されたというのである。本来正しく表象することのできぬ自然もしくは真の現実が、虚構の中に捉えられたことを暗示する幻想的瞬間をここに見てとることができる。

4　動物の領域への再接近――「ただ存在することについて」

このようにスティーヴンズは、その詩の中で、古い虚構に代わる新しい虚構の獲得という大きな課題を、認識論の枠組みを利用しつつ、理想の詩の追究という形で表現した。多くの場合、新しい虚構もしくは理想の詩の獲得は困難な課題として扱われ、その課題を託された詩人（あるいは、詩人を象徴する様々な芸術家たち）は、自身の虚構もしくは詩の不備を嘆く。しかし、「秋のオーロラ」にも部分的に示されたように、新しい虚構・理想の詩が、あるいは、それがもたらす「ありのままの世界」の知覚が、実際に得られたかのような幻想を示すこともある。最晩年の作品である「ただ存在することについて」（一九五七）という詩も、同様に、理想の虚構が獲得されたことを暗示する詩である。

心の果てでシュロの木が
最後の思索の向こう側
ブロンズ色の装飾の中にそびえる。

黄金の羽根の鳥がそのシュロの中で歌う、
人にわかる意味を欠いた、人にわかる感情を欠いたなじみのない歌を。

そのとき人は知る、私たちを幸福に
あるいは不幸にするのは理性ではないことを。
鳥は歌う。その羽根が輝く。

シュロは空間のはずれに立っている。
枝のなかを風がゆっくりと動く。
炎で飾った鳥の羽根が垂れ下がる。（*PEM* 117-118）

黄金の羽根を持つという鳥はここでも類型化された、現実性を欠く記号に見える。しかし、それが認識の果てにそびえるシュロの木の中にいることは、この鳥が人の認識の外部に存在するものの象徴であることを示唆している。それは「人にわかる意味を欠いた、人にわかる感情を欠いた／なじみのない歌」（"without human meaning, / without human feeling, a foreign song"）を歌う。それはリルケの言う「開かれた世界」、つまり、人間が直接関与できぬ世界の象徴でもあるだろう。しかし、詩の語り手はまさにその関与しえぬはずのものを詩テクスト中に鳥の象徴を借りて出現させ、それを静かに受け入れている。表象することができないはずの領域に存在するものを現前化させ、それを穏やかに見つめることの詩は、従って、スティーヴンズが長い間懐疑的表現とともにその獲得の希望を表現してきた理想の虚構が、ついに獲得されたことを暗示するものと取れる。

同時にそれは、死を前にしたスティーヴンズが、かつて「日曜日の朝」でわずかに示した、主客の対立・限定がなく、生死の境もなく、時間の推移もない一つの全体性の中に、ただ存在するだけである状態を描き出す詩であるようにも見える。動物の領域と人間の領域を峻別したスティーヴンズは、ここでその両者の境界を無化する虚構を提示し、みずからそれを信じたと考えることもできる。

スティーヴンズは、その認識論を、また、理想の虚構論を展開する過程で、認識の外部にある真の実在の象徴として、あるいは、表象されるべき世界もしくは自然の象徴として、生き物表象を用いてきた。多くの場合、それは認識の外部に存在する表象し得ぬものを表象するための手段、あるいは、詩人によって正しく表象もしくは表現されるべき世界・自然の象徴であった。認識の外部にある領域は人間的なものの及ばぬ領域であり、その境界は人間的なものと非人間的なものの境界を意味する。そして彼は、その境界を越えることの困難を語ってきた。しかし、晩年のスティーヴンズは、その境界を無化する「開かれた世界」への参入を暗示する詩をも書いた。それは彼の探求の基調であった認識論の枠組みからの解放であり、存在の全体性への接近であると考えることもできる。それを彼の言う「最高の虚構」と呼べるか否かは議論の余地があるが、少なくとも、死を前にした彼はこの虚構をあえて信じようとしたように見えるのである。

註

(1) 引証に際し、スティーヴンズの作品については、以下の略語を用いる。*CP*: *Collected Poems*, *NA*: *The Necessary Angel*, *OP*: *Opus Posthumous*, *PEM*: *The Palm at the End of the Mind*

(2) 本論におけるスティーヴンズ作品の和訳は拙訳である。ただし、池谷訳および加藤・酒井訳を参考にした。

(3) もっとも、そのことはやはり多くの動物表象を登場させたムアの詩についても言える。スティーヴンズは、「マリアン・ムアの詩の一篇について」と題した一九四八年の評論で、ムアの「彼は『固い鉄を消化する』」("He 'Digesteth Harde Yron'")という詩を例に、その詩におけるダチョウの描写が百科事典に示される描写とは異なることを指摘し、重要なのは詩の意味ではなく、詩が「『個人的現実』(individual reality)の獲得の具体例となっているか」(*NA* 98)であると主張している。つまりスティーヴンズは、ムアの詩に見られる"alert gargantuan / little-winged, magnificently / speedy running-bird"のような非写実的な描写は、詩人の「個人的現実」の現れであると言って、彼女を擁護しているのである。

(4) 「日曜日の朝」の解釈については別項にて論じた。文献リスト中の長畑を参照されたい。

(5) 『リルケ全集3』に付された富士川の訳注および中川を参照のこと。

(6) レントリッキアの「日曜日の朝」の読解を参照のこと。また、スティーヴンズの詩における欲望と暴力性について考察したVendler, *Wallace Stevens*も参照のこと。

(7) ブルームは、スティーヴンズの詩に、「幻想、人間的感情移入をいささかも含まぬ、事物以外の何物でもない事物の世界」の探求→そのような世界では人は生きていけぬこと→それゆえ、事物だけの世界を再想像すること、という弁証法を見ている(Bloom, *Map* 188)。富山、新倉、山崎も参照のこと。

引用文献

Bloom, Harold. *A Map of Misreading*. Oxford: Oxford UP, 1975.

———. *Wallace Stevens: The Poems of Our Climate*. Ithaca: Cornell UP, 1977.

Lentricchia, Frank. *Ariel and the Police: Michel Foucault, William James, Wallace Stevens*. Brighton, Sussex: Harvester,

1988.
Moore, Marianne. *Complete Poems*. 1981. London: Faber, 1984.
Stevens, Wallace. *Collected Poems*. New York: Knopf, 1954.
———. *The Necessary Angel: Essays on Reality and the Imagination*. London: Faber, 1960.
———. *Opus Posthumous*. Rev. ed. Ed. Samuel French Morse. New York: Knopf, 1989.
———. *The Palm at the End of the Mind: Selected Poems and a Play*. Ed. Holly Stevens. New York: Knopf, 1971.
Vendler, Helen. *On Extended Wings*: *Wallace Stevens' Longer Poems*. Cambridge: Harvard UP, 1969.
———. *Wallace Stevens*: *Words Chosen Out of Desire*. Knoxville: U of Tennessee P, 1984.
アガンベン、ジョルジョ『開かれ——人間と動物』（岡田温司・多賀健太郎訳、平凡社、二〇〇四年）。
スティーヴンズ、ウォレス『ウォレス・スティーヴンズ詩集』（池谷敏忠訳、千種正文館、一九六九年）。
———『場所のない描写——ウォーレス・スティーヴンズ詩集』（加藤文彦・酒井信雄訳、国文社、一九八六年）。
富山英俊「スティーヴンズは真理をかたる」（『オベロン』五十号、南雲堂、一九八七年、八二—九七頁）。
中川勝昭「『ドゥイノ悲歌』の第八悲歌の解釈」（『独語独文学科研究年報』北海道大学ドイツ語学・文学研究会、十六号、一九九一年、五三—六六頁）。
長畑明利「"Sunday Morning"における曖昧な説得」（『言語文化論集』十八巻一号、名古屋大学言語文化センター、一九九六年、二一三—二二六頁）。
新倉俊一「瞑想の世界」『Wallace Stevens』（現代英米文学セミナー双書7）（新倉俊一編、山口書店、一九八二年、二—三十頁）。
山崎隆司『無からの形象——ウォーレス・スティーヴンズへの接近』（神戸市外国語大学外国語学研究所、一九八三年）。
リルケ、ライナー・マリア『リルケ全集3　詩集Ⅲ』（富士川英郎編訳、彌生書房、一九七三年）。

第７章　動物と文化の狭間で
――ヘミングウェイの「父と子」における自己回帰の罠――

高野泰志

１　父の目

アーネスト・ヘミングウェイの半自伝的登場人物ニック・アダムズを主人公とする一連の物語の中で、最後に出版された「父と子」（一九三三）には、年齢を重ね、父となったニックが描かれる。この作品で、ニックは息子とドライブをしながらミシガンで父と過ごした幼少期を回想する。回想の内容は、主に父に教わった狩りのこと、そして森でインディアンの少女に性の手ほどきを受けたことで占められる。しかし物語に埋め込まれたもっとも重要なモチーフは、おそらく父の自殺と、その父に怒りを抱いて納屋の影から父を銃で狙うニックの殺意であろう。[1]

ヘミングウェイの父クラレンスは、「父と子」のアダムズ医師と同様に自殺した。一九二八年十二月のことである。しかしヘミングウェイが父の死を作品に描いたのは、一九三三年に出版されたこの「父と子」が初めてであった。[2]当初は一九三一年の「死者の博物誌」の草稿で父の自殺について触れていたが、最終的に削除されたのである。父の自殺を書き始めるのに四年の歳月を要した理由ははっきりしないが、ポール・スミスは「あまりにも深い怒りとあまりにも心をかき乱す困惑」のためであるとしている（Smith 307）。スミスの言う「怒り」とは、母グレイスに向けられたもののことである。ヘミングウェイは父の自殺の原因が母親にあると断じ、母親に対してあまりにも強い恨みを抱き続けたために、その後母親とは一切の関係を絶ってしまう。この家族の間での複雑な感情のもつれのために、父の自殺のモチーフは容易に作品としてまとまることはなかったのであろう。結果的に「父と子」は、父の自殺について触れられた唯一のニック・アダムズ物語となった。

ニックの記憶の中で浮かび上がる父の姿は、何よりもその目が特徴的であるとして描かれる。

父のことを考えると、まず最初に思い浮かぶのは目であった。大きな体格、素早い身のこなし、広い肩幅、鷹のような鉤鼻、弱々しい顎を隠す髭などではない。いつだって目のことを思い出すのだ。（中略）その目は、人間の目に見えるよりはるかに遠くまで、はるかに素早く見ることができた。父親の持つ大きな才能だったのだ。文字通り、大角羊や鷲の目のようによく見えたのだ。（369–70）

ここでニックの父親は動物にたとえられ、そして「文字通り」動物のような能力を持つことが明示される。このような人間の能力を超えた動物並の能力を持つ人間は、ジェイムズ・フェニモア・クーパーのレザー・ストッキング・テイルズで「鷹の目《ホークアイ》」と呼ばれたナッティ・バンポーを思い出すまでもなく、荒野に住まい、自然と共生する登場人物として、アメリカの文化的伝統ではしばしば肯定的に描かれてきた。そして同時にニック・アダムズ物語がそのモデルとするヘミングウェイ家の事情もまた、このような動物表象に大きく関係している。カーロス・ベイカーによるヘミングウェイ研究最初期の決定版伝記が、十九世紀ヴィクトリア朝的お上品な価値観を持つ母親の支配する芸術的かつ文化的なオークパークと、父親の手ほどきで誘われたミシガンの森との対比を強調しているように(Baker 8-17)、動物的なアダムズ医師がヘミングウェイの父クラレンスをモデルにしていることは疑問の余地がないのである。ヘミングウェイは母親よりもそんな父親を愛し、特に晩年は母親に憎しみとも言える感情を抱いていた。ニック・アダムズ物語においても、「医者と医者の妻」(一九二五)で、母に呼ばれているにもかかわらず、「お父さんと一緒に行きたいんだ」と言って森へ黒リスを探しに行く結末に見られるように(76)、ニックは常に父の体現する自然と動物の世界に与しているように見える。

ジャクソン・J・ベンソンはこの状況を次のように簡潔にまとめている。

狩りと釣りが常に象徴しているのは、ヘミングウェイの描く少年が父親のようになろうとする試みであり、男性的権威と権力に基づいた原初の家族構造に戻ろうとする試みである。ヴィクトリア朝的かつセンチメンタルな考え方に従って、愛を精神的なものとして捉え、女性を知恵と権力を持つ立場にまで引き上げ、男性を悪魔よりもひどいものにまで貶めることによって、男性の権威や権力は破壊されていたのだ。男性は無力であり道を踏み誤った子どもであり、したがって常に監視し、しばしば叱りつけ、概して男性の粗野で自然な性向から引き離す必要があるとみなされたのだ。狩りの対象になる動物は、自然のままの自由な振る舞いをするために、ヴィクトリア朝的かつ女性的な考えでは避けるべきもの、人間の性質の中で粗野でしかないものと結びつけられるようになる。このように考えてくると、男が動物を追いかけ、そして追いかけるうちに、部分的にせよ動物を模倣するようになるのはむしろ自然なことなのだ。(Benson 9)

ここに見られる、文化を女性と見なし、男性がそこから逃れて荒野に向かうというのはアメリカ文学に見られる典型的な図式であると言えるだろう。その図式の中では人間の動物的性質は常に男性のものとされる。そしてニック・アダムズ物語は、女性的とされる「文化」を逃れて男性の世界たる荒野に向かう、アメリカ文学の伝統を受け継ぐ物語として読まれてきたのである(3)。

しかし「父と子」で描かれる動物性は、自然との共生というモチーフを越えて、大きな矛盾を含んだはるかに複雑な意味を持っている。それはこの父の「目」が、同時に息子を監視する文化の目でもあるからである。アダムズ医師は性にまつわる大半のことを「忌まわしい悪行」(371)と呼んで、ニックをそこから遠ざけようとした。いわばアダムズ医師の「目」は、一方に動物的能力を、他方に人間が野生を排除するために作り上げた文化的禁忌という、二つの矛盾した性質を帯びていることになるのである。

そう考えると「父と子」において、ニックを「文化」に参入させ女性化しようとするのが、母親ではなく、父であることは注目に値する。アダムズ医師は息子に狩りや釣りの手ほどきをしながらも、非常に厳格に息子をしつけ、性から遠ざけようとするのである。右で述べたような、アメリカ文学に伝統的な文化＝女性、動物＝男性という図式を考えるならば、アダムズ医師とは、つまり男性的／動物的性質を持ちながらも、その性質を敵視するよう教えるという、自己矛盾をはらんだ人物、もっと言えば自己破壊的な人物であると言うことができるだろう。

ヘミングウェイが完成させた最後のニック・アダムズ物語において、この動物表象の矛盾がとりわけ重要であるように思えるのは、「父と子」がアダムズ医師を動物にたとえる唯一の作品であるからである。加えて言うならば、この作品以後に書かれ、未完成に終わったニック・アダムズ物語「最後の素晴らしい場所」（一九七二）においては、アダムズ医師は登場すらしない。つまり父の矛盾と自殺が描かれた後、アダムズ医師を描く試みそのものが放棄されると言ってもよい。

父親となり、息子を連れて旅行をするニックが描かれる唯一の作品において、そのタイトルが示唆するように、「父と子」は世代の移行を描き出している。そして父を回想しながら自らも父であるニックが、父親を動物的でありながら動物性を敵視する文化の監視者として描くことにはどのような意味があったのか。本論は父親に投影された動物性の矛盾がはらむ意味を明らかにする試みである。

2　ニックの動物性

もう少し詳しくアダムズ医師の文化的側面を見てみたい。アダムズ医師は「釣りと狩り」を息子に教えるが、「父はこれらふたつのことには頼りがいがあったが、セックスに関してはそれと正反対に頼りにならなかった」。そしてアダムズ医師がセックスについて語るのは「二つの情報だけ」である。その一つはニックが父と狩りをしていて赤リスを撃ったときのことである。ニックが獲物を持ち上げたとき、その赤リスはニックの親指に噛みつくのである。

「このちびの畜生《バガー》め」ニックはそう言ってリスの頭を木に向かってたたきつけた。「こんなに噛みつきやがった」

父はそれを見て言った。「きれいに吸って、家に帰ったらヨードチンキを塗っておきなさい」

「この畜生《バガー》」ニックは言った。

「バガーってなんのことか知ってるかい？」父が尋ねた。

「僕らはなんだってバガーって呼んでるよ」ニックは言った。

「バガーというのは動物と性行為をする人間のことだ」

「どうして？」ニックは言った。

「さあね」父は言った。「だが忌まわしい悪行だ」
そのことを聞いて、ニックは想像力をかき立てられると同時に恐ろしくもなった。いろいろな動物のことを思い描いてみたが、どれも魅力的でもなければ実用的でもなかった。（371）

性の領域がそもそもヴィクトリア朝的文化から排除されたものであり、動物的な行為とみなされていたことは言うまでもないが、ここで父親のニックに対する最初の性教育が動物と関連づけられているのはきわめて示唆的であると言えるだろう。動物的能力に恵まれたアダムズ医師は、ここでは人と動物との交わりを禁じている。そしてニックが何気なく使った「バガー」という言葉の意味を教えることによって、小動物に噛みつかれた事実が獣姦への恐怖としてニックに印象づけられるのである。

図７－１　赤リス（2007年 カナダ、Gilles Gonthier 撮影）

ニックはこの事件に続いてもう一度、父親がセックスについて語った事件を回想する。新聞でエンリコ・カルーソが性的いたずら《マッシング》をして逮捕されたという記事を見て、「マッシング」がどういう意味かを父に聞く。アダムズ医師はここでも「もっとも忌まわしい悪行の一つだ」とだけ答える（371）。しかしどちらの場合においても、このアダムズ医師の教育は必ずしも成功したとは言えない。バガーをめぐる事件の際にニックの想像力がかき立てられたように、ここでも「ニックの想像力は偉大なテノール歌手がたばこの箱の内側にあるアンナ・ヘルドの写真のような美しい女性に、ポテト・マッシャーを使って何か奇妙で異常な忌まわしい行いをしているところを想像した。とてつもない恐怖を感じながら、ニックは大人になったら自分も少なくとも一度だけはマッシングをしてみようと決意した」と描かれる。いずれも父親の禁止は、ニックに逆に性への興味をかき立てているのである。

したがってこれらのエピソードの直後に描かれる、ニックの性へのイニシエーションの相手を務めるのが森のインディアンであることは、半ば当然の帰結であるとも言えるだろう。ニックはビリーとトルーディという二人のインディアンの兄妹と狩りをしているが、動物を追う中で何度となく性行為に及ぶ。トルーディが「ビリーなんて気にならない。お兄さんなんだもの」と言うように（372）、ニックとトルーディの性行為は森という屋外で、人に見られながらの行為なのである。性を人目に触れることのない屋内に閉じ込め、隠蔽しようとするキリスト教的文化から明らかに逸脱したこの行為は、過度に「動物的」性質を帯びることになる。ニックは父親の目の監視から完全に逃れているのである。

エデンの園のエピソードを持ち出すまでもなく、そもそも人間の文化は服を着るという行為から生まれたと言っても過言ではない。動物と人間を隔てるもっとも可視化された指標は「服」だからである。ニックもトルーディも、狩りの舞台である森の中でその服を脱ぎ捨てることによって、彼らを取り込もうとする文化から逸脱し、動物の領域に戻っているのである。服装の持つ文化的な力を端的に表しているエピソードが、ニックの嗅覚を描く場面である。父親の鋭い目に対して、ニックは嗅覚が鋭いことが描かれる。そしてその嗅覚のせいで、ニックは父親のにおいを受け入れがたく感じている。

ニックは父が大好きだったが、父のにおいは嫌いだった。一度、父には小さくなりすぎた下着を着なければならなくなったとき、ニックは気分が悪くなり、その下着を脱いで石を二つおもりにして小川に沈め、父にはなくしたと伝えた。父がその下着を着せようとしたとき、どれほどにおうか訴えたのだが、父は洗ったばかりだと答えるだけだった。実際に洗ったばかりだったのだ。ニックがにおいをかいでみるよう頼んでみると、父は憤然としてにおいをかぎ、きれいだし汚れてもいないと言った。ニックが下着を着けずに釣りから家に戻ってきて、なくしたと言ったとき、嘘をついたと言って鞭で打たれた。(375)

ここで父親の服を着せる行為が、ニックを文化に参入させようとする強制であるのに対して、嗅覚という動物的感覚でそれを拒否していることは、これまでの議論の流れにきわめて合致すると言えるだろう。(4)

3　ニックの文化への参入

ニックは下着のために鞭打たれたこの事件の後、納屋からショットガンで父親に狙いをつける。『あいつを地獄までぶっ飛ばせるんだ。殺してしまえるんだ』。やがて怒りはおさまり、その銃が父のくれたものだったことを思い出して気分が悪くなった。そこでニックはインディアン・キャンプに行き、暗闇を歩き回ってにおいを取り除いた」（375）。このニックの怒りは単に鞭打たれたことに対する怒りではない。父が動物性を持ちながらも文化の監視者であったことに向けられた怒り、つまり「男」であるにもかかわらず「女」の価値観を押しつけてくる父の裏切り行為に対する怒りであったのだ。

それから父はセンチメンタルでもあった。そしてたいていのセンチメンタルな人がそうであるように、無慈悲でありながら不当に扱われてもいた。それにひどく運も悪かったし、そのすべてが父のせいだというわけでもなかった。仕掛けるのに自分ではほんの少ししか手伝わなかった罠にはまって死んだのだ。それに死ぬ前にはみんないろんなやり方で父を裏切った。センチメンタルな人はみな少なからず裏切られるものだ。（370）

ここで繰り返される「センチメンタル」がヴィクトリア朝的女性文化の性質であることは言うまでもない。そしてニックは父が多くの人びとに裏切られていたことを述べるが、後で回想されるニックの父への殺意を考慮に入れるならば、むしろ父が息子を裏切ったのである。

ここでのニックは、自らが裏切られたことによる父への殺意を、他者の裏切り行為に偽装して父に向けている。そしてそれは自らも父となったニックにそのまま反転しうる殺意であり、きわめて危険なものである。「父と子」においては、様々なレベルで自己回帰的な矛盾が生じ、自己破壊的なベクトルを生んでいる。アダムズ医師の「目」が、動物的＝男性的性質を持ちながらその当の性質を敵視するものであったことに始まり、銃を与えた父をその当の銃で狙うこと、そして父に殺意を向けながら自らも父であることにまでいたる。そしてこれらの自己回帰的矛盾こそが「父と子」の本質であると言えるだろう。作品の核にある父の自殺という事件もまた、そういった自己破壊の一例であり、父殺しがすなわち自殺に直結してしまう状況を生んでいるのである(5)。

父への敵意が自分に戻ってくる状況で、ニックはいわば文化に取り込まれざるを得ないのである。父の監視の目をかいくぐってインディアンと交わるニックは、文化を逃れて野生に戻っていたと言えるが、最終的にインディアンのエディが妹のドロシーとセックスをしようとしていると知ったとき、空想上ではあるもののエディを銃で撃ち殺す。そもそも銃で撃つという行為そのものが、道具を用いた動物に対する介入に他ならないが、ここで血の混淆を拒否し、森に住むインディアンを殺害するという行為は、白人の文化的ステレオタイプであり、白人文化から野生を排除する行為にほかならない(6)。

「頭の皮をはいだら死体を犬にくれてやる」ビリーはひどく憂鬱になっていた。「じゃああいつ、気をつけなきゃな」ビリーは陰気に言った。

「犬はあいつをバラバラに引き裂くだろうな」ニックはその光景にほくそ笑んで言った。そして混血の裏切り者［エディ］の頭の皮をはぎ、犬が引き裂く様子を顔色も変えずに立って眺めていると、トルーディが首にきつくしがみついたせいで仰向けにひっくり返って木にぶつかった。トルーディはしがみつきながらニックの首を押さえつけて叫んだ。「エディを殺す、よくない！殺す、よくない！殺す、よくない！だめ、だめ、だめ。ニッキー、ニッキー、ニッキー！」

「どうしたんだよ」

「殺す、よくない」

「でも殺さなくっちゃ」

「［エディがドロシーとセックスしたがっているというのは］ただのこけおどしなんだから」

「分かったよ」ニッキーは言った。「家のそばをうろつかないかぎり殺さないよ。だから放して」

「よかった」トルーディは言った。「今何かしたい？　今は気分がいいわ」

「ビリーがどこかに行ったらね」ニックはエディ・ギルビーをいったんは殺し、そのあとで命を助けてやった。もう大人になったのだ。(373)

犬に食わせるという行為そのものが、かつてニックの指に噛みついた赤リスと呼応し、性と食という「他なるもの」との混淆の契機を示唆しているが、ニックはここで自らはトルーディと交わりながらも、妹がインディアン（の混血児）と交わることを拒否している。「もう大人になった」という実感は、（空想の中で）エディを殺すことで得られているが、それは殺すことそのものではなく、野生との血の混淆を拒否する白人中心的文化に参入したことを意味しているのである。「あの感覚［嗅覚］はたばこを吸い始めてから鈍ってしまった。それはよいことだった。猟犬にはよくても人間には役に立たないものだ」とニックは言うが（375）、これは動物的感覚が失われ、文化に回収されたことを意味するのである。

ニックは息子が隣で眠っているときに、かつて自然の中で「動物的」生活を送っていた頃のことを回想している。そして鋭い目を持つ父親のいない中、ニックを現在の「文化」に引き戻すのはニック自身の息子である。物語の結末部分で、ニックは急に助手席の息子に話しかけられて驚く。「ニックは息子が目を覚ましていたことに気づいていなかった。隣の座席に座っている息子を見た。すっかり一人でいるような気がしていたが、この子はずっと隣にいたのだ。どれくらい起きていたんだろうかと思い巡らせた」と語るニックは、まるで森での生活を息子に見とがめられたようなばつの悪さを感じている。今や自身が息子を文化に参入させる役割を果たさなければならないという責任が、いわば内在化された父の鋭い目が、ニックを監視しているのである。

「でも［インディアンは］一緒にいるとどんなふうだったの？」

「それは説明するのが難しいな」ニック・アダムズは言った。誰もそれ以上うまくできないことを彼女が初めてやってくれたなんて言えるだろうか。ふっくらとした褐色の脚、平らなお腹、硬く小さな胸、しっかりしがみつく腕、素早く探るような舌、平べったい目、甘い味のする口、それからぎこちなく、しっかりと、甘く、濡れそぼって、愛らしく、しっかりと、痛みを感じるほど、満たされて、ついに、終わることなく、決して終わることなく、永遠に終わることなく、突然終わり、大きな鳥が夕闇の梟《ふくろう》のように飛び出し、ただ今は昼間の森で栂《つが》の針葉がお腹に突き当たっているのだった。そんなことを言えるだろうか。だからインディアンの住んでいた土地に足を踏み入れると、彼らがその地を立ち去ったのが、においで分かった。空になった強い酒《ペインキラー》のボトルと、ブンブンうなる蠅も、スウィートグラスのにおいを、たばこのにおいを、仕上げたばかりの貂《てん》の毛皮のにおいを消せなかった。彼らについてジョークを言っても、年取ったインディアン女も、取り除けなかったのだ。(375–76)

トルーディとの交わりを息子にはとうてい話すことができないと考えているニックは、かつて性に関してニックに語ろうとしなかった父親と同様の態度をとっていると言ってよいだろう。ヴィクトリア朝的お上品な価値観を持つ父親がセックスについて「頼りにならなかった」と考えていたニックであったが、いみじくも自分の息子に対して自分も似たような態度をとることになるのである。

このことは右の引用から削除された一節でよりはっきりとする。もとの原稿では息子にインディアンについて尋ねられた後、ニックは以下のように答えていたのである。

「父さんが大好きだったプルーディ・ギルビー［後にトルーディと変更］という名のインディアンの少女がいたんだ。ぼくらはとてもいい友達だった」

「その人、その後どうなったの？」

「~~子どもを産んで~~どこかへ行って売春婦《フッカー》になったよ」

「フッカーって何？」

「そのうち教えてあげるよ」（取り消し線は原稿のママ）

これは先に引用したバガーやマッシングのエピソードに酷似しているが、ニックもそのことに思いいたったのであろう。直後、ニックは次のように考える。「父は私に話して聞かせたたわ言以外にどんなことを知っていたのだろうか、父の状況はどんなだったろうか、と思い巡らせた。というのも父に子どもの頃インディアンがどんな人たちだったのか尋ねたとき、父はとてもいい友人がいて、その人たちが大好きで、彼らは父のことをメテータラ、すなわち鷲の目と呼んでいたとしか答えなかったからだ」と語る（Smith 308）。性に関して「忌まわしい悪行」としか語らなかったものの、息子にはそうとしか言えなかっただけで、実はニック同様にインディアンと交わっていた可能性もある。ニックは自分が息子にインディアンについて問われ、初めてその可能性に思いいたるのである。

以下のニックの考え、「今やその後どうなるかが分かっているので、ひどい事態になる前の幼い頃の思い出さえ、よい気分では思い出せなかった。作品に書けば取り除くことはできるだろう。これまで書くことで多くのことを取り除いてきた。だがあのことを書くにはまだ早すぎる。まだ多くの人が生きているからだ」（371）は、しばしば引用される有名な一節であるが、「あのこと」が父の自殺のことを指しているのは明らかであろう。そして「まだ早すぎる」と言いながら、この作品がその試みであることもまた同様に明らかである。この作品が父親の裏切りへの怒りに基づいたものであるならば、それは同時に作中で父殺しの試みを「書くこと」によって、その怒りを「取り除く」ためのものでもある。そして父親同様、自己回帰的矛盾の罠に捕らわれたニックは、森の中の動物的生活にとどまるための父殺しであったにもかかわらず、その父殺しの行為そのものが文化への参入を促すものであったことを、「書くこと」によって知るのである。

4　つきまとう父の目

このように見てくると、むしろ「父と子」は、先行研究でこれまで言われてきたような、文明を逃れて荒野に向かうアメリカ文学伝統の物語というよりはむしろ、荒野を立ち去って女性的社会に参入する様を描いた物語であるとも言える。森の中の動物的楽園にとどまるためには父を殺さねばならず、しかし銃を用いて父を殺すという行為そのものが文化への参入を促すことになるという自己回帰的矛盾の罠に捕らわれ、結局ニックにとって荒野にとどまるという選択肢は残されないのである。

最初期に書かれた「医者と医者の妻」が、アダムズ医師とその妻の、森と屋内との価値観の対比を描く物語であり、少年ニックが前者を選び取っていたことは既に触れた。「父と子」においては母の存在は描かれず、「女の罠」にかかった父の姿のみが描かれる。それはおそらくはニック自身が歳を重ね、「女」の領域たる文化に取り込まれてしまったという苦々しい思いがそうさせているのだろう。父へミングウェイから見ると、父クラレンスは母親に屈して自殺してしまった失敗した父親である。父の屈服は、同じく父となった自分への間接的な脅威となるのであり、だからこそヘミングウェイは自らがミシガンの森を捨てて社会に取り込まれたことに対して不安を抱き、「父と子」を書かねばならないという必要性を感じたのかもしれない。

最後に付け加えるならば、この荒野を捨てて文化に参入せざるを得ない状況は、たんにニック／ヘミングウェイの個別の状況を表しているのではなく、ヘミングウェイにとっては広く文化的な状況として捉えられていた。初期の原稿の一つで、ヘミングウェイは「我々は父親が猟銃自殺をした世代である」というように、父の自殺を一般論として書き、「妻がほとんど常にそれを引き起こす原因である」と書いているからである（Smith 309–10）。ここにはヘミングウェイの女性嫌悪というよりはむしろ、「妻」の体現するヴィクトリア朝的センチメンタリズムに取り込まれることへの恐れが見て取れる。モダニズムの文学運動自体がヴィクトリア朝センチメンタル文学の価値観に対抗した、過度に男

図7－2　ワルーン湖のほとりで銃を構えるヘミングウェイ　1903年夏（John F. Kennedy Presidential Library and Museum, Boston）

性性を誇示する傾向があることを思い起こせば、このヘミングウェイの姿勢はモダニズム作家全体を代弁していると言ってもよいだろう。同時代作家とともに「母殺し」を企てていたヘミングウェイ[7]は、この作品では母ではなく、自分（男）を裏切って母に与した父に、初めて目を向けたのである。

文化に捕らわれ、動物性を失ったニックを描いたヘミングウェイであったが、興味深いことにこれ以後、ヘミングウェイはますます男性性を誇示し、女性的なるものを嫌悪し続ける。『ヴァージニアン』（一九〇二）などで知られる西部劇作家オーウェン・ウィスター（一八六〇―一九三八）と西部の農場で親交を結び、アフリカのサファリ旅行に赴き、カリブ海で大物釣りをしながら、作品はそういった実生活を反映してますます男性的・動物的傾向を帯び始める。[8] あるいはその姿はむしろ、自らを捕らえて放さない女性的・文化的価値観から逃れようとする必死のあがきであったのではないだろうか。そして父の自殺こそが、その文化的束縛をヘミングウェイに痛感させたのである。そういう意味で「父と子」に描かれる動物性の問題は、単にこの作品の解釈にとどまらず、その後のヘミングウェイ作品の方向性を決定づけたきっかけとして、きわめて重要なモチーフであると言えるだろう。

父と子の世代交代という普遍的テーマを扱った作品は、ヘミングウェイがタイトルを借用したツルゲーネフ（一八一八―八三）の『父と子』（一八六二）を含め、ふつうは世代間の葛藤を解消することを目的としている。ヘミングウェイもおそらくは父殺しを描くことで父との和解を描こうとしたのだろう。(9)しかし父親への共感と、その共感への不安とが入り交じった「父と子」は、作品内に大きな矛盾を生み出す原因となり、その矛盾が解消されることなく、主人公ニックは自己回帰の連鎖に捕らわれてしまう。したがってその後もニック／ヘミングウェイは動物と文化の狭間に立ちながら、父の鷲の目を追い求め、またそれに追われ続けることになるのである。

註

（1）本来はネイティヴ・アメリカンと呼ぶべきであるが、ここではヘミングウェイのテクストに従ってすべて「インディアン」と表記する。

（2）「父と子」が書かれたのは一九三二年十一月から三三年八月にかけてである（Smith 307）。勝井慧は「清潔で明るい場所」で言及される自殺が、実は父親の死を示唆しているという新たな説を出している。また「父と子」以降であれば『誰がために鐘は鳴る』で描かれるロバート・ジョーダンの父の自殺がヘミングウェイの父親をモデルとしていることは明らかである。

（3）たとえば『ニック・アダムズ物語』を編集したフィリップ・ヤングがその代表格であろう（Young）。

（4）ジョセフ・フローラはこの下着のエピソードに関して、「下着は象徴的に若いニックに、父もまた性的な存在であると認識させる働きをしている」と述べる。つまり下着をきっかけにして、ニックにとって父が性的なライバルとして現れるようになると論じているのである（Flora 244）。

（5）リチャード・マッキャンは「父と子」において、ニックの父への感情が二極に分裂していることを論じている。「ニックが父親のことを考える際に用いる『その一方で』というフレーズが、ニックの思考の構造をもともよく表している。父親と過去を描くほとんどすべての段落が、愛と罪に等しく引き裂かれている。一方でニックは父の狩りの能力と視力を愛している。その一方で父のにおいに嫌悪感を抱いているのである。ニックは子どもの時の自分がそうしたように、父を英雄視している。しかし距離をおいてみれば父の髭が弱々しい顎を隠していることを知っているのである」（McCann 12）。

（6）マッキャンはニックが「記憶の中にトルーディを再創造することによって（中略）父のピューリタニズムに毒されていない世界に入っていった」と述べる。しかしエディが妹とセックスしようとしていることを知ったとき「父の血が『真に父から受け継いだもの』をあらわにするのである」と論じる。そしてヒロイックに妹を守る役割を演じることによって「ニックは父と同じ亀裂を被ることになる。センチメンタルになるのである」（McCann 15）。

（7）この点に関しては小笠原を参照。

（8）オーウェン・ウィスターの影響に関しては、特に『誰がために鐘は鳴る』についてレノルズとレーバーガーが詳しく論じている（Reynolds, "Hemingway's West," Rehberger）。ウィスターとの親交は、ヘミングウェイの父クラレンスが自殺したのと同じ一九二八年の夏に始まった（Reynolds, *1930s* 4）。これ以降、サファリや大物釣りがヘミングウェイ作品の主要モチーフとなったことは言うまでもないが、一般的に男性性を誇示するマッチョな作家というイメージは、その大半が三〇年代以降に形成されたものである。

（9）ジョセフ・デファルコはこの作品が「過去を現在、未来と和解させるテーマ」を持っていると主張している（DeFalco 217）、シェルダン・グレブスタインも、父の墓参りに行く可能性が「最終的な和解を（中略）予言している」と述べている（Grebstein 19-20）。このように多くの論者が共通して物語のテーマを過去との和解であるとしている。

引用文献

Baker, Carlos. *Ernest Hemingway: A Life Story*. New York: Scribner's, 1969.

Benson, Jackson J. *Hemingway: The Writer's Art of Self-Defense*. Minneapolis: U of Minnesota P, 1969.

DeFalco, Joseph. *The Hero in Hemingway's Short Stories*. Pittsburgh: U of Pittsburgh P, 1963.

Flora, Joseph M. *Hemingway's Nick Adams*. Baton Rouge: Louisiana State UP, 1982.

Grebstein, Sheldon N. *Hemingway's Craft*. Carbondale: Southern Illinois UP, 1973.

Hemingway, Ernest. *The Complete Short Stories of Ernest Hemingway: The Finca Vigía Edition*. New York: Scribner's, 1998.

McCann, Richard. "To Embrace or Kill: 'Fathers and Sons.'" *Iowa Journal of Literary Studies* 3 (1985): 11-18.

Rehberger, Dean. "'I don't Know Buffalo Bill'; or, Hemingway and the Rhetoric of the Western." *Blowing the Bridge: Essays on Hemingway and* For Whom the Bell Tolls. Ed. Rena Sanderson. New York: Greenwood, 1992. 159-84.

Reynolds, Michael. *Hemingway: The 1930s*. New York: Norton, 1997.

——. "Hemingway's West: Another Country of the Heart." *Blowing the Bridge: Essays on Hemingway and* For Whom the Bell Tolls. Ed. Rena Sanderson. New York: Greenwood, 1992. 27-36.

Smith, Paul. *A Reader's Guide to the Short Stories of Ernest Hemingway*. Boston: G. K. Hall, 1989.

Young, Philip. "'Big World Out There': The Nick Adams Stories." *The Short Stories of Ernest Hemingway: Critical Essays*. Ed. Jackson J. Benson. Durham: Duke UP, 1975. 29-45.

小笠原亜衣「「母殺し」の欲望――一九二〇年代と*The Sun Also Rises*」（『アメリカ文学研究』三十五号、日本アメリカ文学会、一九九八年、七十五―九十頁）。

勝井慧「ロング・グッドナイト――「清潔で明るい場所」における「老い」と父と子」（高野泰志編『ヘミングウェイと老い』松籟社、二〇一三年出版予定）。

第8章　私をファングと呼びなさい
——ピンチョン文学における「システム」と「動物」——

波戸岡景太

1　動物は「システムありきの世界」で引き裂かれる

はじめに——巨大イカのジョークが教えてくれること

雑誌『ザ・ニューヨーカー』に、「カートゥーン・キャプション・コンテスト」なる名物コーナーがある。同誌の常連イラストレーターが一コマ漫画を提供し、読者がそれにふさわしいキャプションを考えるというこのコーナー、編集者曰く、その成立に欠かせないのは、「互いにまったく無関係の基準枠から導き出された二つの要素が〔キャプション抜きの一コマ漫画の中に〕複合《マッシュアップ》されていること」だという（Mankoff ix）。事実、同コンテストに使用される漫画には、しばしば、尋常ならざる様子の動物たちが、平凡な人間の日常生活に闖入するといった情景が採用されている。これは裏を返せば、「動物と人間」という二者は、ときに一つの表象空間において、「互いにまったく無関係の基準枠から導き出された二つの要素」として認識され得る、ということを意味している。

試みに、同誌に記載されたアレックス・グレゴリーの作品を見てみよう［図8-1］。選評によると、

図8－1　アレックス・グレゴリーによるキャプション抜きの一コマ漫画。*The New Yorker*, January 24, 2005.

この巨大イカの漫画には一万三千通を超える応募があったという。はたして、一般読者はこの「互いにまったく無関係の基準枠から導き出された」ところの「動物と人間」を、いかなるキャプションによって結び付けようとしたのか。選者はまず、応募作の大半が「イカをめぐるジョーク」に終始していたことを述べ、残りの投稿を、数百通という単位で分類しながら、それぞれの特徴を次のように述べている。その一、板前がネタの鮮度を自慢している。その二、他にも巨大化しているネタがある。その三、板前と巨大イカの間に、血縁関係や雇用関係など、調理人と食材以上の関係がある。その四、客がイカを注文しづらくなっている――。結果、最優秀作として選ばれたのは、「どうやらカレは、システムのなかで働けば役に立てると感じているようです。(He feels he can do more good working within the system.)」というものだった。このキャプションが勝者たりえたのは、他の投稿作品が簡潔に表現することのできなかった「調理人と食材とそれを食す客」という三者の不平等な関係を、「システムの内と外」という観点から切り取ったことにある。

選評には番外編として、ハーマン・メルヴィルの『白鯨』(一八五一)にある、「私をイシュメルと呼びなさい」という言葉をもじり、「私を魚粉《フィシュミール》と呼びなさい」とした投稿作品も紹介されているけれど、そもそも「食事《ミール》」となり得るか否かでしか寿司屋に貢献できないイカやその他の海産物たちは、商品あるいは消費財としてあらかじめシステムの構成要因として組み込まれながら、同時に、「人間ならざるもの」として、あくまでもシステムの外部の存在とみなされる不条理な境遇にあるのだ。つまり、こうした動物たちは、人間世界のシステムと本来的に相容れないというよりも、むしろ、システムありきの世界にあって、初めからその内と外とに引き裂かれた状態に置かれている、と考える方が良いのだろう。ここに例示した一コマ漫画では、動物をめぐるそのような事実が、「巨大化」というシュールな設定により、きわめて明瞭に戯画化されていたのである。

「理性」と「野性」――ピンチョンの動物たち

人間の言語システムによって構築された小説世界において、言葉を持たない動物たちはその外部に位置付けられながら、一方では、人間社会を活性化させる寓意的な存在として積極的に消費される。中でも、ひとつの小説空間に無数の「人間」を描き込むことで知られる現代アメリカのポストモダン作家、トマス・ピンチョン（一九三七―）は、それに劣らぬ数の「動物」をテクスト上に創造し、さまざまな文学的実験を行ってきた。それらピンチョンの動物たちは、たいてい、啓蒙主義以降の世界システムからドロップアウトした、都市伝説的な存在に近しいものとして描かれている。

冒頭に論じた『ニューヨーカー』の「巨大イカ」同様に、ピンチョンの第一長編『V.』（一九六三）に描かれるマンハッタンのワニなどは、子どもたちのペットとしてデパートに陳列され、商品化され、やがて飽きられてトイレに捨てられ、下水道という都市のサブシステムにおいて、独自の進化を遂げることとなったモンスターだ。最終的にワニたちは、人間たちに駆除されるといった悲運の死を遂げる。だが、主人公の目には、ワニたちは人間に殺された後、鰐皮となってふたたび商品化されること――すなわち、人間側の消費システムに、半ば積極的に身売りするかのように映るのだった。

トイレから地下世界へと至る道のりは、ワニの魂にとって、緊張のさなかに訪れた平和なひとときだったのだろうか。動くオモチャなどと偽られて、いずれふたたび地上に戻るまでの猶予期間であるとでも。(151)

このような、都市伝説的な動物表象から始まるピンチョンの動物たちは、実は、皆一様に「理性」の中で逆説的に成立した「野性」というものを表象している。『V.』の刊行から、およそ三十五年後に発表された、後期ピンチョン文学を代表する長編『メイスン&ディクスン』(一九九七)では、その物語世界はまさに「理性の時代」が始まる十八世紀に設定され、それ以前の「奇跡の時代」へのノスタルジアを具現化したような、「喋る犬」が登場する。この「喋る犬」は、「自分はだれにも所有されない」と宣言してみせるのだが、彼がそのように宣言できるのは、この犬が人間側のシステムに取り込まれ、とりわけその言語システムに保護されることにより、逆説的に「所有されること」を回避しえているからに他ならない。つまり、システムによって「野性」が潰えるのではなく、システムありきの世界が到来することにより、初めて「理性」と「野性」が対立する概念として前景化してくるということ。それが、ピンチョン文学における動物表象の読みどころなのである。このことを踏まえつつ、以下では、『メイスン＆ディクスン』を中心に、ピンチョンの動物たちと、私たちが「システム」と呼ぶものの関係を考察していきたい。

2　動物は「大地のメタファー」として殺される

システムと自然

デヴィッド・シードは、『メイスン＆ディクスン』の中心的な主題である「測量」という行為に言及し、そこでは「アメリカの『荒野』のシステマチックな植民地化」が描かれていると指摘した(Seed 93)。私たちが注目したいのは、シードの言う、測量という名のシステムの発動が、『メイスン＆ディクスン』においては、動物表象の契機と密接に関係しているという事実だ。測量システムが大地を覆い、一点の曇りもない「理性」が自然をマッピングし終えようとする刹那、人間たちの脳裏には、それまで視覚化しえなかった「野性」のイメージが「動物」の姿を借りて、たちまち豊かなメタファーを形づくる。とりわけ、『メイスン＆ディクスン』において繰り返し言及される「ワーム／ドラゴン／サーペント」の表象は、そうした「野性」のあからさまな暗喩として機能している。

例えば、ディクスンが旅の同行者たちを相手に語った、「ラムトンのヘビ」という伝説がある。そ

図8－2　J・D・バトンによる「ラムトンのヘビ」のイメージ。(Jacobs 203)

れはディクスンが幼い頃、故郷の町ダラムを訪れる旅芸人たちにより演じられた、ジョン・ラムトンによるヘビ退治の物語であり、その「ヘビのようなもの（Worm）」とは、まさしく人間に刃向う大地のメタファーとして物語られ、そして、ついには人間によって粛清されるべき存在であった［図8-2］。

青年ジョン・ラムトンは、ある日、両側にそれぞれ九つの穴をもったヘビのような生き物を発見する。彼はしかし、十字軍に参加することとなり、その奇妙な生き物を仕方なく井戸の中に捨ててしまった。だが、そのヘビのような生き物は、井戸の石を「子宮」代わりとして、巨大なドラゴンのような存在へと、新しく生まれ変わってしまうのだった。

一方、そのヘビのようなものは、怠惰であるどころか、湿った石の子宮のなかで、たちまち成長し始めた。（中略）ある朝、太陽の光が井戸の縁を越えて高くのぼっていくにつれ、燃えるような一対の瞳、間隔の狭い一組の、獲物を探す捕食者の瞳が現れた。（中略）ヘビのようなものは、ひどく腹が減っているように見えた。（589）

ここで、「子宮」としての「井戸」をその中心に持つラムトン家の領地は、さながら、ピンチョンの第一長編『V.』におけるマルタ島のように――この島の岩もまた、子宮を持つとされた――、一個の女性的な生命体として設定されていることは注目に値する。(1) このような、ジェンダーのアナロジーに基づく自然表象は、初期のピンチョン作品において、とりわけ顕著な特徴であった。ピンチョン文学における自然、それも対システムの象徴としての自然は、初期短編から『重力の虹』(一九七三)に至るまで、あたかも植民地主義的ファンタジーを忠実に再現するかのように、女性を征服する男性といったジェンダーのアナロジーによって描かれてきた。中でも、長編デビュー以前に執筆された短編小説「少量の雨」(一九五九)に描かれた沼地などはその典型で、そこはアメリカ国家の支配を免れている土地として兵士たちに夢想される一方、男たちの卑俗な想像をかきたてる空間としても捉えられ、『沼地の女』という小説を読みふける主人公の男性は、最終的にこの「沼地」で、現実の女性と性的関係を結ぶ。また、ナチスのV2ロケットが落ちてくる兆候に反応するアメリカ人男性の勃起に始まる、近代テクノロジーの暴走を男性的欲望のそれに重ね合わせてみせた巨編『重力の虹』では、そうした「軍事工学的システム」に対抗する自然が、「母なる大地」として表象されていた。

このように、「男性的なシステム／女性的な自然」というジェンダーのアナロジーを借りた、植民地主義的二項対立を基礎とするピンチョン文学は、けれども、一九七四年から一九八九年にいたる沈黙期間を経て、「人間的なシステム／動物的な自然」という、どちらかといえばシンプルな二項対立を採用することとなった。ことに、ディクスンの語るラムトンの寓話の最大の読みどころとは、そうした女性的大地に育まれた「ヘビらしきもの」が、まるでドラゴンのように巨大化を遂げることによって、それを産んだ大地そのものとなってしまう点にある。

動物たちは二度殺される

十字軍の遠征から帰還したジョン・ラムトンは、あらゆる手を尽くし、自分の領地を支配しつつあるドラゴンに挑みかかる。彼の剣が、巨大化したヘビらしきものを打ち倒すとき、動物化された大地は「叫び声《スクリーム》」を上げるのだが、まさしくそれは、『重力の虹』に描かれた、あの軍事工学システムのメタファーたるV2ロケットの「金切り声《スクリーム》」を呼び起こすものだった。

> 青年ラムトンは戦い続けた。ついに、深く、より深く剣が突き刺された後に、ヘビらしきものは自己回復することができなくなり、チェスター・ラ・ストリートへと続く谷間に響き渡るほどの、最後の不快な叫び声が流れ出た。そしてヘビらしきものは息絶えた。(593)

青年ラムトンにより惨殺された「ヘビらしきもの」の断末魔の叫び。ここで見逃してはならないのは、機械文明の「叫び」が破滅のスペクタクルを予期させるものであるのに対し、『メイスン&ディクスン』における「大地=動物」の「叫び」がもたらしうるのは、その「大地=動物」の死せる肉体が残した「呪い」であったということだろう。

『メイスン&ディクスン』において、こうしたラムトンの「ヘビらしきもの《ワーム》」をめぐる物語は、同じく測量旅行の同行者である中国人風水師によって語られる東洋的「竜《ドラゴン》」の逸話や、ネイティヴ・アメリカンが伝える「蛇《サーペント》」の伝承と並置される。これら想像上の動物たちは、いずれも大地の擬獣化であり、結果、メイスンとディクスンの測量旅行は、「擬人化された植民地主義」と「擬獣化されたアメリカの大地」の対立としてテクストに描き出される。このとき、「動物を語る」という人間たちの行為が、いつでも、大地のシステム化が引き返しのつかぬほどに進行した後でなされている、という事実を忘れてはならない。つまり、本小説における「ワーム／ドラゴン／サーペント」という動物たちは、いずれも「すでに殺されている大地」のノスタルジックなメタファーとして物語に召喚され、そして、ふたたび人間によって殺されることを運命づけられているのである。

3　動物は「野性」へのノスタルジアとして召喚される

『白鯨』の巨大イカが教えてくれること

大地は「動物」というメタファーとなって人間たちの言語システムに組み込まれ、そして殺される。ピンチョンの描く動物たちは、「野性」と「理性」のエージェントとして物語に姿を現わすのではなく、「理性」が支配しシステム化された世界の中で、すでに失われた「野性」へのノスタルジアとして召喚される。そうした意味において、すでに殺されているドラゴンを、「測量」という行為によって改めて殺戮にいくメイスンとディクスンの旅路は、あの『白鯨』のイシュメルたちが、最後まで殺されることのないモービィ・ディックを追った航路を、静かに上書きしていくものであった。

事実、自然の領域をめぐる考察に関して『白鯨』が『メイスン&ディクスン』ときわめて対照的であるのは、巨大鯨というモンスターを「物語世界」の内部に取り込もうと執拗な努力を続ける過程で、鯨を頂点とする「海洋世界」が――圧倒的な外部の世界であるにもかかわらず――、「未知なる領域」という表現によって、その小説内部に無批判に構築されてしまう点にある。このことを、『白鯨』に登場する巨大な「ダイオウイカ」のシーンを参照しつつ確認してみよう。

それ〔巨大なダイオウイカ〕が目撃されることはたいそう稀で、ゆえに、あれほど大きな海の生物は見たことがないという目撃者たちの断言にもかかわらず、その本当の生態や姿がいかなるものかということになると、誰もが曖昧模糊となってしまう。にもかかわらず、彼らが信じるところでは、それはマッコウクジラにとっての、唯一のエサであるという。他のクジラたちは海面近くで食事をするから、人間がその姿を見ることも難しくない。だが、マッコウクジラがエサを得るのは、海の底の未知なる領域なのだ。したがって、マッコウクジラが実際に何を食しているのかについては、推測の域を出ない。(250 強調引用者)

この引用にあるように、マッコウクジラに餌を供給している深海という領域は、人間たちにとってあまりに広大な「未知なる領域（unknown zones）」であり、エイハブたちの前に一瞬だけ姿をあらわした巨大なダイオウイカは、白鯨のようなメタフォリカルな役割すら与えられることなく、その深海に構成された、人間にとって未踏の世界の一端を仄めかすものとしてのみ描かれる。そして、ひょっとしたらマッコウクジラよりも巨大であり、なおかつ「白鯨」よりももっと白いかもしれないダイオウイカは、けれども「白鯨」のようにはいかなる寓意性もその身体に付与されずに――「だがエイハブは何も言わなかった」（250）――、ただ、人間には未だシステム化されえぬ「未知なる領域」の存在を知らしめるばかりである。すなわち、『白鯨』の巨大イカそのものは、未だ誰のノスタルジアでもないのであって、このような状態の動物たちは、すでにシステム化された世界にあるピンチョンの物語には――あるいはそれは、ポストモダンの文学空間と言えるかもしれない――、いかようにも生息しえないのであった(2)。

「私をファングと呼びなさい」

メルヴィルの動物たちは、たとえ人目にふれようとも、すぐに逃げ帰ることのできる「未知なる領域」を持っている。けれども、すでにシステム化が行なわれてしまっている『メイスン＆ディクスン』の語りの世界において、その登場動物たちは、もはや「未知なる領域」を持たせてはもらえない。中でも、本章の冒頭の「巨大イカ」さながら、積極的に人間側のシステムに取り込まれようとしているかに見えるあの「喋る犬」は、一方でみずからを「博識な英国犬」などと紹介しつつ、他方では、

図8－3　「博識な英国犬」ファングのモデルとなったノーフォーク・テリア。(Taylor 92)

そうした説明をみすみす無効化してしまうかのように、メイスンとディクスンに向かって、「私を『牙《ファング》』と呼びなさい（Call me Fang.）」と言う。ここにはもちろん、メルヴィルの『白鯨』のみならず、ジャック・ロンドンの動物小説『ホワイト・ファング』へのオマージュを聞くことができるだろう[3]。しかし、この「ファング」という犬もまた、すでに失われた「野性」へのノスタルジアであることを再確認するとき、そして、「牙／犬歯《ファング》」という言葉から私たちが否応なく「野性」というものを想起してしまうとき、なぜ彼がそのような矛盾する自己定義を行ったのか、あらためて考えてみる必要がある［図8-3］。

確かに、これまでのピンチョン作品には、いくつかの「ファング」が登場してきた。肉体の一部として存在し、かつ、「野性」の表象としても機能する「牙／犬歯」は、たとえば小説『V.』においては、謎の女「レディV.」の身体に埋め込まれた「反生命」の証であった――「右上の犬歯《ケイナイン》は純正のチタニウムだった」(158)。また、同作品に登場するファングという名のシャムネコは、裸の女と戯れることで、「反知性」の象徴のように描かれていた(126-27)。

このような、反生命、反知性、そして反理性の象徴たる「ファング」の一員としてありながら、『メイスン&ディクスン』のファングは、けれどもそうした象徴性をはぐらかすためにこそ、矛盾した自己定義を続けてみせる。

私はまあ「脱自然」なんでしょうが、でも、「超自然」じゃありませんよ。だって今は「理性の時代」……ですよね？　いつだって「説明」が出来なくちゃしかたありません。「喋る犬」みたいな説明不可能な存在はいないんです。そう、「喋る犬」はね、ドラゴンだとかユニコーンだとかの類ですから。(22)

生まれながらにして「喋る」のではなく、啓蒙主義的な努力によって「喋る能力を獲得した」と主張するファングは、一方で、そうした自分を改めて、反生命、反知性、反理性の象徴たる「牙／犬歯」の名で呼べと人間たちに迫る。私は先に、「システムによって『野性』が潰えるのではなく、システムありきの世界が到来することにより、初めて『理性』と『野性』が対立する概念として前景化してくる」と書いたが、ファングがみずからをファングであると呼んでしまえる状況、それこそが、『メイスン＆ディクスン』が示してみせる、システムありきの世界の始まりであったのだ。

4　そして動物は「未知なる領域」をみずからの肉体に発見する
システムそのものとなる「ファング」

二十一世紀に入り、ピンチョン文学における「ファング」は、『LAヴァイス』（二〇〇九）という探偵小説の核心に据えられることで、ついには「システム」そのものの暗号名として立ち現れることとなる。

「ああ、そういえば、例のゴールデンファング号な？　なんでも出航間際に、海洋航海保険が掛けられたようだぜ。対象は今回の航海限定。つまり、君の元カノが乗船している分だ。保険の受取人は、ビバリーヒルズのゴールデン・ファング・エンタープライズになっている。」（119-20 強調原文）

本書に現れる「白い牙《ホワイト・ファング》」ならぬ「黄金の牙《ゴールデン・ファング》」という謎の船は、主人公たちの日常の向こう側に広がるもうひとつのシステム――すなわち、「陰謀」という名の人間社会における「未知なる領域」を指し示す存在として描かれる。そして、その船に保険を掛けた「ゴールデン・ファング・エンタープライズ」とは、動物か人間かといった区別を超越した「法人」として、その姿も巨大な「牙」そのものとして主人公ドックの前に屹立してみせるのだった。

かつてあった地上の穴は消え、そこには怪しくも未来的なビルディングがそびえていた。正面からの第一印象は、これは宗教的な建造物なのかもしれないというもので、なめらかな細長い円錐形のそれは、教会の尖塔のようでいてちょっと違う。誰が建てたにせよ、よほど予算は潤沢だったはず。なにしろ、外壁はすべて金箔で仕上げられているのだ。そしてドックは気がついた。この背の高い尖った建物、どうやら通りから奥の方へと反り返っているらしい。通りを少しだけ進み、横から覗きこむように振り返る。と、それは劇的なまでに反り返り、しかも尖端は恐ろしく尖っているから、それを目で追っていたドックもしまいには無様に転倒してしまう。なんてこった！　斬新な建築こそロスの古き伝統であるけれど、この建造物がかたどっているのは、六階建ての黄金の牙というわけか！　(167-68 強調原文)

おわりに——それを「いきもの」と呼びなさい

以上のように、『ニューヨーカー』の一コマ漫画に登場した「巨大イカ」のモンスター然とした佇まいからスタートした本章は、その「イカ」を殺しながらも馴致する、ピンチョン文学に描かれた人間側のシステム——表象、測量、理性、植民地主義、資本主義、体制、反体制、陰謀組織——に注目することで、現代における動物表象の「引き裂かれた状況」というものを分析してきた。

ピンチョン文学においては、「自然」であれ「野性」であれ、その具現化、あるいはメタファーとして描かれる動物たちは、「システムありきの世界」において、致命的な自己矛盾を再認識させられることにより、その「システム」の在りようを生々しく読者に伝え殉死していく。そして、彼らの口元にきらめく「牙／犬歯」もまた、最終的に「システム」を象徴するものとして、物語化されてしまう。

だが、それでもピンチョンの動物たちは、「私をファングと呼びなさい」とは宣言するものの、最後まで「私をフィッシュミールと呼びなさい」とは口にしない。なぜなら、彼らの存在意義とはシステムに抵抗することではなく、システムの身体そのものの在りようを示すことであるからだ。彼らはたとえ、みずからの肉体が誰かの「ミール」になろうとも、最後まで消化されることのない「牙／犬歯」のような無機物的部位を、最後の「未知なる領域」として温存する。それは、最終的に「歯」のみとなって『V.』という物語に表象された、あのレディV.のように、有機と無機の境界が定かでなくなる地点からいまいちど立ちあげていくべき存在こそが、ピンチョンにとっての動物であり、人間であり、つまりは「いきもの」である、ということを含意しているのである。

註

(1) ピンチョン文学では、「岩」のような鉱物の存在に重きを置いた自然表象も多い。例えば『重力の虹』においては、「岩」を侮辱する女性や、知的体系をもつ「岩」に祈りを捧げる無政府主義者といった、「岩」とのつながりを持とうとする人物が登場する。彼らにとって「岩」とは、「荒野」としての自然を構成する「無生物」あるいは「無機物」の象徴である。そして、彼ら「人間」は、そのような「生命なきもの」を、あたかも対等の生き物であるかのように想像することにより、自然との交渉可能性を模索する。ことに、上述した無政府主義者は、水や大気といった自然の持続性を「女性的な忍耐」と形容してみせ、それは『V.』における「岩の子宮」といった発想とあいまって、「女性＝自然」という図式から、一般的な「豊穣」のイメージを拭い去ってしまう。そして、「鉱物の意識」というものの存在を、植物や動物たちのそれと同列にみなす彼らの思考は、人間たちの時間の尺度を、鉱物たちが生きる永続性へと同調させることを夢想するのだった。

(2)『白鯨』における「巨大イカ」や「モービィ・ディック」は、あるいは、「システム」とその外部に広がる「未知なる領域」のはざまで引き裂かれた存在である、と言えるかもしれない。メルヴィルはこの「巨大イカ」を指して「怪物（the monster）」と呼んでいる。この「モンスター」という概念は、フェミニスト批評家ダナ・ハラウェイの言葉を借りるならば、みずから対象を「指し示す《デモンストレート》」ものである（Haraway 2）。すなわち、『白鯨』とピンチョン文学の、動物表象における大きな差異とは、前者のそれが、既存の表象システムに取り込まれることを拒む存在であるという点に求められるだろう。

(3)『白鯨』において、生物学的な「白さ」に神学的とも言える「崇高さ」を見出すことは、まさしく「未知なる領域」に息づく「野性」を、秩序立てられた「理性」の世界――すなわち、人間たちの表象システムに取り込むことを意味する。同様に、『ホワイト・ファング』では、初めは名もない「子オオカミ（cub）」であったものを、「白い牙（White Fang）」と名付けることで「理性」の世界に取り込もうとする（London 88）。結果、ジャック・ロンドンの「ファング」は、人間たちに向かってその「牙」をむいてみせることを、可能な限り差し控えるのだ。

引用文献

Haraway, Donna J. *Simians, Cyborgs, and Women: The Reinvention of Nature*. New York: Routledge, 1991.

Jacobs, Joseph. *More English Fairy Tales*. New York: G. P. Putnam's Sons, 1894.

London, Jack. *White Fang*. 1906. New York: Scholastic, 2001.

Mankoff, Robert. *The New Yorker Cartoon Caption Contest Book*. Kansas City: Andrews McMeel, 2008.

Melville, Herman. *Moby-Dick or the Whale*. 1851. Oxford: Oxford UP, 2008.

Pynchon, Thomas. *Gravity's Rainbow*. New York: Viking, 1973.

———. *Inherent Vice*. New York: Penguin, 2009.

———. *Mason & Dixon*. New York: Henry Holt, 1997.

———. *V*. 1963. New York: Perennial, 2005.

Seed, David. "Mapping the Course of Empire in the New World." *Pynchon and* Mason and Dixon. Eds. Brooke Horvath and Irving Malin. Newark: U of Delaware P, 2000. 84–99.

Taylor, David. *The Ultimate Dog Book*. New York: Dorling Kindersley, 1990.

第三部

第９章　不都合なメタファー
――アメリカ演劇と死せる動物――

岡本太助

１　演劇と動物の複雑な関係

戯曲を読むだけであれば何ら問題はないにせよ、それを上演するとなれば、舞台に登場する動物はきわめて扱いにくい存在となる。舞台上に現れた動物が予測不可能な行動をとり、精緻に作りあげられた物語世界を壊してしまう様を想像すれば十分なのであり、このことはあらためて説明を要しないかもしれない。しかしながら、演劇にとっての動物は単に扱いにくい存在であるだけでなく、きわめて「不都合な」存在でもあると言える。

舞台から追い出して済む話であれば、動物はそれほど不都合な存在ではない。だが、こう問うこともできる。血肉をそなえた動物を舞台から排除する一方で、演劇は執拗にメタファーとしての動物を必要とし続けてきたのではないか、と。まず動物そのものを放逐することによって、次にそれをメタファーへと変換することによって、演劇は二重に動物を排除し利用してきたのである。メタファーに変えるということは、人間の役に立つものとして動物を飼い馴らすことに他ならない。したがって、演劇にとって動物が不都合であるのは、排除されるべき他者としての動物に依存しなければ演劇が成り立たないという不安と、それにもかかわらず、演劇が演劇であるために必要悪として動物を排除し搾取してきた事実が明るみに出てしまうことへの恐れとが、動物の存在によって呼び起こされてしまうからである。さらに言えば、演劇批評と研究においても、動物の存在は等閑視されており、演劇と動物の関係についてのまとまった研究は少ない。その意味においては、演劇における動物は二重どころか三重に排除されていることになる。

本論で取りあげるアメリカ演劇作品においても、メタファーとしての動物はふんだんに活用されている。これらの作品では、メタファーとしての動物が性（生ではなく）と死のイメージと密接に結びつけられている。さらにこのうち二作品においては、動物が舞台に登場するのだが、それらの動物はいずれも死骸として登場する。ニコラス・リダウトは、排除された動物が「幽霊のような存在」として現代の演劇に戻ってくることにより、演劇のみならず現代社会全般にとって不都合な事実が暴きだされると論じる（Ridout 121）。これは具体的には古代ギリシャ演劇の成立とともに舞台から消えた動物が回帰するということなのだが、動物の再来には、演劇あるいは現代西洋人の無意識にひそむ原初の記憶の回帰という側面がある。しかし動物は演劇に舞い戻ってきたと言うことができる一方で、動物が常に演劇とともにあったことも疑いようのない事実である。したがって、動物の回帰が呼び覚ますものは、失われた太古の記憶ではなく、むしろ動物が戻ってくる先である現代の演劇と社会全般がはらむ諸問題であるだろう。

それでもなお、なぜ舞台に戻ってきた動物は殺されてしまうのかという疑問が残る。言うなれば動物は二度殺されるのである――最初は扱いにくい存在としてメタフォリカルに、そして次に不都合なメタファーとして文字どおりに。現代アメリカ演劇がこうした儀式的反復の上に成り立つものであるとすれば、その反復は半ば強迫的なものとなってはいまいか。本論では、アメリカ演劇における反復強迫としての「死せる動物」の姿を見つめることにより、アメリカ演劇はなぜ動物を不都合なものとして抹消しなければならなかったのかについて、ひとつの説明を試みる。

2 『この夏突然に』

テネシー・ウィリアムズ（一九一一―八三）の代表的な作品は動物のメタファーに溢れている。それらの動物は、しばしば同性愛も含めたセクシュアリティについて語るためのメタファーであるだけでなく、人間の性あるいは生と不可分に結びつく「死」のイメージを強く喚起するものでもある。言い換えれば、ここに登場する動物は、作家が人間存在の本質として捉えたものを代理表象させるために用いる装置なのである。『この夏突然に』（一九五八）(1)は、初期ウィリアムズ演劇の延長線上にある一方で、劇における動物の扱いという点については、先行作品には見られない複雑さと重要性を帯びている。

『この夏突然に』の舞台は、ニューオーリンズの富裕層が暮らす庭園地区に建つヴェナブル夫人の邸宅。夫人は息子のセバスチャンと幸せに暮らしていたが、夏に起きたある事件で息子を失ってしまった。秋になったある日のこと、キュークロウィッツ医師が彼女を訪ねてくる。息子の死の真相を知る姪のキャサリンから真実を聞きだし、場合によっては彼女にロボトミー（前頭葉切除手術）を施し、不都合な真実を消し去ってしまおうと夫人は考えており、そのために医者を呼んだのである。キャサリンは、彼女とセバスチャンが旅行で訪れた町で、セバスチャンが飢えた貧しい子供たちに襲われ食い殺されてしまったことを語る。

ウミガメのエピソードとカニバリズム

『この夏突然に』において特に衝撃的なのは、結末で語られるカニバリズムの光景である。

キャサリン　ビーチ沿いに裸の子供たちがいました。痩せて浅黒い裸の子供たちの一団は、羽をむしられた鳥の群れみたいで、彼らは海からの白く熱い風で吹き寄せられるみたいに有刺鉄線のフェンスに突進してきました。いっせいに「パンヽ、パンヽ、パンヽ」と叫びながら。（142）

恐怖を感じたキャサリンとセバスチャンは、坂を登って逃げる。

キャサリン　パニックを起こし、彼はだんだん歩みを速めるけれど、速く歩くほどそれも近づいてきてやかましくなりました。（中略）太陽が空で燃え上がる巨大な獣の大きな白い骨のように照りつける中を、裸の子供たちが私たちを白い急な坂道へと追いかけてきました。（146）

必死の逃走の甲斐なく、セバスチャンは子供たちに捕まってしまう。助けを呼びに行き、セバスチャンの元に戻ったキャサリンは、体のあちこちを食いちぎられた彼の亡骸を見つける。

これらの引用箇所にも、動物のメタファーが多用されている。セバスチャンを食い殺す子供たちは猛禽類のイメージを付与されており、また彼らが叫ぶ「パン」（Pan）ということばは食物のパンを指すが、これは逃走中のセバスチャンを襲う「パニック」へとつながっており、その語源はギリシア神話の牧羊神「パン（パーン）」である。[2] さらに照りつける太陽の描写は、神への捧げもの、すなわち供犠としての動物を想起させ、セバスチャンはキリストのように供犠としてわが身を神に捧げたとする解釈を誘発するしかけとなっている。したがって、このパンは犠牲の肉体を表す記号から文字通りの食物へと意味をスライドさせるのみならず、異教の神をも包摂する貪欲なメタファーと化すのである。

『この夏突然に』には、この結末の不可避性を裏付けるものとしてウミガメのエピソードが挿入されている。以前セバスチャンとヴェナブル夫人は旅行でガラパゴス諸島を訪れた。そこで目撃する光景に、セバスチャンは心奪われる。

図9－1　映画版『去年の夏突然に』(1959) での、カニバリズムの描写。オリジナルにはないシーンが、回想として挿入される。

ヴェナブル夫人　そして砂は生きている。海に向かって急ぐ、卵から孵ったウミガメの生命力に満ちている。鳥が空を舞い、舞い降りて襲い掛かり、舞い上がって——襲い掛かる！　鳥は孵ったばかりのウミガメに向かって舞い降り、ひっくり返して軟らかい腹部を露出させ、それを切り裂いてちぎって肉を食らったのです。(105)

弱肉強食の生存競争を目の当たりにしたセバスチャンは、その光景のうちに「神を見た」と母に語っている (107)。ただしこの神は人間に「野蛮な顔」を向ける神であり (107)、自然の摂理を神格化したものとなっている。批評家はここにダーウィン的な自然観が反映されていると指摘する (Boxill 125; Bauer-Briski 279)。その解釈にしたがえば、セバスチャンは自らをウミガメになぞらえ、自然界の生存競争のサイクルにその肉体を還元したのだということになる。しかし依然として、このように動物と化したセバスチャンを供犠の動物として解釈する可能性も残されており、「セバスチャン＝動物」のメタファーは意味を確定されず、複数の解釈のあいだで揺れ動く記号のままとなっている。

「食うか食われるか」の多義性

作品の他の箇所に目を向けると、ウミガメのエピソードに表される「食うか食われるか」という自然界の厳しい掟が、様々な意味や解釈と結びついていることが分る。例えば冒頭の舞台設定で詳細に説明されるセバスチャンの「庭」は、太古の熱帯雨林を再現したもので、そこには野生の鳥や原始的な生物がうごめいている。巨大な花は「まだ乾いていない血でぬらぬらと光る、抉り出された身体器官」のようであると描写される（101）。この庭は、ガラパゴスで受けた啓示を具現化するためにセバスチャンが作り上げたものであると考えられる。興味深いのは、ウミガメが鳥に襲われる光景を医師が「スペクタクル」（107）と表現しており、批評家もその表現を踏襲していることである。第二次世界大戦後のアメリカで最も人気のあったレジャーは、野生動物や自然の景観を見にゆくことであり、当時のアメリカ人はそれらの「スペクタクル」を車窓から、あるいは道路から眺めて楽しんだと言われる（Harvey 187）。いわゆる「手つかずの自然」を箱庭として囲い込む行為とあいまって、セバスチャンにとって一種の崇高な体験であったガラパゴスの自然は、資本主義と消費文化の文脈へと回収されてしまうかのようである。

自然界における「食うか食われるか」という現実は、容易に神格化と物象化を被ってしまう。手つかずの自然が手つかずでありうるのは、そこに人間が存在しないからこそであると同時に、自然は人間が介入し意味を付与することによってはじめて、逆説的に「手つかずの自然」になると言うこともできる。このパラドクスについてグレッグ・ギャラードは、「こうしたモデルは自然を不適切に表象するばかりでなく、われわれが日々の生活にたいして負うべき責任を免除してもくれる。こうした理想にくらべれば我々の仕事や家庭生活は救いようのないものであり、それゆえ私たちの活動は詮索を免れるのである」と述べている（Garrard 70-71）。つまり自然を過度に理想化してしまう態度は、人間社会における不都合なものごとを隠蔽してしまうのである。

『この夏突然に』における不都合な真実とは、セバスチャンが同性愛者であり、また彼が自分の肉欲を満たすために母親を利用したということである。「明るいオレンジあるいはピンクの髪でラヴェンダー色のレースのドレスを身にまとう」（101）ヴェナブル夫人は、食虫植物になぞらえられる。餌となる虫のように彼女に引き寄せられる若く美しい男たちを、セバスチャンは食い物にしたのである。キャサリンが語るところによれば、セバスチャンは常にこれらの男たちを「食欲をそそる」などの食事のメタファーで語っていた（118）。このように「食うか食われるか」のメタファーは、セバスチャンの性生活にまで拡張して用いられており、彼はウミガメであると同時に、それを食らう猛禽類でもあるとされるのである。

事件の現場となったビーチには殉教者聖セバスティアヌスの名がつけられており、セバスチャンという名前にも当然その含意がある。そこから、セバスチャンは何らかの崇高な目的のためにすすんで犠牲となったのだという解釈が導かれる。彼は飢えた子供らにその肉体を差し出すことで、金をちらつかせて彼らを性的目的で食い物にしたことの償いをしているという見方は可能である。注目すべきなのは、物語の行方を左右する要素として、金銭が大きな役割をはたしているということである。

ウェナブル夫人は金銭的援助を餌に医師やキャサリンの家族の意思を操り、最終的には彼女が作り上げた理想の物語世界を脅かすものとしてのキャサリンの語る物語を消し去ろうとする。

山下正男は「古代イスラエル人にとって、獣つまり家畜は財産であり交換手段であり、それはまさに金つまり貨幣と同じ意味をもつものであった」と指摘し、ユダヤ的一神教の神がこの家畜＝貨幣を憎み妬む神であることは、「それら両者が争いながらも、ある意味では互いに同質的であることを意味する」と述べている（山下73）。この視点を導入することにより、供犠の動物であり性欲に支配された動物であるセバスチャンはまた、残された人間たちのパワーゲームの通貨としても機能していることが明らかとなり、『この夏突然に』における超越的な次元と現世的な欲望は象徴的レベルで結びつくのである。

3　『フェフとその友人たち』

後続世代の劇作家たちに与えた影響の大きさにもかかわらず、マリア・アイリーン・フォルネス（一九三〇―）は、近年では「ほとんどの批評家と観客からおおむね無視されている」（Robinson 99）。決して難解な作品を書く作家ではないのだが、公私にわたって親交のあったスーザン・ソンタグ流の反解釈あるいは「芸術のエロティクス」（Sontag 14）を実践するかのように、作品をそれ自体として楽しむことを常に要求し、作品に隠された正しい意味を見出そうとする行為を禁じるフォルネスの態度は、読者、観客そして批評家を戸惑わせてきた。代表作『フェフとその友人たち』(一九七七)は、こうしたフォルネスの「難しさ」を実感するためには最適のテクストである。

『フェフとその友人たち』の舞台は一九三五年春のある一日、フェフと夫が暮らすニューイングランドのカントリーハウスである。教育目的で設立された団体の活動資金集めのイベントが企画されており、そのリハーサルのためにフェフとその友人たち八人の女性が集まる。彼女たちは様々な話題について語りあい、楽しいひと時を過ごす。以前鹿狩りの際に、銃弾が当たっていないにもかかわらず額から血を流し倒れてしまったジュリアは、考え方の食い違いからフェフと対立する。結末では、フェフがウサギを仕留めるために銃を発砲し、またもジュリアは出血し倒れてしまう。獲物のウサギを手に現れるフェフ。二人を取り囲むように女たちが見守る場面で幕となる。

過剰な解釈をフォルネスが禁じているとはいえ、鹿狩りのエピソードと結末のウサギ殺しは、明らかに物語の中心となっており、その部分に意味づけしないことには、作品を理解することもままならない。とりわけ劇の最大の謎であるこれら一連のエピソードに、動物がかかわっている点に注目しなければならない。

女のセクシュアリティと身体

「女がどれほど胸くそ悪いものかを忘れないために、夫は私と結婚したの」(7)という、フェフのショッキングなひと言で幕を開ける『フェフとその友人たち』は、作者が否定しているにもかかわらす、やはりフェミニズムのテーマで解釈されうる劇である。作品の随所で、このフェフの発言をどう受け止めるかについて、女たちが語り合う。フェフ自身にとってこれは「エキサイティングな考え。エネルギーをくれる」(9) ものの一つであり、彼女が発砲したら夫は必ず倒れるというような、夫とのあいだで彼女が楽しむ「ゲーム」(11) の一環なのである。これに対してクリスティーナは、「銃声だけで死んでしまうこともある」(12) と異議を唱える。冒頭のこうした会話は、結末で起こる事件の伏線となっており、さらにその事件の原因は、「女とは何か」という本質論そのものがはらむ暴力性というよりも、むしろそれをめぐって生じる女たちのあいだでの意見の食い違いであることも示唆している。

このフェフの発言は作品を解釈するうえでの重要な視点を提供しており、そこに示されるテーマは、様々なたとえ話や逸話によって変奏される。たとえばフェフが語る「石の裏側」の話がそうである。

フェフ　分かるかしら、外に露出している部分は……滑らかで乾いて清潔。そうじゃない部分は……下側は、ぬめぬめしててキノコがいっぱいで虫が這っているの。それは別の生き方で、私たちが表で生きているその隣にあるものなの。ほらそこにある。石の下の虫の暮らし。しっかり見ておかなければ……（ささやき声で）それに食べられてしまう。(10)

エリナー・フックスはこの石のメタファーに注目して、これが舞台装置そのものによって表現される

「ジェンダースケープ」(Fuchs 85) の縮図となっていると論じる。(なおフックスは、「屋外＝男、屋内＝女」というふうに、男と女がセットの空間的配置によって分断されている点を指して「ジェンダースケープ」という用語を使っている。) すなわちこの石の表面は男を、裏側は女を表しており、フェフは人間以外の「下等生物」の生のイメージを用いて、女の胸くそ悪さとは何かを説明しようとしているのである。

キッチンに迷い込んできた野良猫のエピソードは、さらに具体的である。

フェフ　黒猫が一匹うちのキッチンに来るようになったの。おそろしくぼさぼさで大きな雄猫。片方の目がなくて皮膚病にかかってる。初めは近寄りたくなかったけど、でも思ったの。これは私のもとに遣わされた怪物で、私はそれに餌をあげなくてはならないんだって。それで餌をあげた。ある日猫がやってきてキッチンのそこらじゅうでウンチをしたの。汚い下痢よ。猫は今もやってきて、私は餌をあげてる。——この猫のことが恐ろしいの。(29)

雄猫ではあるものの、この黒猫はフェフが自分自身の身体について感じる嫌悪感を具現化している。できれば関わりたくないと思いながらも世話せざるをえない、嫌悪感を引き起こすと同時に魅了される、他者でありながら自己でもある両義的な存在として、この猫は描かれている。フェフは、世話を焼きつつ目を離さず監視することで、この内なる怪物に食われてしまわないようにしているのである。またここでは排泄物に言及がなされている点にも注意したい。フェフはしばしば舞台から去り、上階のトイレを修理しに行く。人間の体には表面にあって人目にさらされる部分と隠された（あるいは隠されなければならない）部分とがあるが、糞尿はいわばそうした内と外の境界に位置し、境界線を曖昧にしてしまうものである。[3] 境界が突破されてしまえば破滅しかないとフェフは感じており、排泄の管理を入念に行うことで、その境界を維持しようとしているのである。

このように、他者としての動物に女性の身体を象徴させる手法が多用されるが、この象徴性の意味するところは、ジュリアのモノローグのなかでよりいっそう鮮明になる。彼女は鹿狩りの一件以来、男たちに尋問され拷問を受けているという妄想を抱き、「生殖器、肛門、口、腋の下――臭い身体器官は重要なもの」だと認め、それらを「清潔に保ち隠して」おかなければ男たちから暴行を加えられると考えている（33）。さらに彼女は次のような教理を復唱させられる――「人間とは男性である。（中略）邪悪な植物がある、邪悪な動物がいる、邪悪な鉱物がある。そして女は邪悪である。――女は人間ではない」（35）。なぜジュリアがこう感じるようになったかは明らかでないが、人間の、特に女性の身体の動物的な機能を担う部分を汚らわしいと感じる点では、冒頭で表明されたフェフの考えと共通する。したがって、結末でのジュリアとフェフの対立は、性をめぐるイデオロギーの対立というよりは、むしろそのイデオロギーとどう向き合うかについての対立なのである。

結末の解釈

クライマックスではフェフとジュリアが正面からぶつかる。その場面はある種の教理問答のような儀式性を帯びている。

ジュリア　あなたの頭に災いがおきませんように。
フェフ　闘いなさい！
ジュリア　あなたの意思に災いがおきませんように。
フェフ　闘うのよ、ジュリア！（60）

このやり取りのあとフェフは猟銃を整備しに出てゆき、ほどなくして銃声が響く。そして『フェフとその友人たち』は、次のような場面で幕を閉じる。

銃声が響く。（中略）ジュリアは額に手を当てる。彼女の手がゆっくりとおろされる。彼女の額に血がにじんでいる。彼女の頭は後ろに倒れる。フェフが白いウサギの死骸を持って入ってくる。（中略）ウサギを手放したフェフはジュリアに歩み寄り、椅子の後ろに立ってジュリアを見つめる。スーとシンディが玄関口から、エマとポーラがキッチンから、クリスティーナとセシリアが庭の芝生から入ってくる。彼女たちはジュリアを取り囲む。（61）

最後の光景は絵画的効果を狙ったタブローとなっており、様々な解釈を呼び起こす開かれたエンディングを提示している。

この場面ではウサギが犠牲として捧げられ、また（生死は不明だが）ジュリアも犠牲となり、それによって女たちのコミュニティの分裂が回避されるという解釈が一般的である。聖母子像の一形態であるピエタのイメージをここに投影することはたやすく、宗教的な供犠のモチーフに依拠する解釈は多く出されている。しかしフックスは、この場面にウサギが登場する点に違和感を感じ、「ここには象徴の不調和がある」と指摘する（Fuchs 105）。そもそも、十七世紀オランダ絵画で好まれた、狩りの獲物を中心に据えた構図をもこの場面は想起させるのである（Fuchs 105）。フックスは、これが他でもないウサギであることの意味について批評家が口を閉ざしてきたとして、これは多産で知られるウサギを「復活祭のテーマである復活の物言わぬ現世的現れ」とみなす一種のジョークではないかと述べる（Fuchs 105）。いずれにせよ、この場面でウサギが登場することに一義的かつ本質的な意図はなく、ウサギは無数の解釈と意味づけのあいだを揺れ動く、浮遊するシニフィアンとみなすべきものなのである。

フォルネス劇においては、「身体の物理的現実がドラマの中心にある」（Marranca 57）。『フェフとその友人たち』の根底には、高みを目指して進もうと奮闘する女性の精神をその肉体が引き留めてしまうという、心身二元論をみてとることができる。女性の身体は汚らわしく、隠されなければならないとするイデオロギーの暴力に対抗するには、身体の問題を脇に追いやって精神論に訴えるのではなく、隠された身体の部分を舞台で見せてしまわなければならないとフォルネスは考えたのではないだろうか。しかし現実的な問題としてこれは不可能に近い。窮余の策としてフォルネスは、まずはメタファーによって少しずつ動物の身体と女性の身体を重ね合わせてゆき、最後に肉体をそなえたウサギを登場させることにしたのではないだろうか。もしそうであるならば、ここでフォルネスはウサギとジュリアを視覚的に同一化させることで、アブジェクトとしての女性身体を間接的に舞台上でさらけ出していることになる。

それゆえこのウサギは舞台に舞い戻ってきた動物であると同時に、やはり演劇的象徴機能に奉仕するメタファーでもある。このウサギが死んでいなければならない必然性があるとするならば、それはひとえに、観客に嫌悪感を催させ、ウサギから、そして女性の身体から目をそらすように仕向けるためである。そのようにして動物的な反応として目をそらしてしまう反射的身振りのうちに、知性によってではなく、情動のレベルで、女性の身体と性に向けられた暴力が体感されるのである。

4 『ヤギ――シルヴィアとは誰か』

その長いキャリアのなかで、メタファーとして動物を活用してきたエドワード・オールビー（一九二八―）は、現在にまで続く新しいアメリカ演劇の文法を定めたと言っても過言ではなく、そのせいもあって忘れられがちな事実は、彼もまたかつては「物議をかもす若き偶像破壊者」（Bottoms, "Introduction" 1）だったということである。彼の演劇は観客にショックを与えるものであるとしばしば言われる。これはつまり、口にするのもはばかられるようなことを舞台で見せ、観客の固定観念をゆるがすという意味なのだが、アメリカ演劇のタブーにおける最後のフロンティアである獣姦を題材とする『ヤギ――シルヴィアとは誰か』（二〇〇二）は、オールビーの健在をアピールしてあまりある衝撃作である。

『ヤギ――シルヴィアとは誰か』の舞台はグレイ家の居間。著名な建築家マーティンはキャリアの絶頂をむかえ、妻のスティーヴィー、ゲイの息子ビリーと幸せに暮らしている。テレビプロデューサーのロスが、マーティンのインタビューを収録しに来訪し、マーティンがシルヴィアという名のヤギとセックスをしていると聞かされる。ロスがそれを手紙でスティーヴィーに知らせたことから、家族のなかで激しい諍いが起こる。マーティンは妻とシルヴィアを同じように愛していると語るが、理解されず、かえって妻を怒らせてしまう。結末ではスティーヴィーが血の滴るシルヴィアの死骸を引きずって現われ、和解はもはや絶望的と思われる状況で幕となる。

図9－2　『ヤギ』、ブロードウェイ初演時の宣伝ポスター。夫婦の間に割り込むようにして、家族の肖像写真にヤギが写りこんでいる。

「悲劇のある定義のための覚書」

オールビーの劇作法の特徴として、過去の文学作品などからの引用の多さが挙げられる。『ヤギ——シルヴィアとは誰か』もまた、そのタイトル自体が複雑な引用の織物となっている。「シルヴィアとは誰か」はシェークスピアの『ヴェローナの二紳士』（初演年度には諸説あり）への言及であり、『ヤギ』の中でも、スティーヴィーがこの言い回しが出てくる箇所をパロディとして朗誦する（63）。『ヴェローナの二紳士』には召使に連れられた犬が登場し話題になったと言われるが、『ヤギ』における引用のポイントは、この先行テクストが、愛情、裏切り、不信感を経て最後には和解へと至る典型的な喜劇であることだ。枠物語として設定された喜劇は、シルヴィアをめぐって対立する家族が最後には和解し、スティーヴィーはマーティンに赦しを与えるのではないかと期待させる。「赦しは救済の行為であり、喜劇の要である」（Zimman 145）とするならば、死んだヤギは、贖罪と赦しを可能にするための供犠として機能するのである。

しかしながら、ヤギそのものの帯びる象徴性が喜劇としての結末を不可能にしてもいる。『ヤギ』にはさらに括弧つきのタイトルが与えられており、そこには「悲劇のある定義のための覚書」（Notes toward a definition of tragedy）と書かれている。しばしば指摘されるように、悲劇（tragedy）の語源はギリシア語で「ヤギの歌」を意味することばである。一説には、ディオニソスを称える祭のなかで上演される悲劇の景品としてヤギが与えられ、その後そのヤギが犠牲として捧げられたとされるが（Zinman 147）、当時の悲劇がどのようなものであったかや、ギリシア悲劇の成立以前の演劇の状況とそこで動物が果たした役割についてはほとんど記録が残っていない。一つ確かなことは、悲劇の成立はギリシア型民主政治の確立とほぼ同時に起こったのであり（Taplin 15）、いうなれば西洋文明の基礎を固めるためにこそ、動物は犠牲とされ舞台から放逐されなければならなかったということである。いずれにせよ、ギリシア悲劇誕生の時点でヤギ殺しが重要な儀式であった可能性は高く、『ヤギ』の結末はそうした「始まりの暴力」（Ridout 114）を反復し再演することにより、現代における新たな悲劇の定義を行うものとなっている。

『ヤギ』ではいたるところに悲劇のモチーフが散りばめられている。インタビューの準備をしている際にマイクに雑音が入る。ロスはそれを翼の音のようだと言い、マーティンは「たぶんそれはエウメニデスだ」（22）と切り返す。エウメニデス（慈しみの女神）はアイスキュロスの「オレステイア」三部作に登場する女神で、母殺しの罪を負い放浪するオレステースを執拗に追い回す復讐の女神の別名である。マーティンが無意識に抱いている罪悪感が復讐の女神の幻影となって彼を苦しめているともいえるが、オレステースとは異なり、彼は赦されることもなく、スティーヴィーもまたエウメニデスとなることはない。彼女はむしろメディア（エウリピデス『メディア』）やクリュタイムネーストラー（アイスキュロス「オレステス」三部作）のような復讐する女性として、血まみれの姿で舞台上に現れる（Zinman 5）。違いがあるとすれば、そこで彼女が引きずってくる死体が人間ではなくヤギだということである。

悲劇のモチーフを前面に出すことによって、『ヤギ』は古代ギリシアの舞台と現代アメリカの家庭とを二重写しにしてみせるのだが、ヤギの死骸が舞台に登場することによって、作品の悲劇性が損なわれてしまう可能性もある。そもそも獣姦は、特に家畜とのセックスは、都市生活者が田舎の人々の素朴さや洗練されていない暮らしぶりを揶揄する際にしばしば話題となるのであり（Diski 189）、作中でもマーティンが同じような経験をした人々が悩みを相談しあう集まりに参加した際のエピソードに、都市と田舎の対比をみてとることができる——「ブタを飼っている男は農家の生まれで、彼とその兄弟は、子供のころに、ただ……それをやったんだ……自然とね。それが彼らがしたことだ……ブタとね」（71）。したがって『ヤギ』の初演に詰めかけたニューヨークの観客が、獣姦の話題と結末のヤギ殺しを悲劇的とみるよりもむしろ、下品な冗談として受けとったとしてもおかしくないのである。悲劇性を高めるために舞台に呼び戻され、レイプされ殺されることで、その悲劇性を損なう不都合なメタファーとなってしまうシルヴィアとは、いったい何であるのか。すなわち、「シルヴィアとは誰か」ならぬ「シルヴィアとは何か」が問題なのである。

死んだメタファーとしてのヤギ

オールビーはこう語っている——「私は笑っている最中の人が、これは笑うようなことじゃないと気づくところを捕まえるのが好きです——または、ひどい状況のなかで、それを笑い飛ばしてもいいのだと気づくところを捕まえるのがね」（Bottoms, “Borrowed Time” 239）。『ヤギ』の結末においても、喜劇と悲劇、笑いと畏れが観客の心のなかで同時に存在し、最終的な意味が確定されないことが重要なのだと言える。ここまで検討を加えてきた二作品の場合と同じく、記号としてのヤギは意味を確定されないまま宙づりにされる。確かにそれは一種のメタファーである。しかしそれが死骸として舞台に現れることによって、記号としての指示機能は拡散し分裂してしまい、一種の濫喩となり、メタファーとしての機能を失ってしまう。もはやこれは犠牲のヤギではなく、人間の欲望の対象として搾取される哀れな家畜でもないのである。

『ヤギ』は確かにシルヴィアに無数の意味を付与し、そのうえで「彼女」を殺し血を流させることで、古典的な意味でのカタルシスを観客に与えようとする。前述したように、カタルシスの語源ともかかわりのある「流れ出す体液」には隠されたものを表面に浮かび上がらせる効果があり、「憐みや恐れ」といった人間の感情を喚起し、それによって人間の道徳的意識を高めるものとなる（Carlson 18-19）。しかるに『ヤギ』においては、獣姦が道徳上の中心テーマに据えられることとなり、シルヴィアは人間社会の道徳秩序を乱すものとみなされてしまう。ヤギ殺しは秩序の回復を意味し、それによって作品の道徳的機能が確定される。だがそもそもオールビーは『ヤギ』は獣姦についての話ではなく、「愛と喪失とわれわれの我慢の限界についての、つまり本当は私たちは何者なのかについての」劇であると述べている（Albee, *Stretching My Mind* 262）。観客はシルヴィアと「彼女」をめぐる人間たちの行動を「文字通りに」受け取るよう要求される（Gainor 205）。つまり結末の情景は、シルヴィアを他の何ものかとしてではなく、ただのヤギとして舞台に登場させるのである。人間が付与した様々な意味をはぎ取られた、剥き出しの存在としてのヤギから私たちが目をそらしてしまうとするならば、それはそこに浮かび上がる私たち人間の剥き出しの姿が、見るにたえないからに他ならない。シルヴィアと初めて出会ったときのことをマーティンは繰り返し語り、シルヴィアのまなざしの魅力を強調する。

マーティン　やめろ。彼女はあの目で僕を見つめていて……僕はとろけてしまった、と思う。それが僕のしたことだと思う――とろけてしまったんだ。

スティーヴィー　（ぞっとするような熱心さで）とろけてしまった、ですって！

マーティン　（手を振って彼女をさえぎり）あんな表情は見たことがなかった。純粋で……信頼しきっていて……無垢で――とても……とても無邪気だった。（80）

そのためマーティンは、彼とシルヴィアは純粋な愛で結ばれていると主張するのだが、スティーヴィーは彼がヤギを「利用し」、「レイプした」あげくに、それは愛だと自分に言い聞かせているだけだと、冷たく言い放つ（87）。ジェニー・ディスキは、「モノや生き物のうちに存在を見ようとする擬人化」は「人間が大昔から持っている頑固な習性」であると述べる（Diski 148）。そして動物を見つめるということは、避けようもなく人間が自分自身を見つめることなのである（Diski 137）。つまり動物は一種の鏡であって、シルヴィアのまなざしのうちに込められているとされる「意味」は、「それを見つめる者のなかにある」（Zinman 144）にすぎない。

『ヤギ』は動物のまなざしのうちに自分自身を投影してしまう人間の習性を逆手にとって、もはやまなざしを送ってくることもない死んだシルヴィアを舞台に登場させることでその鏡像関係を打ちこわし、観客がヤギ自身を見るように仕向ける。殺されメタファーに変えられた動物は、同時にメタファーとしても殺されてしまう。そしてその後に残るもの、私たちが目にすることのできる唯一のものは、剥き出しの動物そのものである。この現代アメリカの「悲劇」においては、「山羊自身の『歌』をも聴き取る必要」（ロゴザンスキー 118）が強調される。そしてこの舞台に回帰してきた動物が暴露する不都合な事実とは、人間が、そして演劇が、自らの安定した存在を確保するために、いかに動物そのものを見ることを避けてきたかということなのである。

5　不都合なメタファー

人間同士が血みどろの争いを繰り広げることなしに社会の秩序を守るために、動物は代わりに血を流すことを強要されてきた。この「供犠の転位」（ロゴザンスキー 124）の存在こそが、西洋社会と演劇がもっとも恐れ封印しようとしてきた不都合な真実である。『ヤギ』におけるまなざしの話に関連づけて言うならば、舞台上の動物は、それを見つめる人間たちを見つめ返す（Ridout 126）のであって、舞台上の動物が殺されなければならない理由もそこにある。饒舌なメタファーとしての動物は、いわば舞台上で人間が繰り広げる営みに意味を与えるために奉仕する、飼い馴らされた存在にすぎず、この饒舌は沈黙と同義である。突然セリフが出てこなくなり舞台に沈黙が訪れた瞬間、舞台上の意味は無意味となってしまう。同じように、もの言わぬ動物がじっと私たちをみつめるようなことがあれば、それは演劇という人間の作り上げたシステムにとっての脅威となる。そしてこの脅威は外から来たものではない。それは常に演劇の内部にあったのであり、いつ何時暴れ出すか分からない不都合なメタファーであり続けたのである。

註

(1) 括弧内には作品が初演された年度を示す。以下同じ。

(2) パンは山羊の角をもつ半獣神でもあり、その身体性において人間と獣の融合を表現している。

(3) ジュリア・クリステヴァもまたフェミニストと呼ばれることを拒否し続ける思想家だが、彼女も「アブジェクシオン」の概念の説明の中で、血液や精液とならんで糞尿は、「内部と外部の境界を崩壊させる」もの、すなわちアブジェクトの一例であると述べている（Kristeva 53）。

引用文献

Albee, Edward. *The Goat, or Who Is Sylvia?* Woodstock: The Overlook Press, 2005.

———. *Stretching My Mind.* New York: Carroll & Graf Publishers, 2005.

Bauer-Briski, Senata Karolina. *The Roles of Sexuality in the Major Plays of Tennessee Williams.* Bern: Peter Lang, 2002.

Bottoms, Stephen. "Borrowed Time: An Interview with Edward Albee." *The Cambridge Companion to Edward Albee.* Ed. Stephen Bottoms. Cambridge: Cambridge UP, 2005. 231-50.

———. "Introduction: The Man Who Had Three Lives." *The Cambridge Companion to Edward Albee*. Ed. Stephen Bottoms. Cambridge: Cambridge UP, 2005. 1-15

Boxill, Roger. *Tennessee Williams*. London: Macmillan, 1987.

Carlson, Marvin. *Theories of the Theatre: A Historical and Critical Survey, from the Greeks to the Present*. Expanded Edition. Ithaca: Cornell UP, 1993.

Diski, Jenny. *What I Don't Know About Animals*. London: Virago, 2010.

Fornes, Maria Irene. *Fefu and Her Friends*. New York: PAJ Publications, 1990.

Fuchs, Elinor. "*Fefu and Her Friends*: The View from the Stone." *The Theater of Maria Irene Fornes*. Ed. Mark Robinson. Baltimore: Johns Hopkins UP, 1999. 85-108.

Gainor, J. Ellen. "Albee's *The Goat*: Rethinking Tragedy for the 21st Century." *The Cambridge Companion to Edward Albee*. Ed. Stephen Bottoms. Cambridge: Cambridge UP, 2005.199-216.

Garrard, Greg. *Ecocriticism*. London: Routledge, 2004.

Harvey, Mark. "Loving the Wild in Postwar America." *American Wilderness: A New History*. Ed. Michael Lewis. New York: Oxford UP, 2007. 187-203.

Kristeva, Julia. *Powers of Horror: An Essay on Abjection*. Trans. Leon S. Roudiez New York: Columbia UP, 1982.

Marranca, Bonnie. "The Economy of Tenderness." *The Theater of Maria Irene Fornes*. Ed. Mark Robinson. Baltimore: Johns Hopkins UP, 1999. 47-60.

Ridout, Nicholas. *Stage Fright, Animals, and Other Theatrical Problems*. Cambridge: Cambridge UP, 2006.

Robinson, Marc. *The Other American Drama*. Baltimore: Johns Hopkins UP, 1994.

Sontag, Susan. *Against Interpretation*. 1964. London: Vintage, 2001.

Taplin, Oliver. "Greek Theatre." *The Oxford Illustrated History of Theatre*. Ed. John Russell Brown. Oxford: Oxford UP, 1995. 13-48.

Williams, Tennessee. *Suddenly Last Summer. Tennessee Williams, Plays 1957-1980*. New York: The Library of America,

2000. 99-148.
Zinman, Toby. *Edward Albee*. Ann Arbor: U of Michigan P, 2008.
山下正男『動物と西欧思想』（中央公論社、一九七四年）。
ロゴザンスキー、ジャコブ「屠殺への勾配路の上で」（『現代思想』第三七巻八号、西山雄二訳、二〇〇九年、一一四―一二八頁）。

第10章　ネズミと人間
――ディズニーのモダニズム――

舌津智之

1　ネズミと大恐慌

人間のネズミ化／ネズミの人間化

大恐慌のアメリカを描いた作家のひとりに、アースキン・コールドウェル（一九〇三―八七）がいる。本論の導入にまず、これまで批評的にほとんど注目されていない、「レイチェル」（一九三一）と題された彼の短編を取りあげたい。主人公となる語り手の少年は、近所に住む謎の少女レイチェルとデートを重ねている。彼女は年中同じ服を着ているので、家は貧しいようだが、どこに住んでいるのかは決して明かそうとしない。ある日、母親の言いつけで家の裏口のゴミ箱に殺鼠剤をまいたのち、語り手はレイチェルと街に出かけ、大きな鏡のあるドラッグストアへ立ち寄る。「そこに映る二人の姿、とりわけレイチェルの姿には、初めて気づかされるような何かがあった」（Caldwell 274）と語り手は感じるのだが、そこで突然、レイチェルは苦痛を訴え、水を求めて床に崩れ落ちる。救急車が呼ばれるも、店の薬剤師は、もう手遅れであると言い、「一箱分の毒を飲んだに違いない――殺鼠剤だな、たぶん」(276)と分析する。そして、「街路の光と影は目に入らなかったが、巨大な鏡の中で、ゴミ箱の上にかがみ込むレイチェルの姿が痛いほどはっきり見えた」(277)という語り手の幻視で作品は結ばれる。これは、リアリズム作家のコールドウェルにしては異色の超自然的ムードを醸し出すストーリーであり、読者は解釈の「正解」を得ることがない。すなわち、レイチェルがネズミの化身であったという寓話的・空想小説的な理解が可能である一方、極貧の少女が文字通りゴミ箱をあさっていたのだとも考えうるし、薬剤師の言葉は信頼できず、ただの何かの偶然が起きたという読みの可能性も残る。ともあれ、この短編は、大恐慌の時代に生きる下層の人間を、ネズミという無力な動物にダブらせている。(1)

経済危機の一九三〇年代、苦悩する貧しい人間と卑小な動物との親近性を描いた作品といえば、雄弁かつ明快なタイトルを掲げるジョン・スタインベック(一九〇二―六八)の『ハツカネズミと人間』(一九三七)がただちに思い起こされるだろう。主人公の一人であるレニー・スモールは、柔らかな小動物を愛しく撫でているうちにそれを殺してしまう大男だが、「ネズミはすごくちっちぇいから」(Steinbeck, *Mice* 11)という彼の言い訳は、明らかに、スモールという自らのラストネームに響きあう皮肉を秘めている。実際、レニーも、物語の結末では、相棒の「愛」ゆえに殺される運命をたどることで、大きな人間と小さなネズミとの差異はもはや自明の前提として機能しなくなる。

以上の二作品は、いわば人間がネズミ化する時代の現実を作品に写し取り、これら二種の生き物の悲劇的な接近を描いているが、それとは裏返しに、ネズミを擬人化し、ユーモラスなタッチで描きだす三〇年代作家もいた。ウィリアム・サローヤン（一九〇八―八一）の短編集『吸って吐いて』（一九三六）に収録された「我らが友のネズミ」は、自伝的な設定で語られるエッセイ風の小品である。夜中にネズミの音に耳を澄ませているアルメニア系の兄弟は、ネズミたちが彼らの「生活の一部」であり、「家族」でさえあると感じている。「ネズミたちは僕らの家にいっしょに住んでいるのだから、彼らに対しては愛情を持っていた」（Saroyan 149）と語り手は言う。彼の想像の中にあっては、ネズミ同士が人間のように会話する。兄弟の母と姉が仕掛けたネズミ捕り器につかまらぬよう、罠から逃げたネズミが、「チーズを一口食べて殺されるより、お腹を空かせて生きているほうがいい」（151）と、仲間たちに注意を呼びかけている光景を語り手は夢想する。

図10-1　ジェイムズ・サーバーの街ネズミ

　さらに、三〇年代の末、ジェイムズ・サーバー（一八九四―一九六一）は、さまざまな動物が主人公となる小話に自筆のイラストを添えた『現代の寓話集』（一九三九）を発表する。その冒頭を飾るのは、「田舎へ行った街ネズミ」と題するショート・ショートである。そこでは、都会のネズミが、田舎のネズミを訪ねていくのだが、けっきょく、電車の休日通過やバスの乗り違えが原因で、田舎ネズミとは落ちあうことができず、どしゃぶりの雨の中を徒歩で帰宅する破目になる［図10-1］。このわずか一頁から成る小話の最後には、「今いる場所を動くな、そこは快適だ」（Thurber 3）という教訓がついている。こうして、八方ふさがりな社会状況の中、ある種の米国三〇年代文学は、弱く小さなネズミの立場に光を当てる視点を打ち出して、人間と動物との境界を攪乱するディスコースを流布させていた。

モダニスト・マウス

しかしながら、とりわけ大恐慌の時代、動物にいわば市民権を与えたという意味では、活字媒体よりむしろ、ウォルト・ディズニー（一九〇一―六六）の功績を強調しなければならない。ディズニーはその活躍の最初期から、さまざまな生き物をめぐるイソップ童話的想像力を、シリー・シンフォニーと題した動物キャラクターの短編映画シリーズなどにより、広く一般大衆の目にふれるアニメーションとして、文字どおり可視化したのである。たとえば、すでに批評家が指摘するとおり、悪い狼に屈することなく堅実に家を守る『三匹の子ぶた』（一九三三）[2]の物語は、「一九三〇年代大恐慌の時代に、生き残りをかけて希望と連帯を模索した迷えるアメリカ人の運命」を透かしだしている（Zipes 35）。前節に見た当時のネズミの文学表象も、ディズニー映画に典型的な動物ブームの文化が背景にあったことは言うまでもない。一例をあげるなら、サーバーが描いた街ネズミと田舎ネズミの対照は、その二年前のディズニー作品である『田舎のネズミ』（一九三六）を想起させる。そこでは、（サーバーの話とは逆に）純朴な田舎のネズミが都会のネズミを訪ね、豪華な邸宅内でドタバタを演じたのち、路上に行きかう車の間をぬって最後は田舎へと逃げ帰る。あるいは、翼に憧れながらも地上に自分の居場所を見出す『空飛ぶネズミ』（一九三四）のプロットや、『三匹の子ぶた』のネズミ版とも言うべき『ネズミ三銃士』（一九三六）のメッセージも、辛い試練を生き抜く活力を賛美している点、大恐慌の時代を映していると言ってよい。

けれども、人間のネズミ化とネズミの人間化を目に見えるかたちで後押ししたディズニーのキャラクターといえば、やはり、ミッキーマウスに勝るものはない。『蒸気船ウィリー』が封切られた一九二八年十一月に「誕生」した彼は、まさしく大恐慌のアメリカと歩調をあわせて成長する。なるほど、今日、ディズニーの顔とも言うべきミッキーマウスは、ブルジョワ的価値観とグローバリゼーションを体現する資本主義経済の隠喩と化している。三〇年代にはハツカネズミを共感的に捉えたスタインベックも、四半世紀後に発表した『われらが不満の冬』（一九六〇）においては、主人公が営む食料品店の棚に、「ミッキーマウスの仮面をつけたシリアルの箱」（Steinbeck, *Winter* 57）を皮肉に配している。しかし、ミッキーは本来、庶民の夢に寄り添っていた。（ミッキーの恋人であるミニーのお尻に際立つ継ぎはぎも、階級的な記号として意味深い。）たとえば、『ミッキーの街の哀話』（一九三二）では、楽器を弾いて物乞いをするミッキーの目線から、金持ちの豚の親子と、貧しい猫の母子家庭とが対比的に描かれる。彼は、社会的弱者の代弁者でありながら、大胆にして図々しく、痛快かつ破天荒な活躍をする。

平井玄が『ミッキーマウスのプロレタリア宣言』(二〇〇五)で説いているとおり、

実は一九二八年に作られた最初のミッキーマウス・アニメ『蒸気船ウィリー』から数年間、あのネズミはとほうもなくアナーキーだったのである。常識や時間の縛りなどどこ吹く風、突拍子もない事件が次々と起こり、脈絡もなく続く。その体は球体をパイプでつないだ原始的なロボットのようで、顔は動物の無表情を残し、宙を跳び水に潜る動きは天衣無縫、イマジネーションとスピードと行動力で世界はどうにでも作り変えられるというメッセージにあふれていた。(平井 8)

こうした前衛性や転覆性は、ハイ・カルチャーとしてのモダニズムともけっして無縁ではないし、娯楽映画とはいえ、ミッキーの人気はもはや社会現象であり、とりわけ三〇年代のアメリカを描いた文学作品には、しばしばこのネズミのヒーローが顔を出す。たとえばテネシー・ウィリアムズの『ガラスの動物園』(一九四五)では、映画館に通う語り手のトムが、グレタ・ガルボの作品やニュース映画とともにミッキーマウスの短編を見ているし (Williams 166)、カーソン・マッカラーズ(一九一七—六七)の『心は孤独な狩人』(一九四〇)でも、主人公のシンガーが、病院で過ごす最愛の友人のために映写機を使ってミッキーマウスの映画を上映する (McCullers 222)。そこで、ミッキーをその誕生当初の文脈から捉えなおすべく、次節ではこのモダニスト・マウスの歴史的深層を掘り下げたい。なかでも注目されるべきは、不朽の白黒時代(一九二八年~一九三五年)を築いた数十編の初期短編作品である。人間主体の一貫性や世界秩序の安定をもはや信じえない激動の時代、「アナーキー」かつアヴァンギャルドなネズミの活躍は、アイデンティティの攪乱や越境を促すモダニズムの脈動に力強く共振していたのではないか。

2　ミッキーマウスとアイデンティティの攪乱

ミッキーはユダヤ人／黒人か？

文学・文化批評における動物研究のひとつの目的は、動物と、虐げられた人間との似通いを見出すことにある。「動物表象の方法を分析することにより、さもなければイデオロギーが隠蔽しかねない人間の隷属状態を明るみに出すことができる」からである（DeKoven 363）。こうした問題意識からミッキーマウスを歴史的に位置づけるなら、大恐慌の時代とは、ヒットラーが、ユダヤ人をネズミに喩えた時代でもあったことを念頭におく必要がある。自らの人種的優越を説く全体主義国家は、当然予想されるごとく、ネズミのヒーローが活躍するディズニー映画に批判的だった。一九三一年、ナチスの雑誌は反・ミッキーマウスの記事を活字にしているが、彼らにとって、「ミッキーマウスのアメリカ性はユダヤ性と同義であり、そのユダヤ性は、価値のなさと堕落の証左であった」（Leslie 80）とエスター・レズリーは解析する。(3) ディズニーのネズミとユダヤ性とが結びつく具体例としては、ひとます、『パパになったミッキー』（一九三四）におけるミッキーが、ステッキを手にして口髭をつけ、チャップリンに扮していることを想起しておきたい。上述のレズリーはしかし、ナチスがディズニーを非難したのと同じ一九三一年、ヴァルター・ベンヤミンがミッキーマウスを擁護する文章を書いていた事実にも注目する。

ベンヤミンは、この漫画のうちに、「文明化された」ブルジョワ的主題の拒絶を感じとった。初期のミッキーマウス漫画は、ヴォードヴィルや下層の生活に身を投じる、厄介で下衆ないたずら者を前面に打ち出している。（中略）ミッキーマウスとは、生き生きとしたモノの世界に暮らす、活発にして反抗的な動物である。彼は体面を気にしない。ユダヤ人であれ黒人であれ、彼はアメリカの移民の核心としてある。（Leslie 81）

ここで、ユダヤ人とともに黒人のイメージがミッキーに付与されるのは、ディズニー研究の文脈において必ずしも珍しいことではない。『多文化主義とネズミ』の著者、ダグラス・ブロードも、深南部の蒸気船操縦士としてデビューしたミッキーマウスを、「映画史上、初めて肯定的に描かれた黒人キャラクター」だと捉えている。なるほど、ミッキーは、そもそも全身が黒い。黒いけれども、顔の一部は白い。このことについて、象徴的な分析を試みるブロードは、「目のまわりから口の下のほうまで見られる白い部分は仮面を思わせるもので、あたかも、当時のアングロ系の社会で生き残るため、パッシングの偽装をしているかのようである」（Brode 50）と説く。つまり、この見方に従えば、白い仮面のミッキーは、白人になりすまそうとする黒人として浮上する。けれども、この件に関しては、演劇的なもうひとひねりが加わっている。ミッキーは、チャップリンに加え、いまひとりの重要な実在のユダヤ系芸人――今日では政治的に正しくないとされる黒塗りのミンストレル・ショーで人気を博した同時代人――にも扮していた。この事情をさらに見ていきたい。

白／黒の音楽とミンストレル・ミッキー

ミッキーマウスの短編は、一九三〇年代後半からカラー作品となり、主人公の容貌や体型も大きく印象が変わっていくのだが、シリーズ初期の白黒映画という媒体は、人種的含蓄を伝えるうえで象徴的な二色を配合する表現形態であったと言えるかもしれない。とりわけ印象的な白と黒の配色は、ピアノという楽器の表象に見てとれる。ミッキーの重要なアイデンティティのひとつは、ピアニストである。彼がピアノを弾く作品は、『ミッキーのオペラ見学』、『ミッキーの浮かれ音楽団』（ともに一九二九）など、枚挙に暇がない。『ミッキーのバースデー・パーティー』（一九三一）や『ミッキーの日曜日』（一九三三）ではミニーとの連弾を披露しているし、『ミッキーの無人島漂流』（一九三一）では、孤島にまでピアノを持っていく。エボニーとアイヴォリーの鍵盤がハーモニーを生み出すこの楽器は、人種の差異を攪乱するジャズ・エイジの象徴でもあった。ピアノを弾きさつつ指揮者もつとめるミッキーには、デューク・エリントンの姿が重なるかもしれない。『ミッキーとミニーの音楽隊』（一九三二）では、「ブルー・リズム」という原題にふさわしく、ミッキー（ピアノ）とミニー（歌）が「セントルイス・ブルース」を演奏するのだが、ピアノを弾くミッキーが途中、黒鍵のみを両手でかき集めて積み上げるのは、隠喩としての黒さのアヴァンギャルドな前景化とも取れる。もっとも、当時流行していた「黒人」音楽は、いわゆるホワイト・ニグロに支持されていた側面も大きい。ミッキーが誕生した翌年、株価大暴落の一九二九年に作られたジャズ・スタンダードに、「ブラック・アンド・ブルー」という作品がある。これは、ネズミと黒人とを連想づける歌詞の付された楽曲だが、(4)「俺の心の中は白い」と主張し、「俺の唯一の罪は肌の色だ」と規範的価値観を内面化する語り手は、黒人の魂の音楽ではなく、白人のためのポピュラーソングを歌っている、とこの作品を批判的に見る椿清文の言葉を借りるなら、ジャズの歴史とはそもそも、人種混淆的な「ブラック・アンド・ホワイト・ファンタジー」であった（椿 202）。

こうした文脈の中、ミッキーに内在する人種の揺らぎを最も見えやすく提示するのは、『アンクル・トムの小屋』を劇中劇として描きだす『ミッキーの脱線芝居』（一九三三）である。作品冒頭、フォスターの「懐しきケンタッキーの我が家」が流れる中、まず役者たちの楽屋が紹介される。この芝居でトプシーとアンクル・トムの二役を演じるミッキーは、顔を黒くするために、爆薬をくわえて火をつける。注目すべきは、こうしてすすだらけになったミッキーが、鏡に向かって両手を広げ、「マミー！」と叫ぶことである。これは、『ジャズ・シンガー』（一九二七）の大ヒット以来、ミンストレル芸人として当時一世を風靡していたアル・ジョルソンの十八番、「マイ・マミー」のパロディにほかならない［図10-2］。思えば、ミッキーの目印の一つはその大きな白い手袋だが、これはジョルソンのトレードマークでもあり、そもそもミッキーというキャラクターの造形じたい、ユダヤ系黒塗り歌手の模倣である可能性は高い。（ミッキー好きで知られるマイケル・ジャクソンが、大きな白い手袋をして「ビリー・ジーン」を歌ったことも、白／黒の越境的系譜学を考えるうえでは興味深い。）ただし、念のため言い添えるなら、歴史的に、ミンストレル・ショーを演じたのは白人だけではない。南北戦争後には、黒人が黒塗りで出演するミンストレル劇団も流行し、「南部黒人が送る農園生活の模倣の模倣」（Sampson 1）という、ねじれたパフォーマンスも実践されていた。かくして、ミッキーの人種的アイデンティティは、素朴な固定化を拒みながら揺れ動く。

図10-2　「マミー」のポーズを取るアル・ジョルソン

『脱線芝居』におけるトム・ショウの幕が開くと、黒人トプシー（ミッキー）と白人リトル・エヴァ（ミニー）が手をつないで踊りはねるという（これまた逸脱的な）シーンののち、サイモン・リグリーが現れ、二人の少女は小屋の中に逃げ込む。ここでミッキーはトプシーからアンクル・トムに早変わりして再登場し、観客の喝采に一礼する。リグリーはトムを鞭で打つが、観客は客席からリグリーに次々と食べ物を投げつけ、幕となる。続く第二幕はイライザの川渡りで、大小さまざまな犬たちが、猟犬の着ぐるみを着せられて舞台に登場する。ところがそこに一匹の猫がまぎれ込み、てんやわんやのドタバタとなって芝居は終わる。この猟犬の登場に関しては、『脱線芝居』に先立つ『陽気な囚人』(一九三〇)も同じ視野に入れておく必要があるだろう。このエピソードでは、監獄から脱走した囚人のミッキー自身が、猟犬に追われている。重要なのは、脱走するミッキーが池の中を通ると、犬たちが足跡の匂いを嗅ぎ分けられなくなる、という話の展開である。かつて、奴隷制南部から逃亡する黒人たちは、猟犬の嗅覚を欺くため、水のある場所を通って逃げるよう、川に関する黒人霊歌を歌い継ぐなどして共同体の教えを広めていた。つまり、猟犬に追われる囚人ミッキーは、歴史的な逃亡奴隷の連想を誘い、人種的アイデンティティの面でも象徴的な囚われの身であることが示唆される。

ジェンダーと障害表象

ミッキーが攪乱するのは、しかし、人種のカテゴリーだけではない。再度強調するが、『脱線芝居』のミッキーは、まずトプシーという黒人少女に扮している。彼はつまり、白/黒の揺らぎとともに、性差のねじれをその身に帯びている。また、トプシーじたい、キリスト教徒に期待された女性ジェンダーの規範からはみ出す「野蛮」なキャラクターである。加えて、短編作品におけるミッキーの声は、ウォルト・ディズニー自身が裏声で担当しているが、(トマス・ピンチョンの『重力の虹』で言及される言葉を借りるなら)「甲高く恐ろしい小さなミッキー・マウスの声」(Pynchon 457)は、初めて『蒸気船ウィリー』を見たウォルトの母親に言わせれば、「あまりにも女の子っぽい」(Eliot 118)。

ミッキーの越境的なジェンダーを考えるうえで示唆に富むのは、死後出版されたスコット・F・フィッツジェラルド（一八九六―一九四〇）の「自立」という短編（一九三一年執筆）である。フラッパー的過去を持つがイギリスで舞台女優として成功したヒロインは、言い寄ってくる男に「君は――ミッキーマウスみたいだ」と言われると、笑いこけながら、「あたし、ミッキーマウスでいたいわ」(Fitzgerald 326）と答える。彼女は、その男のアメリカ的な俗っぽさを軽蔑しながらも、彼が実は金持ちであると知ると、にわかに興味を抱いて結婚も考えるが、けっきょく相手の方から断られてしまい、（自分を愛してくれたが今は亡き）父親の記憶のうちに逃避する。この短編においてはつまり、精神的自立を目指す女性のいわばロールモデルとして、雄ネズミであるミッキーのイメージが喚起されている。これは、ミッキーが、固定的なジェンダー化を拒む資質を持っていることの証左となるだろう。

さらに、『脱線芝居』の後半、アンクル・トムを演じるミッキーは、杖をつき、曲がった腰で歩くことにより、年齢を攪乱し、健常者／障害者の線引きをも曖昧にする。近年、人種批評とフェミニズムと障害研究は、しばしばディシプリンとして連携しているが、それは、黒人・女性・障害者の身体がいずれも「逸脱的かつ劣ったもの」として、「自然な身体的優位性を持つとされる規範に照らして定義される」からにほかならない（Thomson 19）。しかし、ここで思い出すべきは、ミッキーの宿敵として多くの作品に登場する義足のピートである。片脚のない障害者であるにもかかわらず、「無法な企みに長けた」このアンチヒーローは、軽快な身のこなしでミッキーを追いつめ、「体がまったく不自由ではないことを証明する」（Brode 82）。彼はまた、『カクタス・キッド』（一九三〇）では、義足をコツコツ鳴らしながらステップを踏み、独自のタップダンスを披露しさえする。こうして、舞台上で老人になりきるミッキーのパフォーマンスや、義足で跳ね回るピートのヴァイタリティは、障害というものが、本質的な欠陥ではなく、社会的に意味づけられ、構築される差異／特徴である、という今日的な理解を先取りしていたと言ってよい。身体の変異とは、小人の登場する『白雪姫』（一九三七）や、鼻の長くなる人形を描く『ピノキオ』（一九四〇）、そして耳の大きな象が活躍する『ダンボ』（一九四一）など、ディズニーの古典的長編映画を貫く一大テーマでもあったことはここで強調に値する。

3　逸脱する動物表象

他者の親密圏

こうして、人種、ジェンダー、障害と、さまざまな差異のかたちをあぶり出すネズミの物語は、その背景を成す移民国家アメリカの現実を刻印しつつ、ネズミ以外の多様な生き物たちにもスポットを当てている。ディズニーの生物多様性を端的に示すのは、ミッキーが率いるオーケストラであろう。たとえば『名指揮者ミッキー』（一九三〇）では、馬がシンバルを打ち、カラスがバイオリンの弓を引き、猫がトロンボーンを、豚がコルネットを、そして牛がフルートを吹き、（動物の大きさと楽器の大きさが比例しない攪乱的な編成によって）『白鯨』のピークォッド号さながらの多文化的異種混淆状況が現出する。

そうした状況のなか、ミッキーの世界はカーニバル空間となり、通常の秩序や上下関係はいったん宙吊りとなる。『ジャックと豆の木』を下敷きにした『ミッキーの巨人征服』（一九三三）では、小さなネズミのヒーローが巨人に勝利する一方、『ミッキーのガリバー旅行記』（一九三四）では、小さいはずのネズミが巨人になる（が、攻撃してくる小人たちを本気で痛めつけることはしない）。あるいは、『蒸気船ウィリー』でも、ミッキーに意地悪をする船長の猫がいる一方で、ミッキーに尻尾をつかまれグルグル投げ飛ばされてしまう猫もいる。もし、ダーウィニズムに支配された弱肉強食の固定的ロジックを覆すディズニーのこうした実験がなかったら、その後の『トムとジェリー』（一九四〇）のような動物活劇もたぶんありえなかっただろう。

むろん、異なる動物間には葛藤や衝突も生じるが、その関係性の根底には、他者を生かして自らも生きようとする共生のヴィジョンが見てとれる。具体的に、ディズニーが描く異種生物間の友愛――なかでもネズミと非・ネズミの絆――といえば、『ダンボ』（一九四一）の主人公とティモシー・マウスがまずは思い浮かぶが、ミッキー映画におけるネズミ（ミッキー）と犬（プルート）との親密な関係も忘れてはならない。言うまでもなく、ミッキーの恋人はミニーだが、この同種間の異性愛は永遠に成就せず、二者の間にはいつも一定の距離がある。一方、犬のプルートは文字どおりミッキーのパートナーであり、同居人である。『ミッキーの子煩悩』（一九三二）では、眠りにつこうとするミッキーが、額縁に入れたミニーの写真の横にキューピッドの人形を置くが、ほどなく同じベッドにプルートがもぐり込み、パートナーの顔をペロペロとなめる。ミッキーは、それをミニーのキスだと思い、夢の中で結婚式を挙げるが、その後コウノトリが数十匹の子ネズミを運んできて、悪夢の大騒動になる。再びプルートの「キス」で目覚めたミッキーは、枕元のキューピッドを金槌で叩きつぶし、ベッドの上でプルートと固く抱き合うのである。

ところが、同じく大家族をモチーフにしたエピソードでも、子どもがネズミではなく「他者」である場合、そのトーンは一転前向きになる。『ミッキーの子沢山』（一九三一）では、クリスマスの夜、戸口に捨てられていた何十匹もの子猫たちをミッキーが家の中に招き入れ、散々にいたずらをされながら、ミニーとプルートも一緒に皆が明るく賑やかな夜を過ごす。雄・雌・雄の三者（ネズミの主人公、その恋人のネズミ、異種同性パートナーの犬）が、血のつながっていない子猫たちの親代わりになるという物語は、規範的な対幻想と親族関係を相対化するラディカルなポストファミリーの構図を指し示す。同族の血を特権視するナチスと優生学の時代に、異種生物間の親密圏を称えるジェスチャーは、家族や血縁の本質主義へと回収されることを拒む抵抗の戦略にほかならない。

動物と機械のモダニズム

ここまで、ディズニーの動物表象をめぐる諸問題を検討してきたが、最後に、究極の「動く物」として、ブリキ男が登場する『ミッキーの人造人間』（一九三三）を論じて本論の結びとしたい。長編『ピノキオ』に結実する初期ディズニー作品の真骨頂とは、動物、植物はもちろん、無生物さえもが命をもって動き出すことである。とりわけミッキー映画における究極の攪乱は、生命体と非生命体の流動化にあると言ってよい。そこでは、椅子やピアノが文字どおりの表情（顔）を持って踊り出すのみならず、生物のほうは逆にモノ化する。細長いダックスフンドの体が階段のステップになったりゴムになってねじられたりする『プレーン・クレイジー』（一九二八）や、ネズミの体が鉄の棒になって鍵穴へ差しこまれる『ネコの居ぬ間のタップダンス』（一九二九）など、具体例はいくらでも見つかるだろう。

『ミッキーの人造人間』は、「世紀の決闘――機械対野獣」と作品中のポスターに宣伝されているとおり、ミッキーのボクシング・ジムからブリキの機械人間が試合に出場し、獰猛なゴリラと対戦するエピソードである。試合は最初、野獣のゴリラが優勢だが、ミニーが車の警笛を鳴らすと、ブリキ男が突如元気を取り戻し、大暴れをしてゴリラをノックアウトする。しかし、喜ぶ機械人間は勢い余って自爆して、最後はバラバラの部品になってしまう。この短編の上映と同じ一九三三年に、「経験と貧困」と題するエッセイを書いたベンヤミンは、「ミッキーマウスの生活は、こんにちのひとびとの夢」であると述べ、「技術の奇跡をくりひろげてみせるだけではなく、それを嘲弄する」ことが、「自然と技術、原始生活と文化生活」の融合を可能にしていると見る（ベンヤミン 105）。『人造人間』のラストシーンでバラバラになった部品は、それでも、警笛が鳴ると、それぞれ独自に動き出すのだが、これは、自己分裂した現代人の身体をめぐる寓話でもあるだろう。機械の部品の自走性に関していえば、『ミッキーの自動車修理』（一九三五）の最後でも、車のエンジンだけが四つ足で走り出す。これ

図10-3　30年代のウォルト・ディズニー

は、象徴的に、身体の調和や統一性を疑問視せざるをえないモダニスト的な人間観を浮き彫りにする。『自動車修理』ではまた、犬のグーフィーが、機械のひとつの穴に手を入れて、別の穴から出てきた自分の手をハンマーで叩き、「オレの手か！」と気づく場面がある。精神の制御をこえた身体部位の暴走は、心身が一体となった理想的主体の神話を相対化し、人間外のカテゴリーであった動物や機械を「他者」から「自己」へと引き寄せるような想像力を要請する。

二〇〇九年にハーヴァード大学出版局から出た『アメリカ新文学史』は、大衆文化をも視野に入れた広義の「文学」史を構築する試みであり、ミッキーマウスの登場についても時代を画す歴史的な出来事として一章を割いている。その記述によると、ミッキーは後年、「だんだん人当たりよく、笑顔に満ち、トゲを失っていく」ことで、「ひとつのトレードマーク、会社のロゴ」と化すことになるが、このネズミがデビュー当時に示していたのは、「芸術、テクノロジー、モダニズム、歴史とアメリカ的属性をめぐる複雑な寓話」（Marling 630）にほかならず、「『蒸気船ウィリー』のミッキーはある意味、一九二〇年代のマーク・トウェインであった」（631）という。ミッキーとトウェインの並列はむろん、産業社会の中で無垢なるアメリカの原風景を求める冒険者という共通点を意味するものであり、今なおディズニーランドのアトラクションには蒸気船マーク・トウェイン号があることもけっして偶然ではない。しかし、この二者の真の似通いは、奴隷制の記憶を引きずる両義的な人種意識と、ジェンダー／セクシュアリティの揺らぎに加え、人間存在そのものの根源的な懐疑から生まれる想像力——動物化ないしは人類相対化のベクトルを見据える感性——のうちにこそ存するのかもしれない。『モダン・タイムズ』のチャップリンと同様、ミッキーマウスは、機械化する世界と折り合いをつけようとしながら、そうした世界への不信を常に打ち出していた。かくして、初期の攪乱的なミッキーと、その生みの親／ダブルとしてあるウォルト・ディズニーの活躍した戦間期［図10-3］、とりわけ大恐慌の時代を検証することは、アメリカン・モダニズムの包括的な理解にとって不可欠な作業となることは間違いない。

註

（1）この「レイチェル」におけるネズミは「ラット」だが、以下、本論で扱うすべてのネズミは「マウス」である。
（2）以下、ディズニー短編映画のタイトルは、ウォルト・ディズニー・ジャパンから発売された『シリー・シンフォニー』ならびに『ミッキーマウス／B＆Wエピソード』のDVD解説書に付された邦訳に従う。
（3）ネズミとユダヤ人の連想に関しては、当時の『タイム』も、ミッキーの特徴が「長く上向きの鼻」であることを指摘していた（Brode 105）。

（4）「ブラック・アンド・ブルー」は、ルイ・アームストロングの持ち歌として有名であり、ラルフ・エリスンの『見えない人間』（一九五二）に言及のあることでも知られているが、この歌の語り手は、極貧の生活を強いられている黒人である。歌の冒頭、「古い空っぽのベッド、鉛のように硬いバネ／地獄にいるみたいだ、いっそ死んじまいたい」と言う語り手は、さらに、「ネズミでさえ俺の家から逃げていく」と嘆き、社会の底辺を生きる動物と黒人のパラレルを前景化する。ここで後年の黒人文学にも目を向けるなら、リチャード・ライトの『アメリカの息子』（一九四〇）の冒頭、主人公ビガー・トマスが、自らのダブルとして登場するネズミを殺す象徴的場面も忘れがたい。

引用文献

Brode, Douglas. *Multiculturalism and the Mouse: Race and Sex in Disney Entertainment*. Austin: U of Texas P, 2005.

Caldwell, Erskine. *The Stories of Erskine Caldwell*. Athens: U of Georgia P, 1996.

DeKoven, Marianne. “Guest Column: Why Animals Now?” *PMLA* 14.2 (2009): 361–69.

Eliot, Marc. *Walt Disney: Hollywood's Dark Prince*. New York: HarperCollins, 1994.

Fitzgerald, F. Scott. *The Price Was High: The Last Uncollected Stories of F. Scott Fitzgerald*. Ed. Matthew J. Bruccoli. New York: Harcourt Brace Jovanovich, 1979.

Leslie, Esther. *Hollywood Flatlands: Animation, Critical Theory and Avant-Garde*. London: Verso, 2004.

Marling, Karal Ann. “The Mouse That Whistled.” *A New Literary History of America*. Ed. Greil Marcus and Werner Sollors. Cambridge: Belknap P of Harvard UP, 2009. 627–31.

McCullers, Carson. *The Heart Is a Lonely Hunter*. New York: Mariner, 2010.

Pynchon, Thomas. *Gravity's Rainbow*. New York: Bantam, 1974.

Sampson, Henry T. *Blacks in Blackface: A Source Book on Early Black Minstrel Shows*. Metuchen, NJ: Scarecrow, 1980.

Saroyan, William. *Inhale & Exhale*. New York: Random House, 1936.

Steinbeck, John. *Of Mice and Men*. New York: Penguin, 1994.

——. *The Winter of Our Discontent.* New York: Penguin, 1961.

Thomson, Rosemarie Garland. *Extraordinary Bodies: Figuring Physical Disability in American Culture and Literature.* New York: Columbia UP, 1997.

Thurber, James. *Fables for Our Time and Famous Poems Illustrated.* New York: Harper Colophon, 1983.

Williams, Tennessee. *The Theatre of Tennessee Williams.* Vol. 1. New York: New Directions, 1971.

Zipes, Jack. "Breaking the Disney Spell." *From Mouse to Mermaid: The Politics of Film, Gender, and Culture.* Ed. Elizabeth Bell, Lynda Haas, and Laura Sells. Bloomington: Indiana UP, 1995. 21-42.

『シリー・シンフォニー』二巻（ウォルト・ディズニー・ジャパン、二〇一一年、ＤＶＤ）。

椿清文「「ブラック・アンド・ブルー」ファンタジー——ラルフ・エリソンとジャズ」（渡辺利雄編『読み直すアメリカ文学』研究社、一九九六年、一八九—二〇五頁）。

平井玄『ミッキーマウスのプロレタリア宣言』（太田出版、二〇〇五年）。

ベンヤミン、ヴァルター『暴力批判論　ヴァルター・ベンヤミン著作集１』（晶文社、一九六九年）。

『ミッキーマウス／Ｂ＆Ｗエピソード』二巻（ウォルト・ディズニー・ジャパン、二〇一一年、ＤＶＤ）。

第11章　環境の時代へと守り継がれるウィルダネス
――ソローとその末裔たちの描く不敵な動物たちを読み解く――

藤岡伸子

1　環境の時代とウィルダネス

文化の存在基盤としてのウィルダネス

二十一世紀の最初の十年が過ぎた今、十七世紀半ばの西ヨーロッパで誕生した近代主義を基盤として物質的発展を追い求めてきた社会の終焉に、私たちは今まさに立ち会っている。これまで何度も繰り返し語られてきた「近代の終焉」というような概念的なものをただやり過ごしてきたこれまでとは違って、個人個人が日常生活の中でそれを現実的な感覚として受け止め始めているのである。自然環境の止まらない劣化、そして原発事故の顛末や現状を目の当たりにして、誰もが一つの時代の終わりを肌で感じている。

このように未来への漠然とした不安に私たちを陥れている近代主義的世界観が内在させているある根本的な問題について、詩人ゲーリー・スナイダー（一九三〇―）は、一九七五年のピューリッツァー賞詩部門を受賞した『亀の島』（一九七四）に収録されたエッセイ「ウィルダネス」の中で次のように述べている。

私は西洋文化が嫌いだ。なぜならそれは本質的に誤ったものを多く抱えていて、昨日今日に始まったわけではない環境の危機の根底にあると思われるからだ。（中略）西洋文化の中には賞賛に値するものも多い。だが、それ自体の存在基盤——すなわち、外なるウィルダネス（すなわち野性的な自然や野生の生き物たち、さらには自己充足し、自己啓発的な生態系）と、そしてもう一つのウィルダネスである内なるウィルダネス——から自らを疎外するような文化は、とても破壊的な行為へ、そしてたぶん究極的には自己破壊的な行為へと向かう運命にある。（Snyder 106）

文化の存在基盤であるとスナイダーが言うウィルダネス。すでに周知の概念であるかのように使われているこの言葉は、果たして実際にどのようなものなのだろうか。まずそれを確認することから始めねばならないだろう。

環境倫理や環境史に関する数々の著作で知られるロデリック・ナッシュは、代表作の一つ『ウィルダネスとアメリカ精神』（一九六七）で、アメリカにおける「ウィルダネス」概念の形成過程を詳述している。その中でナッシュは、一八五一年春にソローがコンコード・ライシアムで行った講演「散歩」（刊行は一八六二年）を、「それまでアメリカ人が一度も聞いたことのないような」、ウィルダネス観の転換点となるような画期的なものと位置付けるとともに（Nash 84）、そこでソローが明確に打ち出した新しいウィルダネス観―都市文明そのものや都市の人間が強靱さや活気を失わないために本質的に必要としている始原の活力源としてのウィルダネス観―が、その後のアメリカ精神の形成に大きな影響を与えたことを指摘している（Nash 88）。ソローは言う。

野性的なものの中にこそ世界は保たれている。全ての樹が野性的なものを探してひげ根を先に延ばしている。町はどんな代償を払ってもそれを求め、人はそれを求めて耕し、船を出す。人間に生気を取り戻させる強壮薬や気付け薬は、森林や荒野からもたらされるのだ。（Thoreau, "Walking" 224）

このようなソローのウィルダネス観をしっかりと受け継ぎ、「自分の選挙区であるウィルダネスからの声を世に届けたい」（Snyder 106）と代弁者を自ら任じる詩人であればこそ、先のような指摘もまたありえたのである。二〇一二年四月、スナイダーはペン・ニューイングランドとマサチューセッツ工科大学から「ヘンリー・デイヴィッド・ソロー賞」を受賞した。[1]つとに「現代のソロー」と呼び習わされてきたスナイダーが、ソローの正統に連なる者であること、そして『亀の島』からおよそ四十年を経て、ますますそのメッセージの重要性が高まっていることが改めて示されたのである。

環境主義のうねりと語られない「ウィルダネス」

さて、スナイダーが早くも七〇年代半ばに予見したとおり、近代社会が現実に「自己破壊的な行為」へと突き進んで来たこの二十年ほどの間に、私たちは新たな社会の枠組みを真剣に模索し始めた。例えば、一九九二年にリオデジャネイロで開催された「環境と開発に関する国際連合会議（通称 地球サミット）」では、「気候変動枠組条約」とともに「生物多様性条約」[2]が提起された。さらに、二〇〇一年には、国際連合の呼びかけによって世界規模の生態系診断プロジェクト「ミレニアム生態系調査」[3]が開始され、四年後の二〇〇五年には、生態系の劣化が確実に進行している現状や生物種の絶滅速度の増加が、科学的データの提示とともに報告された。また、二〇一〇年に名古屋で開催された生物多様性条約第十回締約国会議（COP 10）でも、未来に向けた二十の戦略として「愛知ターゲット」[4]が採択されるなど、「自己破壊的な行為」に突き進む流れを押しとどめようとする取り組みも徐々に成果を上げつつある。しかしこのような政治的枠組みは、その理念がどれほど真正であっても、各国間の利害のぶつかり合いの中で蹂躙され、無力化されかねない危うさにつねに直面している。さらには、環境の時代の進展の中、様々な環境用語の氾濫に私たちは混乱している。エコ、生態系、生物多様性、持続可能性――安易に消費され続ける言葉は列挙にいとまがない。ところがこうした環境をめぐる駆け引きの中で、「ウィルダネス」の語に出くわすことは滅多にない。それがあまりに本質的で、しかも定量的に評価できない類のものであるからである。環境を保護したい側も、開発を進めたい側も、ウィルダネスの土俵の上では議論が出来ないと感じてしまうのである。

だが、実のところ、今日氾濫している多くの環境用語や概念の背後には、つねにウィルダネスへの視線が潜んでいる。例えば生物多様性条約は、言わばウィルダネスとの和解を目指す取り組みの一つと言ってよい。こうした取り組みを不安定な政治的駆け引きに終わらせないためには、その理念を新たな世界観に根付かせねばならない。求められているのは、そうした理念の若木が根を張ることのできる堅い地盤や、枝葉に滋養を送って成長を促す新たな土壌である。地盤とは、ウィルダネスについての十分な知的理解であり、土壌とは、ウィルダネスの価値や効用を感受しうるように鍛えられた弾力的な感性である。

以上のような認識を踏まえて、いよいよ動物に目を転じてみよう。彼らは「内なるウィルダネス」を体現し、「外なるウィルダネス」のただ中で逞しく生きる存在である。そんな存在である動物たちと人間との交流や交錯、あるいは交歓から生まれる文芸表象は、「ウィルダネス」の振る舞いや本質、あるいは価値を、私たちに再考させてくれる大きなインパクトを持っていると考えてよいだろう。そうした文芸表象の一つの系譜として、ソローと末裔たちがこぞって生み出してきた、不敵な動物たちに注目したい。そしてその系譜は、ソローによって播かれたウィルダネスの種を受け継いで育て、現代都市文明の進むべき新たな道を切り開こうとした、いずれも文化的・社会的に強い影響力を持った人々の系譜であることも次第に明らかになるだろう。

2　ソローが描く野生の生き物たち

人間の予断を打ち砕く動物たち

ウォールデン湖周辺の水辺や森の季節の移り変わりが織りなす風景美や、雨や雪など自然現象と一体となって過ごす幸福な時間の表現が、ソローの代表作『ウォールデン』（一八五四）の一番の魅力であることは間違いない。しかしこの作品には、そうした心地よい高揚感や人間への善意に満ちた自然の中に、時折どこからか投げ込まれる堅い石つぶてのように、姿を現しては人間の予断を冷ややかに裏切り、不敵な振る舞いとともに消えて行く動物たちがしばしば登場してくる。まずは、「冬の動物たち」の章から、ノウサギ属のカンジキウサギ［図11-1］をめぐるエピソードを見てみよう。

ある夕べ、一羽が私の戸口からほんの二歩ほどのところに座っていた。初めのうちは恐がって震えていたが、そこから動こうとはしなかった。かわいそうに。痩せこけ、骨ばって、耳はぼうぼう、鼻は尖り、尻尾は貧弱、肢はか細い。あたかも自然は高貴な血を引く種族をもはや持たず、力尽きようとしているかに見えた。その大きな眼は若く、不健康で、ほとんどむくんだようにも見えた。私は一歩近づいた。するとどうだ。ノウサギは、その体と足を見るも優美に伸ばしきって、氷結した雪の上を弾むような一跳びで越えてゆき、たちまち私との間に森を残していった。(5)

> 野生の自由な獣が、自らの活力と自然の尊厳を示したのだ。訳もなしに痩せていたのではなかった。それが、ノウサギの本性だったのである。（Thoreau, *Walden* 273-4）

図11-1　カンジキウサギ（冬毛）　ノウサギ属の中でもとくに足が長く大きいのが特徴で、その足は雪上移動に適した厚い毛で覆われている。

あっけなく森の入り口に取り残されたソローの目の前には、ノウサギを隔てる森が暗く横たわっている。そもそも「森」とは、ソローが世界の実相を自ら体得したいという思いから、常にその一部になろうとしているものである。しかし、この場面では、ノウサギは森の暗がりに軽やかに帰って行くのに対し、ソローは完全に弾き出され外部にとり残されている。実はこの引用の直前で、一羽のノウサギが自分の家の床下の、板一枚を隔てただけの場所にひと冬ずっと住みついていたこと、そして夕方になると戸口に投げたジャガイモの剥きくずを食べにやってくることが語られている。自分自身も野生の仲間として森の中で共に暮らしているつもりでいたのだ。しかし、震えるノウサギへの、極めて人間的感慨から投げかけた憐憫を嘲るように一瞬で飛び去ったノウサギの軽やかな跳躍に、結局自分は野生の仲間には加われない現実を悟らされるのである。そして、この一節を締めくくる、

「野生の自由な獣が、自らの活力と自然の尊厳を示したのだ」という言葉からは、動物の世界の奥深さを愕然として再認識しながら、同時に爽快な救いをそこに見いだしていることがわかる。「あたかも自然は高貴な血を引く種族をもはや持たず、力尽きようとしているかに見えた」のは、自然の一部になろうとしても容易にはなれない人間の浅はかな予断に過ぎなかったのである。

このように、動物が不敵な振る舞いで人間の安易な思い込みを打ち砕くという図式はしばしば見られるが、中でも水鳥ハシグロアビ追跡の一幕は数頁にわたって念入りに描かれたエピソードである。ある十月の午後、ソローはハシグロアビの姿を求めて湖上を窺いながらボートを滑らせている。潜りが得意な水鳥を相手にしても、「水面では少しもひけをとらない」と自負してこの遊びに臨んでいるのである。しかしアビは、ソローの予測を何度も出し抜いては、その度ごとに得意げな高笑いを湖面に響かせる。

それにしても、なぜそのような巧妙さを披露した後で、水面に姿を現すたびにいつも高笑いをたてては居場所を知らせるのだろう。愚かなアビだ、私はそう思った。(中略)最もうまく私の裏をかいて、はるか彼方の水面に現れたときには、鳥と言うよりは狼の遠吠えのような、長く尾を引く、この世のものとは思えない鳴き声を上げた。ちょうど獣が鼻面を地面にこすりつけるようにしてから慎重に吠え声を響かせる時のように。これがアビの鳴き方だ。おそらくそれは、このあたりで耳にする最も野性的な音で、森全体を鳴り響かせるものだ。どうやら、自分に授けられ

た力に自信を持つ彼が、私の悪あがきをばかにして笑うのだと私は結論した。(Thoreau, *Walden* 230)

水上は人間の理知が通用する世界であり、水面下はまさに予測を受け付けない野生の領域と言える。潜ったアビがどこへ姿を現すのか。それを懸命に予測しながらソローはボートを操り続ける。始めは、姿を現しては高笑いして自分の居場所を知らせるアビを侮っていたのに、いつまでたっても楽しげに遊びを続ける鳥を追いながら、ソローはついに「自分に授けられた力に自信を持つ彼が、私の悪あがきをばかにして笑う」のだと確信することになる。野生の領域に結局のところ属し得ないという感覚をここでも味わうのである。しかし、この一節に続く結末は、そうした隔絶感からさらに一歩先へ進んだ認識へと私たちを導くものである。

やがて、ふと気付けば、雲が空を覆っているものの湖面は滑らかで、アビの水面下での動きがにわかに明瞭になっている。それに気付くとソローは勇んでアビを追い詰めて行く。だが、何かを追い詰めて行くという行為は、極めて逆説的ながら、それが始められた瞬間から、追っているはずの対象と真に一つになることを不可能にする行為に他ならない。そしてその行為の当然の帰結はすぐに訪れる。追い詰められたアビが、自分の神に助けを乞うように鳴くと、それに応じるかのように、突然の風とともに霧雨が降り始める。そして風に煽られた雨がボートの行く手を一瞬で閉ざすのである。その時、ソローは「アビの守り神が、私に腹を立てている」(231)という強い印象に打たれることになる。追跡を糾弾するかのように湖面もにわかに波立つ中、悠々と霧の中に消えていくハシグロアビを、ソローは完全な部外者としてただ見送ることになる。そしてソローは、この一連の出来事を「滑らかな湖上で繰り広げられた、人間対アビの絶妙なゲーム（pretty game）だった」（229）と意味深長に紹介している。ところで先の引用にあった、アビがこの駆け引きで終始頼りにしていた「自分に授けられた力」とはいったい何であろうか。原文では"his own resources"と表現されており、表面的には「内に秘めた力量・才能」というような意味に取ればよいだろう。しかし、この複数形には、「いざという時に頼れる援助」や「万一の蓄え」というような、背後に備え持った、より大きな何かを示唆する意味が重層的に含まれていることに注意したい。そのことは、追い詰められたアビの一声に、天がただちに応じて逃げ道が作られる結末とも呼応していると見てよいだろう。つまり、この駆け引きの相手はただ一羽の水鳥ではなく、水鳥の姿をとったウィルダネスそのものだったのである。

実のところソローは、何かを真につかみ取り一つになろうとするならば、自らそこに向かうのではなく、やってくるものをただ待たねばならないことを熟知していた。一八五二年九月十三日のジャーナルには、「対象に向かってはならない。向こうからやってこさせるのだ」（Thoreau, *Journal* 4:351）と記している。さらに『ウォールデン』でも同様に、「森の中のどこか魅力的な場所に座って、ただ静かにずっと待てば、森に棲みつくものたちは順々に自分たちの方から姿を現してくれるだろう」（223）と言っている。このように、ただじっと待つことの意味を知り尽くしていたソローが描いたハシグロアビとの「絶妙なゲーム」の一部始終は、当然ながら、ただの一つのエピソードではなく、考え抜かれた、人間と動物の永遠の相容れなさをめぐる寓話である。

3　ソローの末裔たちと動物たちの闘い

バリー・ロペス——攻撃する鳥たち

基本的に穏やかな緑と静かな水面を持つ湖の周辺で展開する『ウォールデン』の中にすら、不敵に人を突き放す動物たちが出現することを確認した。続いて、ソローの末裔と目される作家たちの中でも、特に過酷な自然状況—砂漠や激流、極寒の地など—を自らの作品の舞台とするバリー・ロペス（一九四五—）に眼を転じてみたい。ロペスは、『極北の夢』（一九八六）で、全米図書賞ノンフィクション部門を受賞したほか、『オオカミと人間』（一九七八）でも同賞同部門のファイナリストに残るなどノンフィクション分野で特に評価が高い。しかしこうしたノンフィクション分野での執筆とつねに併行して、フィクション分野でも着実な創作を続けている。ここでは、フィクションの初期代表作『リバーノーツ』(6)（一九七九）の中に不敵な生き物を探してみる。

語り手の男は、野性の叡智を探り出そうとしてサギを追い続けている。忍耐強く鳥たちの野生の領域に踏み入る道をさぐろうとするのだが、この物語の生き物たちは人間に気を許すことがなく、男は無視や沈黙、拒絶などに次々と遭遇し続ける。男の戦略はひたすら啓示されるかもしれない何かを待つことである。次の、さまざまな鳥たちとの劇的な遭遇を描いた一節は、そうした主人公の忍耐の果てに生じる一コマである。

ある雨の冬の夜明けに、私は薄手の木綿の服から水をぽたぽたと滴らせながら灰色の雲の下で両腕を天に差し伸ばして立っていた。それはいつもの儀式だった。足元の砂を見つめ、まさに祈りを始めようとしていた時、鳥たちが私に止まるのを感じた。まずムナグロたちが頭の上でぱたぱたと羽ばたくのを、そして次にはクロキョウジョシギたちが蝶のようにそっと腕に降り立ったのを私は感じた。そして北極で鍛えられた野性的な姿のハイイロヒレアシシギたちは、私の上に降り立とうとして風と戦い、肢の爪が私の肩をちくちくと刺していた。羽ばたきでにわかに風が起こり、翼が硬く打ち当たってきて聞き慣れない鳴き声がした――ウミスズメたちが黄色い目をぱちぱちさせながら私の腕に止まり、ミユビシギ、チュウシャクシギ、ソリハシセイタカシギたちは私の両わきで跳ねている。ずっしりと重いケワタガモたちが乗ってきて、羽をばたつかせて何かを訴え、私はその重みの下で、しだいにかがみ込んでいった。ついに脆いてしまった時、長い旅をする鳥たちの心のなかに言い表されぬまま横たわっているに違いない苦しみを、繊細なその骨組に覆いかぶせられた彼らの鳥としての姿の重みを、私は感じることができた。(Lopez 65)

寒い冬の夜明け、男は「いつもの儀式」として浜辺に立っている。いつもの祈りを始めようとする彼の上や足元に、まだ薄暗い空から次々と降りてくる鳥たちは、シギ・チドリ類やカモの仲間で、全てが渡り鳥である。渡りの距離が短い小さなウミスズメを除けば、他は一万数千キロにおよぶ長距離を果敢に飛ぶ渡り鳥たちである。彼の頭上に最初に降り立つムナグロは、小型で静かにやってくるが、その後続々と中型、大型の鳥たちも彼の肩や腕を傷つけながら激しい羽音で何かを訴えるように近寄ってくる。次第に彼を取り囲むだけでなく、ついに頭上からのし掛かるものさえある。それは海鳥としては最大級の、体長七十センチになるものさえあるというケワタガモ［図11-2］である。ついに男は重みに耐えられず沈み込み、跪く。そしてその熱狂的な、息詰まる羽ばたきの下で、男は子供時代にコマドリに何の気なしに石をぶつけたことなど、過去にあった鳥との遭遇を次々と思い出していく（Lopez 65）。鳥たちは身近にいて、彼を見ていたのである。

図11-2　ホンケワタガモ　体長が五～七十センチメートルと最大級の海鳥。左がオス、右がメス。

この場面では、「不敵」というにはあまりに激しい鳥たちの姿が描かれている。ひるみない強靭さで、人間を押しつぶすようにして自らの存在の重みを主張している。人間には想像もつかないような過酷な長い旅を淡々と生きぬく鳥たちの、生き物としての絶対的優位が、こともなげに人間を下位の存在に落とすのである。ソローのノウサギはさっさと人間を残して自分の属するウィルダネスへと立ち去ってしまうことで、生き物としての優位、自然の中で生きる力においての優位をただ暗示していた。だが、ロペスの鳥たちはもはやそうした容赦をせず、人間をその場で、直にとことん打ちのめすのである。しかし、不敵な生き物たちが人間に投げかけているメッセージの本質はソローの場合と同質のものと言えるだろう。

エドワード・アビー——不敵な獣になる人間

これまでに、ソローとロペスの例では、厳しい自然の中で生きる動物たちの野生の本性と、人間がそれらに伍することの困難さを見てきた。これは、冒頭で触れたスナイダーの「外なるウィルダネス」と「内なるウィルダネス」という図式からすれば、主に動物たちの属する「外なるウィルダネス」と動物たちの「内なるウィルダネス」に関わる面を見てきたことになるだろう。それに対してここでは、人間の「内なるウィルダネス」、すなわち私たちの内に秘められた動物性、あるいは野性性に注目して、二つのウィルダネスの交錯と合流の一コマを見てみたいと思う。

エドワード・アビー（一九二七—一九八九）は、西部を舞台とした小説や脚本で人気のピューリッツァー賞作家ラリー・マクマートリー（一九三六—）から「西部のソロー」と呼ばれ、その呼び名が広く浸透した作家である。(8) 過激な環境保護思想で知られ、その真骨頂とも言える、環境破壊を阻止しようとする痛快なエコテロリストたちを描いた代表作『モンキーレンチギャング』（一九七五）は一般社会にも大きな影響を与えた。今日では、過激な実力行使を伴う環境保護活動を意味する言葉として「モンキーレンチング」が一般化しているほどである。これに対し、ノンフィクションの代表作である『砂の楽園』（一九六八）は、彼がユタ州東部の「アーチズ国立公園」でパークレンジャーを務めた二年間の経験を基に書かれた自伝的ノンフィクションである。ちなみに、この作品の本質は、ナチュラリストのエドウィン・ウェイ・ティールが『ニューヨークタイムズ・ブックレヴュー』で「ウィルダネスのただ中から、ウィルダネスのために発せられた声」と評したように、まさにウィルダネスをめぐる壮大な語りである。

図11-3　サバクワタオウサギ　アナウサギの仲間で、『ウォールデン』に登場した優れた脚力を持つノウサギに比べて、跳躍力と速度では劣る。

ここで取り上げるのは、アビーが一羽のウサギを何の必然性も必要もなく、無残に殺すエピソードである。ある時、彼はたまたま遭遇したサバクワタオウサギ［図11-3］[9]を眺めているうちにある実験を思い立つ。その実験とは、もしこの原野で「武器もなく素手だけで飢え死にしそうになったら、どうするか、何ができるのか」(Abbey 37) を確認しようというものである。そして手近にあった石を拾うと渾身の力でウサギの頭めがけて投げつけるのである。すると、「まるで何か超越的な力に導かれるように」(Abbey 38) 石は見事に命中し、打ち倒されたワタオウサギは、血をほとばしらせながらしばらく痙攣したかと思うとあっけなく死んでしまう。

一瞬私は自分の行為に衝撃を覚える。動かないウサギの体、こわばった目、砂埃の中で乾いていく血を私はじっと見る。生気がない。だが、衝撃はすぐに穏やかな高揚感に変わる。(Abbey 38)

アビーは、自分の手で無益に命を奪ったウサギの無残な死の様相に、当然ながらまずはショックを覚える。だが、自然がたまたまそこに用意してくれていた石ころ一つと自分の筋肉の力だけで、野生の生き物の命を見事に奪ったという、かつて経験したことのない一つの事実がもたらす高揚感が訪れる。たとえその野生の生き物が、毒も牙も持たず、自ら身を守る手段と言えば逃げることしかない小さなウサギだったとしても。そして、その場を立ち去りながら、「さらに高まってくる愉快な気分」は、「とうてい理解しがたいけれど、間違いなく感じられるもの」であり、「罪の意識を探ろうとしたけれど、それはみじんも無かった」(Abbey 38)と言う。やがて、このウサギ殺しを経て突如見えてくるのは、以下のような新たな世界の展望である。

別世界から来たよそ者の私が感じていた、周りのごくまばらにしか存在せず姿もほとんど見せない生き物たちからひどく隔絶されているという感覚がもはやない。この世界に入り込んだのだ。私たちはみんな類縁だ。殺し屋と犠牲者、捕食者と獲物、私とずる賢いコヨーテ、空高く舞い上がるタカ、優美なインディゴヘビ、震えるワタオウサギ、私たちの内臓を貪る気味悪いウジムシ。彼らの全てが。いや、私たちの全てが。多様性よ、永遠なれ。地球よ、永遠なれ。(Abbey 38-39)

人間の世界から来た「よそ者」だった自分が、自らの「内なるウィルダネス」を呼び覚まし、冷徹な捕食者になりきることによって、「外なるウィルダネス」の中に入り込むことに成功したのである。殺す者も殺される者も、捕食者も餌食になる者も、皆同じ類縁のものであることを、揺るぎない現実として感得し得たのである。すなわち、「内なるウィルダネス」に目覚める時、人間もまた不敵な獣になり、大きな一つながりのウィルダネスの一部となって、その活力を手に入れることが可能となるのである。

このウサギ殺しと非常に似たエピソードが、ソローの『ウォールデン』にも描かれている。それは「より高き法則」の冒頭にあり、その章タイトルが暗示する高尚なものへの予感を即座に打ち砕く強烈なものである。ソローはある夜、森からの帰り道で目の前を横切って逃げるウッドチャックを見かけて、突然「野性的な歓喜の妖しい興奮を感じ、それを捕まえて生のまま貪りたい」という強い誘惑に駆られたことを告白する。しかも、「その時空腹だったわけではなく、それが象徴する野性に飢えていた」のだと付け加えている。さらに続けて、かつて二度三度と「飢え死にしかけた犬のように、不思議に自暴自棄な心持ちで、何か貪ることができる生きた動物の肉はないかと森を探し回った」ことがあり、「どれほど野蛮な肉片でも構わなかった」とさえ告白するのである。そして、そんな時は、「ひどく野性的なまわりの風景が、説明出来ないほどしっくりと馴染んだものに感じられた」と、アビーがウサギ殺し後に垣間見た別世界と極めて似た世界が立ち現れたことを語っている。（Thoreau, *Walden* 205）

4　生き物たちの新しい地平へ

アリストテレス以来の、「人」をその理性ゆえに頂点に据え、動物をその下位に、さらにその下位に植物を置く生物観は、今も根強く生きている。しかもこの世界観においては、このような階層を成す「生物」と、「無生物」と見なされた大地やその自然現象との間には明確な一線が引かれている。その後、旧約聖書における動物の賢明な管理者としての人間像もそこに加わり、十三世紀にトマス・アクィナスがそれらの統合と固定化に一役買った歴史もあった。さらに十七世紀に入り、近代誕生の立役者デカルトが、苦痛すら感じない自動機械としての動物像を提示したことで、動物は、山や川や、植物、その他の生き物などあらゆる自然物とともに搾取の対象として固定されることになった。その後、十八世紀末から功利主義者のベンサムが、動物は苦しむ存在であると主張して、その幸福に配慮することを提案したものの、それはあくまで保護・愛護の対象としての措置であり、唯一理性を備えた人間とは一線を画した、絶対的に下位の生き物であるという人間中心の動物観はこの時にも揺らぐことはなかった。

このような西欧の伝統を見渡した時、同じ大地の上で、同じ空気を吸い、同じ水で渇きを潤す生き物でありながら、頂点を成す人間とそこに隣り合う動物との境界がいかに強固な壁で仕切られ続けてきたかを痛感せざるを得ない。人間も生態系の一部であるという、今や誰もが認めざるを得ない自然界の厳然たる真実を、知的に理解することはそれほど難しいことではなかろう。しかし、それを真に感性をもって受け止め、自らに突きつけられた課題として社会の根本想定を見直そうとする努力の原動力とするところまでは未だ至っていない。私たちは、第一の関門である動物との壁をまず取り払うことなしで、一跳びに、生物多様性を前提とする新しい世界へと抜け出すことなどできはしないだろう。

この章で取り上げたソローやその末裔たちは、何よりも手強い人間と動物との間の壁をまず突き崩すことに、その突破口があることを見抜いていたのではなかろうか。彼らの描く不敵な動物たちは、長い歴史を引きずるヒエラルキー全体を一気に崩壊させる破壊力を持った仕掛けである。飼い慣らされた動物にどれほど親しんだとしても、人が動物の世界へと垣根を超えて行くことはできない。

人を挑発し、嘲笑う力を持つ動物たち、あるいは人をたたきのめすまでの強さを顕示する動物たち、またあるいは自らの血まみれの死をもって生態系の壮健さとその復元力を見せつける動物たちは、そうしたヒエラルキーの崩壊を引き起こしうるインパクトを持っている。人が動物に見いださねばならないのは、愛くるしさではなく、その動物が持つ強烈な「内なるウィルダネス」なのである。そして、その「ウィルダネス」と共振して目を覚ます人間の中の「ウィルダネス」に気付くとき、初めて人は動物と同じ地平に立つ自分を発見することになる。そしてその一線が越えられたとき、旧来の自然界の強固なヒエラルキーは一気に崩壊し、人の共感は、さらに植物へ、あるいは大地へ、水へと自在に拡がっていくことができる。

不敵な動物たちから突きつけられる隔絶感や疎外感をあれほど執拗に描くソローは、一転して次のように言うことがある。「私が大地に感応しないはずはないだろう。なぜなら、ある程度まで私自身が、木の葉であり腐葉土なのだから。」(Thoreau, *Walden* 135) さらに、ソローの次の一節は、拡大していく共感と、動物も植物も大地も全てが渾然一体となった新しい世界の眺望を見事に描き出したものと言えるだろう。ここでの主人公はウサギとヤマウズラである。

彼らは、非常に地味な在来の生き物たちだ。古代から今日までずっと生き続けてきた種類で、まさに自然の色合いと質感を持っている。彼らが一番似ているのは木の葉と地面で、彼らは互いにもよく似ている。翼があるか足があるか、それだけの違いだ。どちらかが飛び出してきても、野生の生き物を見たような気はしないだろう。それはただ自然なもの、カサカサ鳴る木の葉と同じくらい当たり前のものなのだ。だが、ウサギとヤマウズラは、土地の真の先住者としてこれからもきっと繁栄を続けるだろう。これからどんな変化が起きたとしても。(274)

ウサギとヤマウズラにはもはや動物としての輪郭すら見えない。土や葉と区別もつかないほど互いに浸潤しあい、大きな自然の有機的な一部分へとすっかり変貌しているのである。不敵な動物たちとのせめぎ合いを経て開ける新しい生物多様性の地平は、一転して穏やかな様相を呈している。そして、このように自然の有機的な一部として「カサカサ鳴る木の葉と同じくらい当たり前のもの」に成りおおせることのできる者がこの地平で安定と繁栄を約束されるというメッセージには、ソローの先見性を見て取ることができるだろう。生態学的洞察がここにははっきりと認められるのである。生物間の相互関係、そして生物とそれを取り巻く無機的環境との相互関係――私たちがそれらを「生態系」という概念で総合的に一まとまりのものとして理解するようになるのは、まだずっと先の事である。正確に言えば、生態系を扱う学としての「エコロジー」がドイツの生物学者エルンスト・ヘッケルによって"Oecologie"として造語されたのは一八六六年のことであり、それがやがて英語の"oecology"となり、ようやく一八九三年の国際植物会議以降にecologyの綴りとともに一般にも拡がったのだという（Worster 192）。

最後に、この章の最初でも触れたが、アメリカにおけるウィルダネス概念形成の歴史において画期的と言われるエッセイ「散歩」にもう一度目を転じておきたい。ソローは冒頭で次のように言っている。

私は弁護に立ち上がりたい。市民社会にふさわしい程度の自由や文化のためではなく、大いなる自然のために、完全なる自由のために、野性のために。そして人間を、市民社会の一員としてではなく、土地の定住者として、あるいは自然の本質的な一部として見たいと思う。もとより過激な意見を表明しようとするからには、私としては、目一杯強硬にそれを主張するのも悪くはないと思う。文明の擁護を引き受けようという人たちは、もう世間に十分すぎるほどいるのだから。
(Thoreau, "Walking" 205)

彼は人間を、土地の定住者（inhabitant）、あるいは自然の本質的な一部（a part and parcel of Nature）と見なしたいというのである。このように、ソローがウィルダネスへ向け続けた熱烈な思いは、生態学的な視点と見事に表裏を成していることに気付くだろう。彼の時代にエコロジーはまだエコロジーとしては存在しなかった。しかし、このようにエコロジーの視点をすっかり先取りすることになったのは、ソローがウィルダネスを深く探究し、理解し、そして何よりもそれを楽しんだからに他ならない。

環境危機の時代に生きる私たちが、今改めてしてみなければならないこと。それは、文化と命の存在基盤であるウィルダネスにもう一度しっかりと目を向けることではないだろうか。

註

（1）ペン・ニューイングランド（ペン・アメリカンセンター・ニューイングランド支部）は、二〇一二年四月十日に、マサチューセッツ工科大学のProgram in Writing and Humanistic Studiesと連名でスナイダーに同賞を授与した。
（2）条約加盟のための署名がこの国連会議の席上で開始され、一九九三年十二月二十九日に発効した。現在の締約国は、一九二ヵ国およびＥＵ。アメリカ合衆国はこの条約を批准していないが、二〇一〇年の第十回締約国会議にオブザーバーとして参加している。

（3）Millennium Ecosystem Assessment「地球生態系診断」とも表記される。日本からは国立環境研究所が参加した。

（4）正式名称「生物多様性条約戦略計画2011-2020」。二〇二〇年までに達成すべき二十個の個別目標を定めた生物多様性保全のための戦略目標。

（5）Cedar Creek Ecosystem Science Reserve Database (University of Minnesota & the Minnesota Academy of Science) http://www.cedarcreek.umn.edu/mammals/leporidae.html

（6）現在は、Desert Notes/ River Notes として合本されているが、もともと独立した書籍としてそれぞれ一九七六年と七九年に出版された。また、この作品は、チェリストで作曲家のディヴィッド・ダーリングが音楽を担当し、ロペス自身が朗読したコラボレーションアルバム『リバーノーツ』（二〇〇二）として発売されている。ロペスの作品の中で、こうした形態で発表されている唯一のものである。ダーリングは、『慈悲への祈り』で二〇一〇年のグラミー賞ニューエイジアルバム賞を受賞するなど、環境系音楽で高い評価を得ている。

（7）時速百キロメートルを超える高速での飛翔が可能であるという。また、ワタガモの名の通り、メスの胸毛は高級なグースダウンとして利用される。The Encyclopedia of Life Database http://eol.org/data_objects/21607796

（8）一九八四年のアカデミー賞部門賞四賞を獲得した映画『愛と追憶の日々』（一九八三）の原作者（原作は一九七五年）であり、『ロンサムダヴ』で一九八五年のピューリッツァー賞フィクション部門を受賞したマクマートリーがアビーを“the Thoreau of the American West”と呼んで敬意を表していたことにより、広く定着した。アビーが死去した一九八九年三月には、『ロサンゼルスタイムズ』など複数の有力紙が「『西部のソロー』エドワード・アビー死去」と報じた。

（9）ワタオウサギには数種類あり、作品中では、どの種かは明らかにされていないが、作品の舞台がユタ州であることから、サバクワタオウサギであると考えられる。The Encyclopedia of Life Database http://eol.org/data_objects/17276096

引用文献

Abbey, Edward. *Desert Solitaire: A Season in the Wilderness*. 1968. New York: Ballantine-Random,1971.

Lopez, Barry. *Desert Notes/River Notes*. New York: 1976/1979. Avon, 1990.

Nash, Roderick. *Wilderness and the American Mind*. 1967. 4th ed. New Haven: Yale UP, 2001.

Snyder, Gary. *Turtle Island*. New York：New Directions, 1974.

Teale, Edwin Way. "Making the Wild Scene." *New York Times Book Review* 28 Jan. 1968: BR7.

Thoreau, Henry David. *Walden: An Annotated Edition*. Ed. Walter Harding. New York: Houghton Mifflin, 1995.

———. *The Journal of Henry David Thoreau: In Fourteen Volumes Bound in Two*. Ed. Bradford Torrey & Francis H. Allen. New York: Dover, 1962.

———. "Walking." *The Writings of Henry David Thoreau*. Vol.V. New York: AMS, 1968.

Worster, Donald. *Nature's Economy: A History of Ecological Ideas*. 1977. New York: Cambridge UP, 1994.

第12章　サルと歩き、ライオンに遭う
――ヒヒたちと狩猟採集民にとっての種間の境界――

菅原和孝

1　境界におけるコミュニケーション――序論にかえて

動物に魅惑される

青年期にフォークナー（ただし邦訳）を耽読したことを除けばアメリカ文学とは無縁な私がこの小論を書くことには、いくつかの動機づけがある。まず、私は子どもの頃から動物に並はずれた憧れを感じ、動物学者になることを人生の目標に定めた。二十歳代にはニホンザルとヒヒの野外研究に没頭した。三十三歳で人類学に転向し、南部アフリカの狩猟採集民グイ（いわゆるブッシュマンの一言語集団）の調査を始め現在に到るが、グイの談話を分析していて私がもっとも魅了されたのが、動物をめぐる語りであった。

そこで小論ではやや欲ばったことをしてみたい。第一に、ヒヒの群れと行動を共にすることを通じて得られた想念と経験を再考する。第二に、コミュニケーションという観点から、グイと動物の関わりの特質を照らし出す。二つのトピックを繋ぐのは「種間の境界とは何か」という問いである。探索

の道案内をつとめるのは四種類の動作主《エージェント》である。ヒヒおよびグイが主役であることはもちろんだが、そこに観察者（私自身）が顔をのぞかせる。さらに、ライオンが狂言まわしとして重要な役割を演じるだろう[1]。

コミュニケーション域――やや抽象的な理論枠組

小論の鍵となる概念はコミュニケーションである。その萌芽的な形態は、他者のふるまいに一方的に注意を向けることだ。東アフリカに広く棲息するベルベットモンキーを例にとろう[2]。このサルは天敵の接近に気づくと警声を発して群れの仲間に知らせる。その声は異なった三種の音響構造をもち、猛禽類・猛獣・ニシキヘビという三種類の天敵に対応する。しかも、かれらはムクドリが発する警戒音をも認識しており、この鳥がワシに気づいて鋭く囀ると空を見上げるのである。一般的に、非対称的なコミュニケーションとは、他者の顕著なふるまいや姿形に何らかの意味《センス》を投射することと定義できる。いっぽう、私たちの民俗概念としてのコミュニケーションは相互理解を含意する。だが、動作主自身の内在的な視点からするなら、「理解」が真に相互的であるかどうかは不確定である。ゆえに、スペルベルとウィルソン、あるいはルーマンの理論が示唆するように、コミュニケーションの本質とは、主体によって相手へ投げかけられる「ワタシの情報意図は理解されるだろう」という期待なのである。

この考察から「コミュニケーション域」の定義が導かれる。コミュニケーション域とは、右のような期待が向かう他者たちを包含する仮想空間である。ある共同体の成員たちは「ことばが通じる」という意味で同一のコミュニケーション域の内部にいる。グイ語の言いまわしに従えば、ことばが通じる相手には「耳の穴がある」。イヌは命令に従うから「耳の穴がある」が、ヤギは呼んでもやってこないから「耳の穴がない」。聞きわけのない子どもにうんざりしたおとなは「オッ、このガキには耳の穴がない」と嘆息する。それゆえ、共同体とコミュニケーション域とが外延を一致させることはめったにない。共同体のなかには、聞きわけのない子どもや、言語を理解しない知的障害者がいることが珍しくないからだ。しかし、論議の錯綜を避けるために、ある程度の空間的な凝集性をもち、主要な成員間のコミュニケーションが成り立っている複数個体の集合を、単に「集団」と呼ぶことにしよう。

あるコミュニケーション域が二つ以上の集団を覆う場合には、集団間の境界は消失の可能性へとつねに開かれている。これとは逆に、コミュニケーション域がある集団の内部に閉ざされているときには、この集団はその外部に位置するすべての動作主を大文字の他者へと疎外する。近代産業社会においては「耳の穴がない」と（隠喩的に）信じられている家畜や野生動物は、このような他者（極端な場合には「もの」）として取り扱われる。

2　ヒヒ類にとっての種間境界——エチオピアの雑種ヒヒの場合

ヒヒ属（パピオ）の分類と雑種化

ヒヒ（baboon）とはアフリカに棲息するオナガザル科ヒヒ属（*Papio*）に分類されるサルの総称で、大型類人猿に次いで体の大きな霊長類である。なかでも、サバンナに棲み地上性の強いヒヒの仲間は「サバンナヒヒ」と呼ばれ、東アフリカのマントヒヒ・アヌビスヒヒ・キイロヒヒ、西アフリカのギニアヒヒ、南アフリカのチャクマヒヒの五種を含む(3)。

一九七〇年代から、サバンナヒヒのさまざまな組みあわせで野生状態での種間雑種（しかも継代繁殖可能）が続々と報告された。生物学で標準的な「種」の定義は、「自然状態にある任意の二つの個体群《ポピュレーション》間で自由な遺伝子の交換が起きていれば、その二つの個体群は同種である」というものだ。いいかえれば、種間の境界は生殖隔離に基づく。ヒヒ類で観察された雑種化はこの「種」の定義と真っ向から食い違う現象であった。その後、遺伝子型の分岐年代の推定に基づいて、サバンナヒヒはすべて同一種に括られることになった。私が参加した調査チームの研究成果も、こうした分類の包括化に大きな役割を果たした。

ヒヒ属の雑種化のなかでもっとも興味ぶかいのが、アヌビスヒヒとマントヒヒのあいだに見られるそれだ。この二亜種の社会構造は根本的に異なるからである。アヌビスヒヒはニホンザルと似た単層の「群れ」をつくるのに対して、マントヒヒは霊長類のなかでもきわめて珍しい「重層社会」をつくる。基本単位はバンドと呼ばれる六十～百頭ほどの集団だが、その内部は一頭の雄が複数の雌を「所有」するハーレムへと分節化している。ハーレム内の雌雄の近接は、雌に対する雄の攻撃的な「駆り集め」によって維持される。この「駆り集め技術」は生得的なプログラム、つまり「本能」に基づいている。マントヒヒの社会構造のこうした特徴は、スイスの霊長類学者クマーによって初めて明らかにされた。

雑種ヒヒ集団の構造

雑種ヒヒの調査は、一九七五～七九年のあいだ二期にわたって約一年間行なった。エチオピアの首都アジスアベバの東方約一五〇キロメートルに位置するアワシュ峡谷の河沿い約二十キロメートルの圏域で雑種化が起きていた。南西から北東へ流れるアワシュ河の流域はアワシュ滝を境に景観を一変させる。滝の上流は河辺林が繁茂するが、下流では河の両側に崖が聳え林は狭小化する。アヌビスヒヒとマントヒヒは上流域と下流域に棲みわけている。崖に泊まる習性をもつマントヒヒにとって下流の峡谷は絶好の棲息地なのである。

私は、滝のすぐ下に遊動域をもつAグループ（約六十頭）とその下流に隣接するMグループ（約八十頭）を餌づけして観察した。形態的特徴に基づいてすべての成熟雄の雑種指数を算定することによって、アヌビスヒヒの群れ、または、マントヒヒのバンドが雑種化した結果、AグループとMグループ

図12-1　マントヒヒに近い雄のハーレム

は現在の姿になったと推測した。この推定は、集団遺伝学者が採取した血液の分析結果とも一致した。AとMそれぞれを構成する遺伝子の約七〇パーセントがアヌビスヒヒあるいは逆にマントヒヒに由来することがわかったのである。

まず雑種化の行動的な基盤を明らかにする。雄が異なる亜種の集団に侵入し、そこで雌と性交することにより雑種化は進行する。われわれは、滝の上流の河辺林に泊まり場をもつアヌビスヒヒの群れ内でマントヒヒ雄がアヌビスヒヒの雌と性交する場面を目撃した。群れの雄たちは、このマントヒヒ雄に対してなんら攻撃的な態度をとらなかった。二つの亜種の雄が異なった生得的プログラムを装備しているにもかかわらず、彼らは基本的には互いに「ことばが通じる」(もちろんこれは隠喩)のである。いいかえれば、マントヒヒとアヌビスヒヒ双方の個体群全体は、共通のコミュニケーション域に包摂されているのだ。

集団の内部構造の分析から得られた大きな発見は、形態的にマントヒヒに近い雄ほどより多くの雌を所有していることだった。中間的な形態を示す雄は攻撃的な「駆り集め技術」に攪乱をきたしていた。彼らはただひたすら一頭の雌に追随し続けていたのである。その結果、両方の集団でいくつもの雌雄ペアが形成されていた。これらの観察結果は、高等霊長類において社会行動が遺伝子の支配を受けていることのみごとな例証となった。しかし、私は、動物の行動を遺伝子に還元して説明することにあまり興味をもてなかった。むしろ、本能に制約されない「可換的行動」の仕組みを明らかにすることに執着していたのである。

雄どうしの相互行為

ヒヒたちを間近に見つめるようになってからまっさきに私を魅了したのは、巨大な雄たちが頻繁に性器を手でさわりあうことであった。雄どうしで交わされる性器接触をはじめとする多様な相互行為を一括して「宥和」と呼ぼう。詳しい分析は省くが、AグループとMグループの社会構造の差異をひとことで言えば、マントヒヒに近いMグループのほうが明瞭な重層構造を具えていたということだ。しかも、雄どうしの宥和行動の頻度は、Mグループのほうが有意に高かった。すなわち、「特定の雌に関心を固着する」という志向性が、雄たちを互いに対する宥和（あるいは挨拶）へと動機づけていると考えられる。

このことを端的に示すのが「ターン行動」である。マントヒヒに近い形態をもった雄が、十メートル以上も離れてすわっている別の雄に向かってまっすぐ歩いていく。そして、相手の面前〇・五メートルぐらいのところでくるっと回転し、もといた方向へ戻るのである。先述したクマーはこの行動を

「告知行動」と名づけ、「ターンする雄はバンドが移動する方向を提案している」という卓抜な解釈を与えた。だが、私は、雄の行動要素の連鎖を分析して、高い確率でターンに後続するのは「自分の所有する雌への近接」であることを見出した。すなわち、自らの所有を見せびらかし、ライバルを牽制するのである。クマーの弟子アベグレンも、同様の結論に到達していた。

だが、この話には続きがある。アベグレンはサバンナを遊動するマントヒヒのバンドを追跡するなかで、「告知行動」が移動方向の「提案」として使われる多数の事例を観察したのである。これこそ、サルの行動の可換性を見事に照らしだしている。ターン行動は「ライバルを牽制し自らの繁殖成功度を高める」という適応価をおびていたからこそ進化したのだろう。だが、その同じパターンが、遊動の方向を決めるという異なった文脈に転用されたのである。さらに、雑種ヒヒにおいて私を驚かせた事実がある。アヌビスヒヒ的な雄でさえ、雌とペアを組んでいる場合には、別の雄に対して不完全なターン行動を投げかけるのである。重層的な社会環境のなかで、ターン行動を本能として装備していない雄でさえもが、見せびらかし＝牽制という動機づけを自らの身体で素描しているのだ。

ヒヒたちは、固定された本能にのみ従って、別種（たとえのちに亜種に格下げされたとしても）と関わりあっているのではない。彼らは、行動に潜在する可換性を現実化することによって、共在する他者に対してコミュニケーションへの期待を投げかけるのである。

仲間であること

二回目の調査も終盤にさしかかった頃だ。私はMグループの遊動について歩いていた。するとかれらは崖っぷちのサバンナで上流に棲むAグループと遭遇した。両者は緊張して対峙し、数でまさるMグループがAグループを上流方向に押しもどし始めた。私は、最初、Mグループの広がりのなかにいたが、Aグループの顔ぶれを確かめたくて、すたすた歩いてそっちへ場所を移した。この私の動きがAグループのヒヒたちを力づけたのだ。かれらは決然と下流方向への移動を開始し、Mグループは大きく押しもどされた。私は胸が熱くなった。霊長類学者は、サルの前で「透明人間」になること、つまり自分がサルの関心を惹かなくなることを理想とする。だが、私は自分がそう信じていたほど「透明」ではなかった。明らかにかれらは私を（案外頼りになる？）仲間として認めていたのである。

この事例もまた、生得的プログラムに還元するだけでは、ヒヒ類の柔軟な社会性を理解しえないことを示している。何百万年にわたるヒヒの系統発生の過程を通じて、ヒトという異種を仲間とみなすことを有利とした淘汰圧など想定できるわけがない。二十世紀後半になってはじめて人類は霊長類の「自然誌的観察」を行なうようになったのだから。

ライオンと遭う

ヒヒたちに別れを告げる前に、やはり二回目の調査の後半で出くわした最悪の体験を記そう。私は、中古のモーターバイクに乗って、ヒヒの泊まり場へ通っていた。その日、帰途を急ぐ途中で日が暮れてきたので、ヘッドライトを点灯した。間もなく路上を右から左へ横切る大きな動物の姿がライトの光に浮かびあがった。てっきり、牧畜民がまたウシを連れて国立公園に入りこんできたのだろうと思った。だが、さらに近づくと、長いシッポの形が眼にとびこんできた。「そんなバカな！」声にならない叫びをあげながら、私はなす術もなくバイクに跨がっていた。左側のブッシュに入ろうとしていた三頭の雌ライオンが、胡乱げなまなざしで私をふり返った。その傍らを夢中で走り過ぎたとき、左側からもう一頭の雌が姿を現わした。ほとんど彼女の鼻先をかすめすぎた。無我夢中でアクセルを全開にして走り去ったが、今にも背中を鋭い爪の一撃が襲うのではないかと思うと、後ろをふり向くことさえできなかった。一人で住んでいた国立公園のゲストハウスにたどり着きドアを開けようとしてはじめて、全身に鳥肌が立ち、ガタガタ小刻みに震えていることに気づいた。極限的な恐怖によって体が文字どおり「総毛だつ」ことを初めて知った。

私はライオンへの圧倒的な恐怖感を狩猟採集民グイの人びとと共有している。この直接経験だけが、この第二節と次の第三節をつなぐ拠りどころとなる。

3　狩猟採集民グイと動物との関わり

身体資源としての「食う物」（コーホ）

グイとは、南部アフリカの内陸国ボツワナ中央部の乾燥サバンナに住む狩猟採集民である。グイの伝統的な弓矢（毒矢）猟においてもっとも重要な獲物はコーホ（食うもの）と総称される六種の大型偶蹄類である。グイとコーホとの関わりを捉えるうえで有効なのは「身体資源」という考え方である。狩人と彼の仲間たちは同一のコミュニケーション域に属し、その外部に位置する他者＝動物に欲望を向ける。この他者は、自らの意志と意図によって、彼（女）を殺そうとする狩人の意図を挫くべく全力を尽くす（おもに逃走する）。狩人が獲物を殺害して解体することによって、彼は、他者からその固有の志向性を剥奪して物質的対象へと変換し、それをコミュニケーション域のなかに持ち帰り、もっとも価値の高い食べ物である「肉」として仲間たち全員と分かちあう。だが、この定式化とは裏腹に、動物たちをコミュニケーション域と接続させるさまざまな実践がみられる。

コミュニケーションへの期待を投げかける

グイは、鳥にむかって歌いかけることがある。(4) たとえば、ライラックニシブッポウソウが梢にとまっていると、つぎのように歌ってからかう。〽ゴーンの熾《おき》がおまえの背中に入ったな。カラの熾がおまえの背中に入ったな。――ゴーンもカラもアカシカの一種で、その枯れ枝は薪として重宝される。この鳥は美しい藤色をしているが、その背中だけ茶色いので、はねた熾が背中について火傷したと見立てている。ブッポウソウが人間のようなしわがれ声で「ウワッ、ウワー」と鳴いて肩を揺することもこの見立てを動機づけている。

ホオアカヨタカの雌は地上に巣をつくり、その中で抱卵しているときは、人間が近づいてもじっとしたまま逃げないという。だから、こんな歌をうたう。〽おまえヨタカ弱い、おまえほら飛べよ。――さらに、調査助手にヨタカの歌を実演してもらったら、滑稽なダンスを始めた。大きく股を開いてしゃがみ、腕を交叉させ右手で左踝《くるぶし》を、左手で右踝をつかみ、跳びはねるのだ。無理な姿勢なのでやがて尻もちをついてしまう。こんなに騒ぎたてても目をぱちくりさせてじっとしているヨタカを想像すると、つい笑いがこみあげる。

さらに、これと似た呼びかけは、私たち日本人だったらけっしてコミュニケーションを試みないだろう相手にまで向けられる。雨季になると巨大なソーセージのようなオニヤスデが地面を這いまわる。この多足類は夜中に眠っている人の髪を剃るそうだ。だからグイはヤスデが家に侵入することを嫌うが、いじめたり殺したりはしない。だが、私は、こいつが大の苦手だ。なんせ真っ黒な胴体の下で朱色の足がざわざわ蠢いているのだ。ある昼下がり、ぼんやり眺めていると、調査助手Tが言いだした。「スガワラ、こいつはおどかすとクソをもらすって知ってるか?」「知るもんか。」Tはやおら地面に這いつくばり、ヤスデの頭に口を触れんばかりにして、「わあっ!」と絶叫した。ヤスデはそそくさと這っていったが、なんとそのあとには小さな糞の粒が残されていたではないか。私は抱腹絶倒した。

動物からのメッセージ

さまざまな鳥が、そのふるまい、姿、鳴き声によって人間にメッセージを投げかける。
雨季に飛来する尾の長いシッポウバトが家の近くにおりると、「遠くから訪問者がやってくる」というお告げである。ハシジロアカハラヤブモズがキャンプに飛んでくると、罠にスティーンボック（小型の羚羊）がかかったというお告げである。この鳥の腹が鮮やかな赤色であることから、キャンプの中も獲物の肉で赤くなると見立てている。

オウカンゲリの「ツエッツエッツエッツエッ」というやかましい鳴き声はナイフを研ぐ音に似ているので、「罠に獲物がかかっているぞ。ナイフを研いで獲物を切り裂け」と人に告げていると解釈する。アフリカオオコノハズク（エベリ）は、エランド（最大の羚羊）がそばを通ると「ホーッ、ルルルル」と鳴く。それを聞いた人は言う。「あそこのエベリが鳴いているところにエランドがいるぞ。あの鳥はエランドの角にとまっているぞ。」

調査助手たちと原野を歩いていてびっくりさせられたことが何度もある。彼らはふと立ちどまり「スガワラ、聞いたか？」と私に問う。「えっ？　何を？」「いまガイ（カンムリショウノガン）がキュロキュロキュロキュロって鳴いたろう。あれを知らせていたのだ。」そう言って彼らは天空を指さす。目をこらすと、はるか上空に豆粒ほどの大きさでハゲワシが旋回しているのが見える。その距離があまり遠くない場合には、彼らはそれまで歩いていた方向から逸れ、ハゲワシの舞うほうへ向かう。猛獣の食べ残しがあるかもしれないからだ。だが、なぜガイはハゲワシの存在を知らせるのか。その答えは次項の主題と関連する。

図12-2　キバシコサイチョウ（ゴバ）

コミュニケーション域に引きこむ

動物を主人公にする民話や神話に耳を傾けると、すべての動物たちが大昔は人間とコミュニケーション域を共にしていたことがわかる。これらの言説は、非-人間的な動作主たちを、人間の言語ゲーム内に引きこみ適切な役柄と地位を与えようとする、たゆみない企ての一環なのである。鳥の形状や習性の起源を説明する例を二つだけ挙げよう。

最初の主人公は二種類のサイチョウである。キバシコサイチョウ（ゴバ）は、目の下に赤い皮膚の露出部がある。ハイイロサイチョウ（カベ）はもっと地味な色の鳥だ。――ゴバ夫婦とカベ夫婦は同じキャンプに住んでいた。ゴバの夫は、カベの妻とザーク（婚外性交渉）しようといつも口説いていたが、カベの妻は拒んだ。ある日、カベの妻は、夫のために食物を煮てとっておき、採集に出かけた。そこへゴバ（男、以下同じ）がやってきて、食物をすべて食べて立ち去った。カベの妻は帰ってきて子どもたちに尋ねた。「あら、父さんが帰ってきて全部食べたの？」子どもたちは答えた。「父ちゃんじゃないよ。べつの男が来て、ぼくらには分けないで食べつくしたんだよ。」「あらあら、いつもあたしの所に来てザークのことをしゃべっているあの男にちがいない。」カベの夫が泊まりがけで採集に出かけたとき、またゴバがやってきて「ザークしよう」と迫った。カベの妻は言った。「アッ、おまえはあたしをうんざりさせる。どうしておまえは夫が出かけるとやってきて、ザーク、ザークって言うんだ！」カベの妻は立ちあがり、ゴバの口をひっぱり、泣くのもかまわずねじりあげた。ゴバのデカ頭はますますでかくなり、デカ眼も赤くなってしまったとさ。

二番目の主人公は、先ほども登場したカンムリショウノガン（ガイ）である。神話的な想像力は、ときにあるふるまいの因果を説明する「民俗心理学」へと結実する。「彼女はなぜハゲワシの接近を知らせるのか？」その理由は以下のとおりである。——昔、ガイは木の上に卵を産んでいた。ハゲワシが来てそれを食ってしまった。アガマトカゲ（タータ）が言った。「こらこら、ガイよ。おまえは登って産むからハゲワシに食われるんだ。私のように砂に子どもを産め。」ガイは下りて砂に卵を産んだ。だがトカゲはまた忠告した。「おまえは広い場所に産んでいる。ハゲワシがまた見つけるよ。草の中に産みなよ。」ガイはその通りにした。すると子どもはすべて生きていた。ガイは「あんたは正しかった」と感謝した。そんなわけで、タータとガイは、ハゲワシが飛んでいるのを見つけると「キュロキュロキュロキュロキュロ」と鳴いて言う。「ほらあそこにあいつがいる。おまえの子を食いつくすぞ。」

人間と動物の境界が消滅する

この項の主題に取り組む前に、グイの食物規制についてふれる必要がある。グイは肉をめぐる複雑な禁忌と忌避の慣行をもっている。なかでももっとも明瞭なタブーがショモに関わるものだ。ショモとは老人と幼児だけが食べることのできる肉を意味する。年長者以外の人がショモを食うと痩せ衰え、運が悪ければ死んでしまうという。動物種では、センザンコウ、アフリカオオノガン、クロエリノガン、ヒョウガメ、カラハリテントガメの五種が、典型的なショモである。あるインタビュー場面で、語り手の老人と彼をまん中にはさんですわっていた調査助手GとCとのあいだで、〈キマ〉という難解な民俗概念をめぐる議論が闘わされた（菅原 二〇一三、三九―四六頁）。〈キマ〉とは男に害を及ぼす女の魔力のことらしいが、それ以外にも、ショモのタブーを侵犯すると〈キマ〉が発生し、違反者は発狂するという。

Gが語ったのは次のような出来事である。男たちが、捕獲したアフリカオオノガン（デウ）の肉を鍋の中でかき回しながら煮ていたら、手羽肉がこぼれ落ちた。そこにいた少年が拾い上げ食べようとしたので父親が止めた。だが、少年は悪態をついた。「あんたたち年長者は自分たちが脂身を独り占めしたいもんだから『咬むもの（猛獣）の肉だ』と言っておれたちをだますんだろう。」父は「おまえは気が狂うぞ」と警告したが、少年のオジは「勝手に食わせろ」と突きはなした。翌日、少年は突然「アウッ、アウッ」と奇妙な声をあげて両手をばたつかせながら走り去り、遠く離れたキャンプへ行った。そこで、年長の男たちに「煙草をよこせ」と不遜に要求したり、農牧民の言語に似た異言《いげん》を口ばしったりした。驚き呆れる人びとを尻目に、また彼は「アオッ、アオッ」と叫びながら両手をばたつかせて走り去った。人びとは「あの子は気が狂った。デウが彼を殺した」と口々に叫んだ。

アフリカオオノガンはツルに似た鳥で、飛翔する鳥類のなかでは最大の体重をもつ。私に強烈な印象を与えたのは、調査助手GとCが、この鳥が羽ばたくさまと翼を広げ滑空する姿とをあいついで実演したことであった。つい最近まで原野に埋没して生きてきた彼らの身体には、このように動物のふるまいの印象的な形姿が刻みこまれているのである。

まだ若い人が二種の陸ガメを食べると、カメのように皮膚が皺だらけになってしまうという。同様に、センザンコウを食べると、老人のように背中が縮こまってしまうそうだ。グイの身体性は、動物への変身の可能性に向かって開かれているのである。

ライオンに殺される

私は、一九九四年から現在に到るまで、年長者たちから生活史の語りを収集してきた。巧みな話術によって生き生きと再現された出来事のなかで私にもっとも強い衝撃を与えたのが、人間がライオンに殺された三つの事件であった。古い順に概略だけ記す。

【1】語り手は調査助手Tの父N。Nの父（Tの祖父）はTの誕生以前にライオンに殺された。その頃（Nの）「父ちゃん」は、彼のイトコにあたるSと同じキャンプに住んでいた。父ちゃんはSと採集に出かけ途中で別れた。Sは長い竿で地中にひそむトビウサギを引っかけて掘り出す猟を続けた。

日が暮れて帰る途中、うろに水が溜まった木のある場所へ寄り道した。そこで雌ライオンが子育てをしていた。Sは長い竿を構えてかろうじてライオンの攻撃を防ぎ、キャンプに逃げ帰った。だが、父ちゃんはその夜帰ってこなかった。Nは「あんたは父ちゃんを途中でつかまえるべきだった」とSを非難した。翌朝、Sと二人で父ちゃんの足跡をつけると、「木の水」のほうへ向かいライオンの足跡と重なってしまった。その木を遠望するとハゲワシが舞っているのが見えた。さらに次の日、まっすぐその木へ向かうと、幹に父ちゃんの来ていた上着が引っかかっているのが見えた。しかし、Sは「あれはおれが落とした狩猟袋だ」と主張して譲らないので、口論になった。雌ライオンがそれを聞きつけて突進してきたので、彼らは命からがら逃げ帰った（菅原 二〇〇七、一一三―一一四頁）。

【2】語り手は老齢の男Q。彼は、愚か者カマギと同じキャンプに暮らしていた。カマギは妻を三人もっていた。他の二人の男と採集に出かけダチョウの卵を三つ見つけたので、一人が一つずつ取った。だが、第一夫人ツェウガエは、卵が一つしかないのでふてくされた。カマギは激怒し彼女の容貌の醜さを嘲った。ツェウガエは「あんたは若い女を可愛がっているけど、その子は襲われるわよ」と呪詛した。間もなく、雨の降る夜に、雄ライオンがキャンプに忍びこみ第三夫人トンテベと睦まじくしていたカマギの小屋の戸口から覗きこんだ。だが、愚かなカマギはそれをイヌと見間違えた。ライオンは小屋の周囲を回ってから中へ跳びこみ、トンテベの肩に咬みついた。愚かなカマギはやみくもにライオンを妻から引きはがそうとした。悲鳴を聞きつけ人びとが駆けつけた。ライオンは女を小屋の外に引きずり出した。Qは弓に毒矢をつがえて狙ったが、トンテベに当たりそうで、矢を放つこと

ができなかった。人びとが騒ぎたてたのでライオンはあきらめて闇の奥へ消えた。人びとは恐れおののき、そのキャンプを捨てた。カマギは傷ついた妻を背負って運んだ。移住先でみんなでトンテベを介抱したが、間もなく息をひきとった（菅原 二〇〇二b、六九―七一頁）。

【3】これもQの語り。ゴイクアはツェウガエの娘と結婚したが、義母を冷遇したので、彼女は恨み、ゴイクアを呪詛した。彼は、別の男トウガマと猟に行き、雌エランドを射た。翌朝、二人は傷ついたエランドを追跡したが、途中でライオンの足跡を見つけた。怖れるトウガマに耳も貸さずゴイクアは追跡を続け、獲物に追いついてとどめを刺した。獲物を解体していたら夕方になったので焚き火を起こした。トウガマは心配でたまらなかったが、ゴイクアは仰向けになって休んだ。そこへ雄ライオンが襲いかかり、ゴイクアの右腕に咬みつき、槍で応戦したトウガマの首の後ろを爪で裂いた。いったんはライオンを撃退したが、ゴイクアは右腕を骨折していた。トウガマは木に登ってライオンから逃れようと主張したが、ゴイクアは「片腕が使えないから無理だ」と言って拒んだ。二人は、昔住んだことのあるキャンプ跡にたどり着いた。草をタイマツにして何軒もの廃屋に火をつけ、一軒の小屋の中に逃げこんだ。しかし、あたりでは家がめらめら燃えているのに、ライオンが跳びこんできた。ライオンはゴイクアのふくらはぎに咬みつき、肉を剥がしとった。トウガマは狩猟袋から小斧を取り出し、ライオンの眉間を打ちすえた。さらに袋から毒矢を取りだし、ライオンの鬣をかき分け鏃を突き刺し、小斧で打ってさらに深く突き入れた。毒が体内に広がり、ライオンは苦しがって小屋の外に跳びだした。家の燃える火のなかで、ライオンはわめき、瀕死のゴイクアは泣き叫んだ。空が白

み始めるころ、彼ら両方は息絶えて静かになった。トウガマは首の後ろを傷つけられていたので前を向けず、横目づかいで進んだ。首をねじ曲げたままキャンプへたどり着き、人びとを驚愕させた（菅原二〇一三、四一―四二頁）。

これらの凄惨きわまりない物語は、カラハリ砂漠のただなかで紡がれてきた生のかたちに対する畏敬を私のなかに育てた。「父ちゃん」は朝出かけたきり二度と帰ってこない。その亡骸を目にすることさえできないのだ。抽象化するなら、相互疎通への期待が偶有的でしかありえないことは、世界-内-存在の根源的な条件にその根をもつ。サルトルの対他存在論が鮮やかに照らし出したように、他者の意図（志向性）は、究極的には乗り超え不可能である。しかもこの他者がコミュニケーション域の外部に位置するとき、彼（女）のコミュニケーション域への侵入は、人びとが相互に投げかけあう期待のネットワークを切断するだけでなく、コミュニケーションそれ自体への信頼をも掘りくずすだろう。その意味で、ライオンとは、〈私たち〉のコミュニケーション域を破壊する潜勢力をもった大文字の〈他者〉の象徴なのである。

だが、右の議論はことの一面だけを照らしているにすぎない。その裏面で躍動しているのは、ライオンとの遭遇や危うく命びろいした経験をじつに楽しげに語るグイの人びとの表情である。その語りは、スリルとユーモアに満ち溢れている。ある年長者は、熟睡していたら家の中に顔をつっこんだライオンに脛を咬まれ、危うく外にひきずり出されそうになった。彼は、イヌを追い払うように「カイテ！　カイテ！（シッシッ）」と叫びながら、そのばかでかい顔をもう一方の足で蹴りつけ、やっと追い払ったという。そのときの脛の古傷を私に得意げに見せてくれた。また別の年長者Aは、ライオンとの早朝の遭遇について語った。

【4】朝日で長く伸びた木の影のなかに大きな獣の後ろ姿が見えた。黒い陰嚢が尻のあいだに見えた。てっきりゲムズボック（捕獲頻度がもっとも高い羚羊）だと思って、その肛門に突き刺してやろうと思い、槍を狩猟袋から抜きだした。その瞬間、長いシッポに気づいた（あの夕刻の私のようだ）。雄ライオンは気配を察知し、ぴょんと前方へ走り出した。なんともう一頭が前に横たわっていた。最初の雄はAの連れBのほうへ走った。Bは、トビウサギ猟に使う長い竿でそいつを打とうとしたが外れた。とっさに狩猟袋を投げつけたら、そいつは背中に袋を載せたまま走った。別の一頭はAに向かってきたので怒鳴りつけると、向きを変えてBに向かった。Bは袋から落ちたものを拾い集めていたが、向きなおってライオンの顔を拳で思いきり殴りつけた。やつは「ゴッゴッ」と唸りながら走り去った。

　こうした語りに接することを通じて私はつぎのように考えるようになった。グイの人びとは、ライオンという圧倒的な〈他者〉に対してさえも、何かしらのコミュニケーションへの期待を投げかけているのではなかろうか、と（菅原 二〇〇七、九五―九六頁）。

4　ヒトと動物の境界――結論にかえて

小論のむすびとして、三つの論点を挙げておく。

第一に、ヒヒたちと共にアワシュ峡谷の崖を這い登りサバンナを歩きまわる至福の時を通して、私のなかにある確信が醸成された。動物たちどうし、そして動物と人間はつねに種間コミュニケーションの可能性に向かって開かれている。その可能性を、行動を支配する生得的プログラムに還元して説明しつくすことはできない。

第二に、あるコミュニケーション域に内属する動作主として、言語を使用するヒトという実存様態が誕生したことによってはじめて、他者のふるまいの意味を解釈することが社会生活の根幹をなす動機づけとなった。ヒトと他の動物のあいだの相互作用を主題化するうえでもっとも興味ぶかい問題系は、自らが内属するコミュニーケーション域（あるいは言語ゲーム）に他の動物種を引きこもうとする人間の想像力の動態から創発する。

第三に、前-近代、前-植民地期のアフリカのサバンナにおいて、狩猟採集民はライオンという天敵に打ち克つ手段をもたなかった。あるグイの女は「あなたはライオンの肉を食ったことがあるか」という私の問いに、「あたしがライオンを食うんじゃない。ライオンがあたしを食うんだよ」と応じた。この観点からすれば、狩人、獲物（コーホ）、そして人類学者（私自身）のあいだの区別は消え失せる。この三種の動作主のすべては、捕食者たるライオンとの遭遇において、「食われるもの」となるべく運命づけられているからである。このかぎりにおいて人間と他の動物は対等なのである——〈他者性〉の極限的な体現者である巨大な捕食者の圧倒的な力に対して被傷性《ヴァルネラビリティ》をおびた実存として。

近代の社会システムが人間の原初的条件に組みこまれた被傷性を網羅的に除去し続けるかぎり、

「動物の権利」をめぐるあまたの問題提起[5]も、近代において拡大した人間と動物のあいだの力関係の非対称性から免れることはできない。ボツワナ政府の施策でグイが定住化して以来、村の周辺で家畜を襲うライオンは鋼鉄製のトラバサミで捕獲され槍で突き殺されて「駆除」されるようになった。ライオンを狩ることは法律で禁じられているが、もしもライオンが人を襲ったら、政府の野生生物管理官は躊躇なく「彼（女）」を銃で射殺するだろう。ライオンが最強の天敵でなくなったことと、歓びと戦慄に溢れた原野の生活形式が喪われ、グイが最下層の「貧民」へと転落しつつあることとは表裏一体である。

註

（1）小論の原形は、国際高等研究所・研究プロジェクト「心の起源」二〇一二年度第二回研究会（九月一四〜一五日）で読みあげた英文草稿 "Observing baboons, encountering lions: Cross-species interactions among hybrid baboons and the |Gui Bushmen" である。

（2）小論で言及するベルベットモンキーと雑種ヒヒに関する詳細は拙著『感情の猿＝人』で詳しく論じた。

（3）西アフリカの熱帯降雨林にはマンドリルとドリルという二種のヒヒが棲んでいる。かつては別属とされたが、近年はパピオ属に括られている。エチオピアの北部高地に棲むゲラダヒヒは系統が異なり、独立した属（*Thelopithecus*）に分類される。

（4）この節で紹介する動物に関わるグイの口頭言説はすべて、拙論「ブッシュマンの民族動物学」およびそれをヴァージョンアップした英語論文で詳述した。

（5）動物をめぐる倫理的な問いのなかでも、近年もっとも深甚な衝撃を与えているのが、シンガーの『動物の解放』である。シンガーは、家畜を苦痛に満ちた環境におき「生きもの」としての尊厳を徹底的に剥奪する「工場畜産」によって生産される肉を食べ続けることは断じて許されない、と主張する。

引用文献

Kummer, H. *In Quest of the Sacred Baboon: A Scientist's Journey.* Princeton: Princeton UP 1995.

Sperber, D. & Wilson, D. *Relevance: Communication and Cognition.* Oxford: Basil Blackwell, 1986.

Sugawara, K. Cognitive space concerning habitual thought and practice toward animals among the Central San (|Gui and ||Gana): Deictic/indirect cognition and prospective/retrospective intention. *African Study Monographs, Supplementary Issue* 27: 61-98 (2001).

サルトル、J・P『存在と無　第二分冊（サルトル全集　第一九巻）』（松浪信三郎訳、人文書院、一九五九年）。

シンガー、P『動物の解放（改訂版）』（戸田清訳、人文書院、二〇一一年）。

菅原和孝「ブッシュマンの民族動物学」（松井健編『自然観の人類学』榕樹書林、二〇〇〇年、一五九―二一〇頁）。

――『感情の猿＝人』（弘文堂、二〇〇二年a）。

――「身体化された思考――グイ・ブッシュマンにおける出来事の説明と理解」（田辺繁治・松田素二編『日常的実践のエスノグラフィ――語り・コミュニティ・アイデンティティ』世界思想社、二〇〇二年b、六一―八六頁）。

――「狩り＝狩られる経験と身体配列――グイの男の談話分析から」（菅原和孝編『身体資源の共有（資源人類学9）』弘文堂、二〇〇七年、八九―一二一頁）。

――「動物と人間の接触領域における不可視の作用主――狩猟採集民グイの談話分析から」（『コンタクトゾーン』5、二〇一三年、一九―六一頁）。

ルーマン、N『社会システム理論（上）』（佐藤勉監訳、恒星社厚生閣、一九九三年）。

あとがき

本書出版のきっかけになったのは、二〇一一年十月関西大学で催された日本アメリカ文学会第五十回全国大会におけるシンポジアである。それは「あめりか・いきものがたり——動物表象をめぐって」と題するもので、辻本庸子が司会となり、パネリストは、福岡和子、辻和彦、辻本庸子、波戸岡景太、藤岡伸子の五名、コメンテイターは菅原和孝であった。幸いシンポジアは概ね好評を博し、本として出版してはという有難い声も寄せられた。出版するとなれば、シンポジアで取り上げた作家だけでは不十分であることは当然であり、数を増やすにしても、どの作家を取り上げるかは難しい問題であった。動物というテーマで作家を選択しても、それがそのまま執筆者の選択に結びつかないという問題もあった。それでも最終的に、ベテランから新進気鋭の若手、いずれも現在アメリカ文学研究の第一線で活躍する方々に執筆をお願いできたのは幸いであった。その際、小説だけに限らず、詩、演劇、映画、環境文学など、様々なジャンルの専門家に加わっていただけるよう配慮したことは言うまでもない。お蔭で、本書はシンポジアの時に比べて、取り上げられた作家や作品も多くなり一段と充実したものとなった。さらにシンポジアでコメンテイターを勤めていただいた文化人類学者の菅原氏にもご寄稿いただくことができた。我々の研究領域とは異なる分野からの視点は、本書を充実させる上で欠かせない貴重なものとなった。

さて、本書出版の成果は、アメリカ文学と動物との関わりが予想していた以上に意義深いテーマであることが明確になったことであろう。アメリカ文学に描かれた動物の存在を無視してはアメリカ文学を語れないという、当然でありながら、これまで十分に論じられることのなかった視点の重要性が確認できたと言ってもよい。美しくも過酷な原野、急速に目覚しい発展を遂げてきた産業、多人種がせめぎ合う複雑な社会構造のなかで、動物は常にアメリカ国民に近しい存在でありながら、同時に安易な理解を阻む不可思議なものとして存在してきたのである。本書はアメリカ人が、動物との多様な関わり合い、言い換えるなら、親密な結びつきと厳しい闘争を経てきた歴史の再確認をも促すであろう。アメリカ文学に親しむ読者なら、動物と結びつける作家・作品はいくらでもあげることができようが、今回、予期しなかった作家や作品においても、動物が意外な重要性をもっていることが明らかになった。それは、動物が作家それぞれのテーマを展開する上で欠かすことのできない豊かな表象であり、文学上の可能性を広げてくれるものであることが裏づけされたと言うことができる。また一方で、動物が動物それ自体として人間に突きつける問題、同じく「いきもの」である存在にいやおうなく立ち向かわされた場合に立ち上がってくる倫理的問題にも、ここで取り上げられた文学作品は、読者に正面から見つめなおすことを求めるはずである。

以上のように、本書の出版は狙いを広範囲に広げたものであったが、それでもスペースには限りがある。含めるべきだったのではと思われる作家や作品は、本書を読み始めた読者の頭に次々と浮かんでいるかもしれない。しかしそれこそ我々の希望するところでもある。今回の目論見が読者の興味と考察を大いに刺激して、本書で取り扱われなかった作品や作家にも是非新たな目を向けていただくことを願うものである。また本書には様々なイラストが載っているが、それらも楽しんでいただきたい。動物は文学だけではなく他ジャンルのアーティストの想像力をも大いに刺激し、文学と他ジャンルとをつなぐインターテクスチュアルな存在としての意義も大きい。

最後になったが、文学関係の出版が厳しい昨今の情勢下、本書の出版が実現したのは、臨川書店のご理解のお蔭と深く感謝したい。とりわけ今回編集を担当していただいた西之原一貴氏には、様々な無理を聞いていただいて最後まで真摯な対応をしていただいた。出版が予定より少し遅れることになったのは残念ではあったが、結果的に何とか無事に出版へとこぎつけられたのは、氏の並々ならぬ努力のお蔭である。また本書のカバーデザインを担当していただいたGEN氏には、本書に更なる魅力を添えていただくこととなり、改めてお礼を申し上げたい。

二〇一三年初夏

福岡和子

執筆者紹介（五十音順）

井上　健（いのうえ けん）——第１章担当
日本大学教授・東京大学名誉教授。『エドガー・アラン・ポーの世紀』（共著、研究社、2009年）。『文豪の翻訳力——近現代日本の作家翻訳』（武田ランダムハウスジャパン、2011年）。

岡本太助（おかもと たすけ）——第９章担当
九州大学大学院言語文化研究院准教授。『二〇世紀アメリカ文学のポリティクス』（共著、世界思想社、2010年）。"What to Narrate, How to Narrate: A Formal Analysis of Suzan-Lori Parks's *The America Play*." *The Journal of the American Literature Society of Japan* (2012).

折島正司（おりしま まさし）——第５章担当
青山学院大学教授。『機械の停止——アメリカ自然主義小説の運動／時間／知覚』（松柏社、2000年）。「動物と戦う、動物を食べる」（『岩波講座文学７　つくられた自然』岩波書店、2003年）。

菅原和孝（すがわら かずよし）——第12章担当
京都大学大学院人間・環境学研究科教授。『感情の猿＝人』（弘文堂、2002年）。『ブッシュマンとして生きる——原野で考えることばと身体』（中央公論新社、2004年）。『ことばと身体——「言語の手前」の人類学』（講談社、2010年）。

舌津智之（ぜっつ ともゆき）——第10章担当
立教大学教授。『抒情するアメリカ——モダニズム文学の明滅』（研究社、2009年）。*Melville and the Wall of the Modern Age*（共著、南雲堂、2010年）。

高野泰志（たかの やすし）——第７章担当
九州大学大学院人文科学研究院准教授。『引き裂かれた身体——ゆらぎの中のヘミングウェイ文学』（松籟社、2008年）。『アーネスト・ヘミングウェイ——21世紀から読む作家の地平』（共著、臨川書店、2011年）。

辻 和彦（つじ　かずひこ）——第3章担当
近畿大学教授。「探偵劇と陰謀劇——*Adventures of Huckleberry Finn*の続編群と推理小説」（『アメリカ文学研究』36号、日本アメリカ文学会、2000年）。『その後のハックルベリー・フィン：マーク・トウェインと十九世紀アメリカ社会』（溪水社、2001年）。『悪魔とハープ——エドガー・アラン・ポーと十九世紀アメリカ』（共著、音羽書房鶴見書店、2008年）。

辻本庸子（つじもと　ようこ）——編者・第4章担当
神戸市外国語大学教授。『二〇世紀アメリカ文学のポリティクス』（共著、世界思想社、2010年）。「三幕喜劇 やつは死んじまった？」（マーク・トウェイン著、翻訳、『三田文学』103号、2010年）。

長畑明利（ながはた　あきとし）——第6章担当
名古屋大学大学院国際言語文化研究科教授。『アメリカ文化史入門——植民地時代から現代まで』（共著、昭和堂、2006年）。『語り明かすアメリカ古典文学12』（共著、南雲堂、2007年）。『アジア系アメリカ文学を学ぶ人のために』（共著、世界思想社、2011年）。

波戸岡景太（はとおか　けいた）——第8章担当
明治大学准教授。『オープンスペース・アメリカ——荒野から始まる環境表象文化論』（左右社、2009年）。『ピンチョンの動物園』（水声社、2011年）。『コンテンツ批評に未来はあるか』（水声社、2011年）。

福岡和子（ふくおか　かずこ）——編者・第2章担当
京都大学名誉教授。『変貌するテキスト——メルヴィルの小説』（英宝社、1995年）。『「他者」で読むアメリカン・ルネサンス——メルヴィル・ホーソーン・ポウ・ストウ』（世界思想社、2007年）。

藤岡伸子（ふじおか　のぶこ）——第11章担当
名古屋工業大学大学院教授。「「別世界」としてのケープコッド——ソローが地の果てに見たもの」（『アメリカ研究』35号、2001年）。『生態系サービスという挑戦』（グレッチェン・C・デイリー／キャサリン・エリソン著、共訳、名古屋大学出版会、2010年）。

人名・作品名索引

ア 行

アームストロング，ルイ（Armstrong, Louis） *250*

アイスキュロス（Aischylos） *223*

アウアーバッハ，ジョナサン（Auerbach, Jonathan） *125, 131*

饗庭篁村 *20, 21*

『青いギターを持つ男』（*The Man with the Blue Guitar*） *148*

アガンベン，ジョルジョ（Agamben, Giorgio） *10, 145, 162*

「秋のオーロラ」（"The Auroras of Autumn"） *154, 158*

「秋のリフレイン」（"Autumn Refrain"） *136*

アクィナス，トマス（Aquinas, Thomas） *270*

「アダムの日記からの抜粋」（"Extracts from Adam's Diary"） *78, 79*

「アッシャー家の崩壊」（"The Fall of the House of Usher"） *32*

「アテネーズ」（"Athenaise"） *111*

「あの〈まだら〉」（"That Spot"） *115, 116, 130*

アビー，エドワード（Abbey, Edward） *266, 267, 268, 269, 275*

「アヒルの卵を孵した雌鳥」（"The Hen That Hatched Ducks"） *63*

アベグレン，ジャン・ジャック（Abegglen, Jean-Jacques） *284*

『アメリカ新文学史』（*A New Literary History of America*） *248*

『アメリカの息子』（*Native Son*） *250*

アモンズ，エリザベス（Ammons, Elizabeth） *44*

「嵐の中の男たち」（"The Men in the Storm"） *120*

アリストテレス（Aristotle） *270*

「アルフレッド・ウルグアイ夫人」（"Mrs. Alfred Uruguay"） *136*

「アルンハイムの地所」（"The Domain of Arnheim"） *24*

『アンクル・トムの小屋』（*Uncle Tom's Cabin*） *240*

「イヴの日記」（"Eve's Diary"） *79*

「医者と医者の妻」（"The Doctor and the Docter's Wife"） *165, 179*

『異常な物語』（*Histoires extraordinaires*） *18*

『イズラエル・ポッター』（*Israel Potter*） *57*

「偉大な闇」（"The Great Dark"） *85, 86, 87, 88, 89*

「一時間の物語」（"The Story of an Hour"） *108*

伊藤詔子 *24, 42, 101, 112*

『田舎のネズミ』（*The Country Cousin*） *235*

「田舎へ行った街ネズミ」（"The Mouse Who Went to the Country"） *233*

「入れ墨」（"Tattoo"） *136*

『ヴァージニアン』（*The Virginian : A Horseman of the Plains*） *180*

『ヴァンドーヴァーと野獣』（*Vandover and the Brute*） *119*

ヴィエルジュ，ダニエル（Vierge, Daniel） *19, 25*

「ウィサヒコンの朝」（"Morning on the Wissahiccon"） *23*

ウィスター，オーウェン（Wister, Owen） *180, 182*

ウィリアムズ，ウィリアム・カーロス（Williams, William Carlos） *35*

ウィリアムズ，テネシー（Williams, Tennessee） *207, 236*

ウィルソン，ディアドリ（Wilson, Deirdre） *278*

『ウィルダネスとアメリカ精神』（*Wilder-*

ness and the American Mind) 254
ウィントル，セアラ（Wintle, Sarah） *94*
『ヴェローナの二紳士』（*The Two Gentlemen of Verona*） *222*
『ウォールデン』（*Walden*） *258, 262, 263, 267, 269*
ヴォルテール（Voltaire） *34*
「薄気味悪いネズミのダンス」（“Dance of the Macabre Mice”） *136*
「馬ものがたり」（“Horse Story”） *97, 111*
エウリピデス（Euripides） *223*
エリスン，ラルフ（Ellison, Ralph） *250*
『ＬＡヴァイス』（*Inherent Vice*） *198*
『オオカミと人間』（*Of Wolves and Men*） *263*
「狼の息子」（“The Son of the Wolf”） *125*
『狼の息子』（*The Son of the Wolf*） *125*
大澤真幸 *117*
オールビー，エドワード（Albee, Edward） *220, 221, 222, 224, 225*
小笠原亜衣 *182, 183*
『オクトパス』（*The Octopus*） *120*
長田秋濤 *21*
「お茶」（“Tea”） *136*
『オリエンタリズム』（*Orientalism*） *69*

カ行

『貝類学入門』（*The Conchologist's First Book*） *29*
「蛙が蝶を食う。蛇が蛙を食う。豚が蛇を食う。人が豚を食う」（“Frogs Eat Butterflies. Snakes Eat Frogs. Hogs Eat Snakes. Men Eat Hogs”） *136*
『カクタス・キッド』（*The Cactus Kid*） *244*
『化石骨研究』（*Recherches sur les ossements fossiles de quadrupedes*） *29*
「価値としての想像力」（“Imagination as Value”） *150*
勝井慧 *181, 183*
「神は善である。美しい夜だ」（“God is Good. It is a Beautiful Night”） *136*
『亀の島』（*Turtle Island*） *253, 255*
『ガラスの動物園』（*The Glass Menagerie*） *236*
『ガルガンチュア』（*Gargantua*） *34*
ガルボ，グレタ（Garbo, Greta） *236*
「陥穽と振り子」（“The Pit and the Pendulum”） *24*
カント，イマヌエル（Kant, Immanuel） *147*
「北のオデッセイ」（“An Odyssey of the North”） *125*
ギャラード，グレッグ（Garrard, Greg） *211*
キュヴィエ，ジョルジュ（Cuvier, Baron Georges） *11, 21, 22, 28, 29, 30, 31, 32, 33, 34, 35, 38, 39, 40*
「狂気？」（“Mad？”） *91*
「極北の地にて」（“In a Far Country”） *125*
『極北の夢』（*Arctic Dreams*） *263*
ギンズブルク，カルロ（Ginzburg, Carlo） *33*
クーパー，ジェイムズ・フェニモア（Cooper, James Fenimore） *19, 164*
「孔雀の王子の逸話」（“Anecdote of the Prince of Peacocks”） *135*
クック，フィリップ（Cooke, Philip） *37*
クマー，ハンス（Kummer, Hans） *281, 283, 284*
クラーク，ハリー（Clarke, Harry） *25*
グリア，キャサリン・C（Grier, Katherine C.） *43, 45*
クリステヴァ，ジュリア（Kristeva, Julia） *228*
クレイン，スティーヴン（Crane, Stephen） *120*
グレゴリー，アレックス（Gregory, Alex） *185, 186*
グレブスタイン，シェルダン・N（Grebstein, Sheldon N.） *182*
「クロドリの十三の見方」（“Thirteen Ways of Looking at a Blackbird”） *136*
「黒の支配」（“Domination of Black”） *135*
「群衆の人」（“The Man of the Crowd”） *36, 37*
『現代の寓話集』（*Fables for Our Time*） *233*
『荒野の呼び声』（*The Call of the Wild*） *117, 123, 124*

コールドウェル，アースキン（Caldwell, Erskine） *231, 232*
「黄金虫」（"The Gold Bug"） *31*
「コケコッコー」（"Cock-A-Doodle-Doo!"） *61, 62*
『心は孤独な狩人』（*The Heart is a Lonely Hunter*） *236*
『古事類苑』 *40*
『この夏突然に』（*Suddenly Last Summer*） *207, 208, 209, 212, 213*

サ行

サーバー，ジェイムズ（Thurber, James） *233, 234, 235*
サイード，エドワード（Said, Edward W.） *69*
『最高の虚構に向けての覚え書き』（*Notes Toward a Supreme Fiction*） *136, 148, 150*
「最後の素晴らしい場所」（"The Last Good Country"） *167*
『ザディーグまたは運命』（*Zadig*） *34*
サルトル，ジャン・ポール（Sartre, Jean-Paul） *296, 300*
サローヤン，ウィリアム（Saroyan, William） *233*
『三匹の子ぶた』（*Three Little Pigs*） *234, 235*
「散歩」（"Walking"） *100, 254, 273*
「詩」（"Poetry"） *138*
シード，デヴィッド（Seed, David） *189*
「C 文字としてのコメディアン」（"The Comedian as the Letter C"） *135*
シェークスピア，ウィリアム（Shakespeare, William） *222*
シガーニー，リディア・H（Sigourney, Lydia H.） *44*
「死者の博物誌」（"A Natural History of the Dead"） *163*
「四獣一体」（"Four Beasts in One"） *23*
『自然史概要』（*A Synopsis of Natural History*） *29, 31*
「死の同心円」（"The Minions of Midas"） *130*
「ジム・スマイリーと彼の飛び蛙」（"Jim Smiley and His Jumping Frog"） *70, 71*
ジャクソン，マイケル（Jackson, Michael） *241*
「ジャックウサギ」（"The Jack-Rabbit"） *135, 137, 138*
『ジャングル』（*The Jungle* ） *118*
「ジャングルが人間について討論する」（"The Jungle Discusses Man"） *81*
シュー，ウジューヌ（Sue, Eugène） *19*
「十時の幻滅」（"Disillusionment of Ten O'clock"） *135, 138*
「ジューリアス・ロドマンの日記」（"The Journal of Julius Rodman"） *23, 27*
『重力の虹』（*Gravity's Rainbow*） *191, 192, 200, 242*
『種の起源』（*On the Origin of Species*） *96*
『蒸気船ウィリー』（*Steamboat Willie*） *235, 236, 242, 243, 245, 248*
「乗客の物語」（"The Passenger's Story"） *80, 85, 88*
「少女」（"Puella Parvula"） *150*
「猩々怪」 *21, 22, 40*
「少量の雨」（"The Small Rain"） *191*
デファルコ，ジョセフ（Defalco, Joseph） *182*
ショパン，ケイト（Chopin, Kate） *11, 91, 92, 94, 97, 99, 100, 106, 107, 109, 110*
ジョルソン，アル（Jolson, Al） *240, 241*
『白雪姫』（*Snow White*） *244*
「自立」（"On Your Own"） *243*
シンガー，ピーター（Singer, Peter） *300*
シンクレア，アプトン（Sinclair, Upton） *118*
『信用詐欺師』（*The Confidence-Man*） *47, 51*
『推理小説論——恐怖と理性の弁証法』 *40*
スタインベック，ジョン（Steinbeck, John） *232, 235*
スティーヴンズ，ウォレス（Stevens, Wallace） *11, 12, 135, 136, 138, 139, 140, 141, 144, 145, 146, 147, 149, 152, 154, 156, 157, 158, 160, 161, 162*
ストウ，ハリエット・ビーチャー（Stowe, Harriet Beecher） *44, 45, 46, 47, 49, 63, 65*

スナイダー，ゲーリー（Snyder, Gary）　253, 254, 255, 256, 266, 274
『砂の楽園』（*Desert Solitaire*）　267
「スフィンクス」（“The Sphinx”）　31
スペルベル，ダン（Sperber, Dan）　278
スミス，ポール（Smith, Paul）　164
「スロットの南側」（“South of the Slot”）　121
「生命への執着」（“Love of Life”）　128, 129
「世界は人間のために作られたのか？」（“Was the World Made for Man？”）　82
『赤道を辿って』（*Following the Equator*）　68
「石棺のフクロウ」（“The Owl in the Sarcophagus”）　136
「洗練されたノマド」（“Nomad Exquisite”）　136
『空飛ぶネズミ』（*The Flying Mouse*）　235
ソロー，ヘンリー・デイヴィット（Thoreau, Henry David ）　100, 101, 112, 254, 255, 257, 258, 259, 260, 261, 262, 263, 265, 266, 269, 271, 272, 273, 274, 275
ソンタグ，スーザン（Sontag, Susan）　213
ダーウィン，チャールズ（Darwin, Charles R.）　5, 71, 96, 110, 145, 210

タ行

「タール博士とフェザー教授の療法」（“The System of Dr. Tarr and Prof. Fether”）　31
ダイキンク，エヴァート（Duykinck, Evert）　17
『タイピー』（*Typee*）　55
『誰がために鐘は鳴る』（*For Whom the Bell Tolls*）　181, 182
「たき火」（“To Build a Fire”）　131, 132
「ただ存在することについて」（“Of Mere Being”）　136, 158
『男性の呼び声』（*Male Call*）　131
『探偵小説』　40
『ダンボ』（*Dumbo*）　244, 245
「父と子（ヘミングウェイ）」（“Fathers and Sons”）　12, 163, 164, 166, 167, 173, 178, 179, 180, 181, 182
『父と子（ツルゲーネフ）』（*Fathers and Sons*）　181
『地中海遊覧記』（*The Innocents Abroad*）　77
チャイルド，リディア・マリア（Child, Lydia Maria）　44
チャップリン，チャールズ（Chaplin, Charles）　238, 239, 249
「直感対理性」（“Instinct Vs. Reason”）　24
「告げ口心臓」（“The Tell-Tale Heart”）　31
「土臭い逸話」（“Earthy Anecdote”）　135, 137
ツルゲーネフ，イワン（Turgenev, Ivan）　181
「ティ・ディモン」（“Ti Démon”）　97, 98, 111
ティール，エドウィン・ウェイ（Teale, Edwin Way）　267
ディスキ，ジェニー（Diski, Jenny）　226
ディズニー，ウォルト（Disney, Walt）　12, 234, 235, 237, 238, 242, 244, 245, 246, 248, 249
ディリンハム，ウィリアム・B（Dillingham, William B.）　59
デュマ・ペール，アレクサンドル（Dumas père, Alexandre）　19
デリダ，ジャック（Derrida, Jacques）　107
『ドゥイノ悲歌』（*Duineser Elegien*）　145, 162
「銅色の鋭い爪のある鳥」（“The Bird with the Coppery, Keen Claws”）　136
トウェイン，マーク（Twain, Mark）　11, 67, 68, 69, 70, 71, 72, 73, 74, 75, 77, 78, 79, 80, 82, 83, 84, 85, 86, 87, 88, 89, 248
『動物界』（*The Animal Kingdom Arranged according to Its Organization*（*Règne animal distribué d'après son organisation*））　29
「動物世界における人間の位置付け」（“Man's Place in the Animal World”）　81
トマス，ロナルド（Thomas, Ronald R.）　32, 36
「跳び蛙」（“The Hop-Frog”）　31, 34
『トム・ソーヤーの冒険』（*The Adbentures of Tom Sawyer*）　71
トムキンズ，ジェイン（Tompkins, Jane）　44
『トムとジェリー』（*Tom and Jerry*）　245

『トランプ・アブロード』（*A Tramp Abroad*） *77*
ドレ，ギュスタフ（Doré, Gustav） *25*

ナ行

ナッシュ，ロデリック（Nash, Roderick） *254*
『奈落の人々』（*The People of the Abyss*） *121*
『ナンタケット島のアーサー・ゴードン・ピムの物語』（*The Narrative of Arthur Gordon Pym of Nantucket*） *23*
「日曜日の朝」（"Sunday Morning"） *135, 140, 141, 144, 145, 146, 147, 149, 160, 161*
『ニック・アダムズ物語』（*The Nick Adams Stories*） *164, 165, 166, 167, 181*
『人間とは何か？』（*What Is Man？*） *71*
「人間と他の動物」（"Men and the Other Animals"） *83*
『ネコの居ぬ間のタップダンス』（*When the Cat's Away*） *247*
『ネズミ三銃士』（*Three Blind Mouseketeers*） *235*
ノリス，フランク（Norris, Frank） *11, 118, 120, 122, 123, 124, 133*

ハ行

バーバ，ホミ・K（Bhabha, Homi K.） *69*
『ハーモニアム』（*Harmonium*） *135, 137*
ハイデッガー，マルティン（Heidegger, Martin） *145*
『白鯨』（*Moby-Dick or the Whale*） *186, 194, 195, 196, 201, 244*
「バタール」（"Bâtard"） *126, 130*
『ハツカネズミと人間』（*Of Mice and Men*） *232*
『ハックルベリー・フィンの冒険』（*Adbentures of Huckleberry Finn*） *71*
波戸岡景太 *12, 117, 134, 185, 301*
『パパになったミッキー』（*Mickey Plays Papa*） *237*
ハラウェイ，ダナ・J（Haraway, Donna J.） *6, 109, 110, 201*
「腹のなかの鳩」（"The Dove in the Belly"） *136*
『パリの秘密』（*Les Mystères de Paris*） *19, 20*
『パリのモヒカン族』（*Les Mohicans de Paris*） *19*
「春の前の憂鬱」（"Depression before Spring"） *135*
「ハンス・クリスチャンへのソナティナ」（"Sonatina to Hans Christian"） *136*
『伴侶種宣言』（*Companion Species*） *6, 109*
ビアズリー，オーブリー（Beardsley, Aubrey） *25*
「Bへの手紙」（"Letter to B——"） *38*
『比較解剖学講義』（*Leçons d' anatomie comparée*） *29*
ヒギンソン，T・W（Higginson, Thomas Wenworth） *102*
『ピット』（*The Pit*） *120*
ヒットラー，アドルフ（Hitler, Adolf） *237*
『ピノキオ』（*Pinocchio*） *244, 246*
『開かれ』（*L'asperto*） *145, 162*
ピンチョン，トマス（Pynchon, Thomas） *12, 187, 188, 189, 191, 193, 195, 196, 198, 199, 200, 201, 242*
「壜の中の手記」（"MS. Found in a Bottle"） *23*
『V.』（*V.*） *191*
フィッツジェラルド，F・スコット（Fitzgerald, F. Scott） *243*
『フェフとその友人たち』（*Fefu And Her Friends*） *214, 218, 219*
フォスター，スティーヴン（Foster, Stephen） *240*
フォルネス，マリア・アイリーン（Fornes, Maria Irene） *213, 214, 219, 220*
福士久夫 *54, 66*
『不思議な余所者』（*The Mysterious Stranger*） *79*
「不思議な余所者四十四号」（"No.44, the Mysterious Stranger"） *79*
フックス，エリナー（Fuchs, Elinor） *215, 216, 219*

プラトン（Plato） *147, 148, 156, 157*
フランス，ロバート・L（France, Robert Lawrence） *101*
『プレーン・クレイジー』（*Plane Crazy*） *247*
フローラ，ジョセフ（Flora, Joseph M.） *181*
『文化の場所―ポストコロニアリズムの位相』（*The Location of Culture*） *69*
ベイカー，カーロス（Baker, Carlos） *165*
「ペスト王」（“King Pest”） *23*
ヘッケル，エルンスト（Haeckel, Ernst） *273*
「ベニト・セレノ」（“Benito Cereno”） *47, 52, 53*
ヘミングウェイ，アーネスト（Hemingway, Ernest） *12, 163, 164, 165, 167, 179, 180, 181, 182, 183*
ヘミングウェイ，クラレンス・エドモンズ（Hemingway, Clarence Edmonds） *163, 165, 179, 182*
ヘミングウェイ，グレイス・ホール（Hemingway, Grace Hall） *164*
バレット，リンドン（Berrett, Lindon） *35*
ベンサム，ジェレミ（Bentham, Jeremy） *270*
ベンソン，ジャクソン・J（Benson, Jackson J.） *165*
ベンヤミン，ヴァルター（Benjamin, Walter） *238, 247*
「亡霊の王としてのウサギ」（“A Rabbit as King of the Ghosts”） *136*
ポー，エドガー・アラン（Poe, Edgar Allan） *11, 17, 18, 19, 20, 21, 23, 24, 25, 27, 29, 31, 32, 33, 34, 35, 37, 38, 39, 42, 91*
ホーソーン，ナサニエル（Hawthorne, Nathaniel） *66*
「僕の叔父さんの片めがね」（“Le Monocle de Mon Oncle”） *135*
「ホワイト・ファング」（“White Fang”） *196, 201*
「ホワイト・サイレンス」（“The White Silence”） *125*
ボワロ=ナルスジャック（Boileau-Narcejac） *39, 40*
『本草綱目釈義』 *40*

マ行

「マージナリア」（“Marginalia”） *17, 19*
『マギー』（*Maggie*） *120*
『マクティーグ』（*McTeague*） *120, 123*
マクマートリー，ラリー（McMurtry, Larry） *266, 275*
マッカラーズ，カーソン（McCullers, Carson） *236*
マッキャン，リチャード（McCann, Richard） *182*
「松の木林のバンタム鶏」（“Bantams in Pine-woods”） *136*
『松屋筆記』 *40*
「魔法の島々」（“The Encantadas or Enchanted Isles”） *65*
『見えない人間』（*Invisible Man*） *250*
見田宗介 *117, 134*
『ミッキーとミニーの音楽隊』（*Blue Rhythm*） *239*
『ミッキーの浮かれ音楽団』（*The Jazz Fool*） *239*
『ミッキーのオペラ見学』（*The Opry House*） *239*
『ミッキーのガリバー旅行記』（*Gulliver Mickey*） *245*
『ミッキーの巨人征服』（*Giantland*） *245*
『ミッキーの子沢山』（*Mickey's Orphans*） *246*
『ミッキーの子煩悩』（*Mickey's Nightmare*） *245*
『ミッキーの自動車修理』（*Mickey's Service Station*） *247*
『ミッキーの人造人間』（*Mickey's Mechanical Man*） *246, 247*
『ミッキーの脱線芝居』（*Mickey's Mellerdrammer*） *240*
『ミッキーの日曜日』（*Puppy Love*） *239*
『ミッキーのバースデー・パーティー』（*The Birthday Party*） *239*

『ミッキーの街の哀話』（*Mickey' s Good Deed*）　*235*
『ミッキーの無人島漂流』（*The Castaway*）　*239*
ミラー，デイヴィッド・C（Miller, David C.）　*102*
「魅惑の大海原」（"The Enchanted Sea-Wilderness"）　*80, 85, 88*
「みんなのためのいくらか勉強になるお伽話」（"Some Learned Fables for Good Old Boys and Girls"）　*70, 71, 78*
ムア，マリアン（Moore, Marianne）　*138, 161*
『名指揮者ミッキー』（*The Barnyard Concert*）　*244*
『メイスン&ディクスン』（*Mason & Dixon*）　*188, 189, 192, 193, 194, 195, 196, 197*
メサック，レジス（Messac, Régis）　*34*
『めざめ』（*The Awakening*）　*11, 92, 96, 97, 99, 102, 104, 105*
『メディア』（*Medea*）　*223*
メルヴィル，ハーマン（Melville, Herman）　*11, 43, 47, 49, 53, 57, 59, 61, 62, 64, 65, 66, 186, 195, 196, 201*
モーパッサン，ギ・ド（Maupassant, Guy de）　*91, 92, 102, 110*
『モダン・タイムズ』（*Modern Times*）　*249*
「物のありのままの感覚」（"The Plain Sense of Things"）　*136*
「モルグ街の殺人」（"The Murders in the Rue of Morgue"）　*11, 17, 18, 19, 20, 21, 22, 24, 25, 26, 27, 30, 32, 36, 37, 39*
『モンキーレンチギャング』（*The Monkey Wrench Gang*）　*266*

ヤ行

『ヤギ――シルヴィアとは誰か』（*The Goat, or Who is Sylvia?*）　*221, 222*
山下正男　*213, 230*
ヤング，フィリップ（Young, Philip）　*181*
『陽気な囚人』（*The Chain Gang*）　*242*

ラ行

ライト，リチャード（Wright, Richard）　*250*
ラッカム，アーサー（Rackham, Arthur）　*25*
ラブレー，フランソワ（Rabelais, François）　*34*
リダウト，ニコラス（Ridout, Nicholas）　*206*
『リバーノーツ』（*River Notes*）　*263, 275*
リルケ，ライナー・マリア（Rilke, Rainer Maria）　*145, 159, 161, 162*
ルーマン，ニクラス（Niklas, Luhmann）　*278, 300*
「レイチェル」（"Rachel"）　*231, 249*
レーバーガー，ディーン（Rehberger, Dean）　*182*
レザー・ストッキング・テイルズ（Leather Stocking Tales）　*164*
『レッド・バーン』（*Redburn*）　*54*
レノルズ，マイケル（Reynolds, Michael）　*182*
レマイア，エリス（Lemire, Elise）　*35*
ローゼンハイム，ショーン（Rosenheim, Shawn）　*30*
ロペス，バリー（Lopez, Barry）　*263, 266, 275*
ロンドン，ジャック（London, Jack）　*11, 115, 118, 121, 122, 123, 124, 126, 127, 128, 130, 131, 132, 196, 201*

ワ行

「我が家の犬たち」（"Our Dogs"）　*45*
『倭名類聚抄』　*40*
「我らが友のネズミ」（"Our Friends the Mice"）　*233*
『われらが不満の冬』（*The Winter of Our Discontent*）　*235*

動物名索引

＊ 本索引には、架空の動物も収めた。

ア 行

カ行

サ行

タ行

ナ行

ハ行

マ行

ヤ行

ラ行

ワ行

あめりか いきものがたり
動物表象を読み解く

二〇一三年六月三〇日 初版発行

編　者　辻本庸子
　　　　福岡和子

発行者　片岡　敦

印刷
製本　亜細亜印刷株式会社

発行所　606-8204 京都市左京区田中下柳町八番地
株式会社 臨川書店
電話 (〇七五) 七二一—七一一一
郵便振替 〇一〇七〇—二—八〇〇

落丁本・乱丁本はお取替えいたします
定価はカバーに表示してあります

ISBN978-4-653-04197-9 C0098